Der Hummer war schon tot

Ein Palmenkrimi

von

Sissy Scheible

Prolog

Das hatten wir davon, dass wir unbedingt den billigsten Flug buchen mussten. Hätten wir doch wenigstens die Businessclass genommen! Aber wir konnten diesen tollen Preisvergleichsseiten im Internet ja einfach nicht widerstehen. Und schließlich wollten wir nicht die Doofen aus der Werbung sein, die ihren Platz teurer bezahlt hatten als der Sitznachbar. Aber kaum waren wir, meine Freundin Marcella und ich, ins Flugzeug eingestiegen, da offenbarte sich uns auch schon, weshalb die Plätze 17A und 17C so unschlagbar günstig gewesen waren. Das war alles so typisch für mich und mein Leben!

Aber halt! Ich habe vergessen, mich vorzustellen. Mein Name ist Tina Christie, ich bin 32 Jahre alt und erfolgreiche Kriminalautorin.

Okay, ich gestehe, mein eigentlicher Name ist Christina Blume. Aber seien wir doch mal ehrlich, mit dem Namen könnte ich bestenfalls ein paar billige Kitschromane verkaufen. Da ich aber nie das Bedürfnis verspürt habe, über liebestolle Bergdoktoren oder heißblütige Latinos zu schreiben, wurde es bei mir dann doch lieber Mord und Totschlag.

Anfangs war es für mich nur ein Hobby. Ich war nach meinem Germanistikstudium kurzzeitig arbeitssuchend. Okay, ja, ich war schon seit über einem Jahr arbeitssuchend und langsam fiel mir die Decke auf den Kopf. Meine Wohnung in meinem Studienort Bayreuth hatte gerade mal 22 Quadratmeter. Neben einer Küchenzeile, einem winzigen Bad, einem Bett, einem Fernseher und meinem Kleiderschrank, passte dort nicht mehr viel hinein, so dass ich nicht einmal einen richtigen Computer besaß, sondern nur einen kleinen, alten Laptop.

Sich die Zeit mit dem alten Kasten im Internet zu vertreiben, war damals noch sehr umständlich. Ich musste immer ein Kabel einstecken und mich dann erst ins Internet einwählen. Ich habe heute noch das fiepende Geräusch in den Ohren, wenn ich daran zurückdenke.

Während andere ihre freie Zeit wohl damit genutzt hätten, nach draußen zu gehen und aktiv zu sein, verschanzte ich mich lieber in meiner Minibude. Es war tiefster Winter, da hätten mich keine zehn Pferde nach draußen gebracht. Sport machte ich grundsätzlich keinen und schon gar nicht bei Eis und Schnee.

Das Einkaufszentrum in Bayreuth kannte ich bereits auswendig. Zudem war es viel zu deprimierend, dort bummeln zu gehen, da ich mir von meinem Arbeitslosengeld kaum etwas leisten konnte.

Meine Studienfreunde hatten Bayreuth bereits in alle Windrichtungen verlassen. Sie hatten tolle Jobs in großen Städten wie München, Berlin oder Hamburg angenommen. Nur ich war noch immer dort und fragte mich, was ich mit meinem Leben anfangen sollte.

Ich fand einfach keinen Job, der zu mir passte. Zudem hatte ich mir eingebildet, in der Region bleiben zu wollen. Aber Oberfranken hatte Germanisten zu wenig zu bieten. Die einzige Möglichkeit wäre gewesen, weiter an der Uni zu bleiben, meinen Doktor zu machen und dann eine neue Generation angehender Arbeitsloser zu unterrichten. Aber selbst wenn ich gewollt hätte, so war die Note meiner Magisterarbeit mit einer Drei zu schlecht, als dass die mich an der Uni genommen hätten.

So saß ich also in meiner kleinen Wohnung. Ich hatte gerade zum x-ten Mal „Mord im Pfarrhaus", einen Krimi von Agatha Christie zu Ende gelesen. Ich liebte die Hauptfigur, die schrullige, alte Miss Marple einfach so sehr, dass ich die Bücher immer wieder lesen musste. Doch wie immer nach der Lektüre, begann ich im Selbstmitleid zu versinken.

Ach wenn ich doch auch nur so schreiben könnte, wie Agatha Christie. Wenn mir doch auch nur eine so tolle und einzigartige Figur einfallen würden, nach der sich die Leser verzehren. Ach wenn, ach wenn, ach wenn ...

Aber warum eigentlich nicht? Ich weiß nicht, ob die dicken, herumwirbelnden Schneeflocken, die heiße Schokolade in meinen Händen oder irgendetwas anderes der Auslöser war, aber plötzlich überkam mich ein Gefühl der Zuversicht. Ich war immerhin eine Magistra Artium. Als solche sollte ich doch ein einigermaßen lesbares Buch zustande bringen.

Aus der plötzlichen Idee wurde Ernst. Ich schnappte mir meinen Laptop und geriet in eine regelrechte Schreibwut, die nicht nur an diesem Tag, sondern über Wochen anhielt. Ich meldete mich nicht mehr bei meinen Freunden und auch nicht bei meiner Familie. Ich vergaß die Welt um mich völlig.

Exakt drei Monate später war mein erster Großstadtkrimi, mit meiner Heldin, der indischen Taxifahrerin Sunita geboren. Diese tat es natürlich Miss Marple gleich und steckte ihre Nase in allerlei Angelegenheiten, die sie eigentlich nichts angingen.

Mit diesem Buch hatte meine Pechsträhne ein Ende. Ich fand schnell einen Verlag, der meine Bücher tatsächlich drucken wollte. Nur musste ich meinen Lebenslauf ein klein wenig beschönigen. Niemand hätte einem aus Oberfranken stammenden Landei wie mir einen Krimi abgekauft, der in Berlin spielt.

Um ehrlich zu sein, ich weiß auch nicht so genau, warum ich das als den Hauptort meiner Krimis ausgesucht habe. Ich hasse Großstädte! Vielleicht ja einfach nur deshalb, weil Morde dort öfter geschehen, als in Bayreuth und ich meine Figuren dort sehr breit gestreut ansetzen konnte?

Jedenfalls musste mit dem neuen Lebenslauf auch ein neuer Name her und zu Ehren meines großen Vorbildes nannte ich mich dann Tina Christie.

Meine Stammleser werden sich nun Fragen, warum nicht unsere beliebte Heldin Sunita, mit ihrem kastanienbraunen Haar und ihren Rehaugen, nun in dem Flugzeug sitzt, sondern ich, die leicht pummelige Landpomeranze mit den straßenköterblonden Haaren, die zudem zu Spliss neigen. Immerhin hat sie mir insgesamt acht Platzierungen in der Spiegel-Bestsellerliste verschafft.

Aber eben da liegt das Problem. Meine große Leserschaft fordert jährlich von mir ein neues Buch ein. Sie wollen wissen, wie es mit ihrer Heldin weitergeht, und das immer möglichst schnell. Doch nach acht von Sunita aufgeklärten Kriminalfällen, vom rätselhaften Diebstahl des Pergamonaltars bis hin zu einem Mord mitten in einer Bundestagssitzung, war mir irgendwie die Luft ausgegangen. Mir wollte kein neues Verbrechen einfallen, dessen die taffe Taxifahrerin sich annehmen konnte.

Kurz gesagt: Ich hatte eine Schreibblockade.

Meinem Verlag gefiel das natürlich gar nicht, so dass ich auch noch von meiner Lektorin Druck bekam. Ich fuhr also mal wieder zur Recherche nach Berlin, in der Hoffnung, dass ich dort einen guten Einfall hätte.

Dankenswerterweise durfte ich jedes Mal, wenn ich in die Abgründe der Hauptstadt eintauchen musste, wieder bei meiner Freundin Marcella übernachten. Sie hatte mir auch schon oft mit Rat und Tat zur Seite gestanden, insbesondere was die Eigenheiten des typischen Berliners angeht.

Marcella hat auch in Bayreuth studiert, obwohl sie ursprünglich aus Berlin stammt. Sie hatte die Großstadt damals satt und hatte nach einem beschaulicheren Studienort gesucht. Den hatte sie in der Wagnerstadt definitiv gefunden.

Wir hatten uns in einem Seminar über Franz Kafka kennengelernt, mit einem Dozenten, der selbst ein wenig kafkaesk wirkte. Nach einer heißen Diskussion darüber, ob Kafka nun einen Vaterkomplex hatte, oder nicht, wussten wir, dass wir dafür gemacht waren, beste Freundinnen zu sein.

Selbst als Marcella nach dem Studium zurück nach Berlin ging, blieben wir weiter in enger Verbindung. Sie hatte dort einen Job in einer Werbeagentur angenommen. Vor meiner Autorenkarriere hatte sie immer wieder versucht, mich auch nach Berlin zu holen, doch die Stadt war mir einfach zu groß. Auf die Dauer hätte ich mich dort nie wohl gefühlt. Ich bin und bleibe eben ein Landkind.

Jedenfalls war ich nun mit meiner Schreibblockade wieder bei ihr zu Besuch. Wir tranken gemütlich eine Flasche Wein auf ihrem Balkon und ich verkniff es mir mal wieder einen bissigen Kommentar über die Stadtluft vom Stapel zu lassen. Aber mal ehrlich, wie konnte man nur jeden Tag so einen Smog einatmen, ohne sich eine ernsthafte Vergiftung zuzuziehen?

Irgendwann begann ich ihr lallend von meinem Problem zu erzählen, dass mir einfach nichts mehr für meine Romane einfiel. Dass ich, egal wo ich war, nur noch nach potenziellen Mordopfern Ausschau hielt und einfach nicht mehr wusste, wo mir der Kopf stand. Ich hatte das Gefühl, meine Heldin Sunita war tot.

Marcella hörte sich geschlagene 1,5 Stunden mein Gejammer an, ehe sie dann mit der entscheidenden Lösung daher kam.

„Du musst aufhören, an Kriminalfälle zu denken."

Ich meinte erst nicht richtig zu hören, doch nach einer längeren Diskussion waren wir uns einig, dass ich einfach mal abschalten musste.

Doch wie sollte ich das machen? Zwar lebte ich inzwischen in einer schönen, großen Vierzimmerwohnung direkt neben dem Bayreuther Stadtpark, aber an meiner privaten Situation hatte sich nichts geändert.

Ich war mit meinen 32 Jahren immer noch Single. Obwohl ich nach einer festen Beziehung suchte, hatte ich das Talent, immer an die falschen Männer zu geraten. Von notorischen Fremdgängern bis hin zu Männern mit sehr eigenartigen Vorlieben (Ich war schon immer der Meinung, dass Gurken zum Essen da sind und nur dafür!), ich hatte alles schon durch. Länger als acht Wochen hatte eine Beziehung bei mir noch nie gehalten. Und so saß ich meist alleine in meinen 90 Quadratmetern.

Ohne das Schreiben und ohne meine Whirlpoolbadewanne, die der einzige Luxus war, den ich mir von meinem Autorennverdienst bislang gegönnt hatte, wäre mir auch dort schon die Decke auf den Kopf gefallen. Wie also sollte ich mich alleine in meinen vier Wänden vom Schreiben ablenken?

Doch auch dafür hatte Marcella schon eine Lösung parat. Da sie ohnehin noch einige Wochen Urlaub übrig hatte, schlug sie vor, dass wir gemeinsam verreisen könnten. Und da wir gerade eine CD vom *Buena Vista Social Club* eingelegt hatten, fiel uns als Reiseziel gleich Kuba ein. Sturzbetrunken wie wir waren, setzten wir uns gleich an Marcellas Computer, wo wir dank High Speed Internet in kürzester Zeit unsere Reise zusammengestellt hatten.

Es sollte nach Varadero gehen, dem beliebtesten Badeort auf ganz Kuba. Da wir uns in ein irre teures Hotel verliebt hatten, musste am Flug gespart werden, meinten wir zumindest.

Was als eine Schnaps- oder beziehungsweise Weinidee begann, wurde mit dem Klicken auf den Buchungsbutton ernst. Und so saß ich nun mit meiner besten Freundin in einem Billigflieger, dessen Fluggesellschaft ich wohl besser nicht nennen sollte, in Richtung Kuba.

Und genau dort, auf den Plätzen 17 A und 17C, begann die Geschichte, über die ich euch in diesem Roman berichten will. Sie ist mir wirklich so passiert, weshalb ich sie nicht meiner fiktiven Romanheldin andichten möchte. Sie ist aber mindestens genauso spannend, weshalb ich hoffe, dass Sunitas Leser auch daran ihre Freude finden werden.

Mir selbst kommt es ein wenig merkwürdig vor, zur Heldin meines eigenen Romans geworden zu sein. Mal sehen, wie ich mich darin schlagen werde.

Kapitel 1

Vielleicht fange ich mit meiner Erzählung doch ein bisschen weiter vorne an. Marcella und ich hatten uns für einen Direktflug nach Kuba entschieden. Es gibt nichts Schlimmeres, als stundenlang in einem abgeriegelten Flughafenbereich auf den Weiterflug zu warten. Dafür nahmen wir es auch in Kauf, mit dem Zug bis nach Frankfurt zu fahren, um dann von dort aus abzuheben.

Marcella reiste von Berlin aus an, ich von Bayreuth. Ich hatte meine schönsten Sommersachen eingepackt und freute mich, diese benutzen zu können, während in Deutschland noch nicht einmal der Frühling richtig begonnen hatte. Es war zwar schon Anfang Mai, jedoch hatte es in der vergangenen Woche sogar noch einmal geschneit. Also galt für uns: Nichts wie weg!

Der Flughafen Frankfurt ist für Reisende perfekt ausgelegt. Er hat sogar einen eigenen ICE-Halt. An diesem kam ich viel zu früh an. Ich war nicht sicher gewesen, ob ich mit dem späteren Zug rechtzeitig angekommen wäre. Deshalb nahm ich den früheren ICE und musste geschlagene zwei Stunden auf Marcellas Ankunft warten.

In dieser Zeit hatte ich bereits aus lauter Langeweile ein Eis, einen Hot Dog und ein Stück Kuchen verputzt. Ich musste wirklich mein Essensverhalten mehr unter Kontrolle bringen, wenn ich nicht aufgehen wollte wie eine Dampfnudel. Aber erst nach dem Urlaub, sagte ich mir, denn in unserem Hotel gab es gleich vier À-la-carte-Restaurants, die ich mir alle nicht entgehen lassen wollte.

Ich hätte statt dem Bikini vielleicht doch lieber den Bauchweg-Badeanzug einpacken sollen, den ich für satte 49,90€ beim Teleshopping erstanden hatte, nur um ihn dann nie zu tragen. Ob es hier auf dem Flughafen wohl auch ein Bademodengeschäft gab? Aber noch ehe ich die Zeit hatte, danach zu suchen, rief eine Stimme hinter mir:

„Tina, hier bin ich!"

Marcella eilte mit einem schweren Koffer im Schlepptau in Stöckelschuhen auf mich zu.

„Was machst du denn schon hier? Ich dachte, dein Zug kommt erst in einer halben Stunde?", fragte ich sie, während wir uns zur Begrüßung umarmten.

„Ich war mir nicht sicher, ob der Zug nicht vielleicht doch Verspätung haben könnte. Ich habe dann doch lieber den um 6.30Uhr genommen. Jetzt renne ich mir hier seit mehr als einer Stunde von Geschäft zu Geschäft die Füße wund, weil ich dachte, ich müsste noch auf dich warten. Aber wie ich sehe, bist du auch eher hier!"

Das war wieder einmal typisch für uns beide. Keine von uns war auf die Idee gekommen, der anderen Bescheid zu geben, dass sie schon eher am Flughafen ist. Das ist schon seltsam, wenn man zu spät kommt, gibt man immer Bescheid, aber nur selten, wenn man zu früh dran ist.

Auch wenn wir uns nun gefunden hatten, so waren es trotzdem noch gute zwei Stunden bis zum Flug. Immerhin hatte der Schalter zum Einchecken schon geöffnet, so dass wir unsere Koffer loswurden.

Zu zweit verging die Zeit viel schneller, so dass es nach noch einem Kaffee und zwei Toilettengängen auch schon Zeit für die Passkontrollen, den Körperscanner und letztlich für das Boarding war.

Es war unglaublich, wie viele Flugzeuge an diesem Flughafen an einem Tag abgefertigt wurden. Wir waren uns sicher, dass unseres recht groß sein musste, immerhin musste es einen Langstreckenflug von elf Stunden bewältigen. Doch letztlich war es genauso groß wie die Maschinen, mit denen ich auch schon kürzere Strecken, zum Beispiel nach Mallorca, geflogen war.

Vom Terminalfenster aus begutachteten wir den Flieger zuerst, bevor wir einstiegen. Er sah nicht allzu vertrauenserweckend aus. In großer, roter Farbe war der Name der Fluggesellschaft auf die Seiten geschrieben, nennen wir sie hier einfach mal *Billigfly*. Der Untergrund war wohl irgendwann einmal weiß gewesen, war nun aber eher mit schmutziggelb zu beschreiben. Und waren das etwa Rostflecken, die ich da an den Tragflächen sah? Durfte das sein?

In mir stieg Panik auf. Ich konnte doch nicht in ein Flugzeug steigen, das schon rostete! Wieso sah mein Flieger nicht so neu und topmodern aus, wie all die anderen Flugzeuge hier?

Marcella sah mir meine Panik an. Sie kannte das schon, denn ich hatte vor vielen Sachen Angst. Das fing bei einigen Tierarten an, zum Beispiel Zecken, die immerhin eine Hirnhautentzündung übertragen konnten, und Katzen, gegen die ich schwer allergisch war. Ich fürchtete mich aber auch vor anderen, banalen Dingen, wie zum Beispiel Autobahnen.

Meine Autofahrkünste waren eher schlecht als recht. Musste ich auf der Autobahn fahren, fuhr ich kaum schneller als 100 km/h. Natürlich wurde ich dann ständig von heranrasenden Audi- oder BMW-Fahrern bedrängt. Aber hey, selbst langsam fahrende Fiats hatten das Recht, einen Lastwagen zu überholen, auch wenn sich dieser beinahe schneller bewegte als das eigene Auto.

Jedenfalls mied ich Autobahnen deshalb lieber und die meisten mieden es auch Beifahrer zu sein, wenn ich dort fuhr.

So, was war denn noch auf meiner langen Liste von Ängsten … Natürlich Gewitter, aber welche Frau fürchtete sich nicht davor? Ach und ich habe Angst vor allem, was mit dem Tod zu tun hat. Deshalb meide ich von jeher alte Menschen, Seniorenheime und Krankenhäuser.

Ja, das mag komisch erscheinen, vor allem für jemanden, der in seinen Büchern regelmäßig über barbarisch entstellte Leichen schreibt. Aber ich bin nicht gerne mit dem Gedanken meiner eigenen Vergänglichkeit konfrontiert. Mit dem Tod kann ich mich nur in meinen Büchern auseinandersetzten, und auch nur deshalb, weil ich weiß, dass meine Morde alle erfunden sind.

Jedenfalls sah mir dieses Flugzeug schon sehr nach Tod aus. Wieso fiel mir immer erst am Flughafen wieder ein, dass ich auch ein zwiespältiges Verhältnis zu

Flugzeugen hatte? Ich liebte diese Maschinen dafür, dass sie mich überall hinbringen konnten, wo ich wollte, aber es war mir noch immer suspekt, wie diese schweren Teile sich in der Luft halten konnten. Und wenn dann auch noch Rostflecken darauf waren ...

„Augen zu und durch!", beruhigte mich Marcella. „Du wirst sehen, von innen schaut das gleich ganz anders aus!"

Ich hoffte sehr, dass sie Recht hatte. Doch zunächst galt es erst einmal, durch den langen, tunnelartigen Gang in das Flugzeug zu gehen. Jetzt mal im Ernst, da bekommt doch jeder so einen kleinen klaustrophobischen Moment, oder? Wenn man diesen Tunnel erst einmal betreten hatte, dann würde man erst wieder festen Boden unter den Füßen haben, wenn man gelandet war. Und in meinem Fall lagen dazwischen satte elf Stunden.

Hätten wir doch nur nicht dieser Weinlaune nachgegeben oder uns zumindest ein näheres Urlaubsziel gesucht, schimpfte ich mich selbst. Wenn wir abstürzten, dann würden meine Leser auch keinen neuen Großstadtkrimi mehr von mir bekommen. Ich konnte also genauso gut lieber auf festem Boden bleiben.

Kaum hatten wir dann das Flugzeug betreten, legte sich meine Furcht. Marcella hatte Recht. Es sah hier innen tatsächlich viel besser aus. Es gab große, schalenartige Sitze mit sehr viel Beinfreiheit. Zu jedem Sitz gehörte ein eigener Touchbildschirm, der in der Kopflehne des jeweils vorderen Sitzes verbaut war. Kuschelige Decken waren ausgelegt und die Stewardessen standen mit einem Glas Sekt bereit.

Vielleicht konnte ich diesen Flug ja doch ganz locker überstehen, freute ich mich. Doch wie sich schnell herausstellte, war der Sekt nicht für uns. Die Stewardess kontrollierte unsere Bordkarte und verwies uns dann auf Plätze, die hinter einem Vorhang lagen. Die kuscheligen Schalensitze und der Begrüßungssekt seien nur für Gäste der First Class, meinte sie zu uns und schenkte uns einen Blick des Bedauerns.

Na gut, sollten die dämlichen Mehrbezahler doch ihren Sekt haben, dachte ich mir. Deshalb würden sie dennoch genauso lang in dieser Rostlaube sitzen wie ich!

Doch als wir durch den Vorhang gingen, wusste ich, dass es besser gewesen wäre, auch zu den Mehrbezahlern zu gehören. Nicht nur, dass hier nur die typischen, unbequemen Flugzeugsitze waren, nein, die Sitzreihen waren auch so eng zusammengequetscht, als wäre dies kein großes Flugzeug, sondern eine Sardinendose. Statt kuscheligen Decken fand sich nur ein schäbiges kleines Kissen mit dem Firmenlogo auf den Plätzen.

Wie sollte ich mit meinen 1,78m elf Stunden so eingeengt überstehen?

Vielleicht hätte ich doch nicht so eitel sein und den Rat meiner Mutter annehmen sollen. Als diese von meinem bevorstehenden Langstreckenflug gehört hatte, bekniete sie mich regelrecht, mir Thrombosestrümpfe zu besorgen, die ich während des ganzen Fluges tragen sollte. Thrombosestrümpfe! Ich war doch keine alte Frau. Aber mit Blick auf die engen Sitzreihen fühlte ich jetzt schon, wie meine Beine einschliefen, anschwollen und ich am Ende tatsächlich noch ein Venenproblem bekam.

Und ein Nackenproblem würde ich auch bekommen, denn die Bildschirme hier waren nicht in den Sitzen, sondern an der Decke angebracht, in einem Winkel, in dem man sich den Kopf zwangsläufig verdrehen musste! Aber immerhin, so tröstete ich mich, schien es auch für die billigen Plätze ein Unterhaltungsangebot zu geben.

Als wir zu unseren Plätzen 17A und 17C kamen, wussten wir, dass wir es tatsächlich geschafft hatten, die billigsten Plätze im ganzen Flugzeug zu ergattern. Doch wir verzichteten darauf, uns stolz darüber auf die Schultern zu klopfen. Die Sitze grenzten direkt an die Bordtoilette. Auf dieser hatte es sich anscheinend schon jemand bequem gemacht, dem die Reise wohl auf die Verdauung schlug. Das konnten wir nicht nur lautstark hören, sondern leider auch riechen. In diesem Moment beschloss ich, nie wieder eine Preisvergleichsseite im Internet zu nutzen. Marcella hingegen war mal wieder der Optimismus in Person.

„So, dann machen wir es uns mal bequem!", meinte sie fröhlich lächelnd zu mir.

Sie hatte gut reden, mit ihren 1,60m würde es ihr viel leichter fallen, in dieser Sardinenbüchse eine bequeme Sitzposition zu finden. Doch ich fügte mich meinem Schicksal, schließlich wollte ich uns den Urlaub nicht schon von vornherein verderben. Ich tröstete mich mit den Gedanken an unser Luxushotel. Und vielleicht konnten wir ja noch wenigstens für den Rückflug unsere Sitze upgraden?

Die Stewardessen machten ihre üblichen Sicherheitseinweisungen, während sich das Flugzeug bereits auf das Rollfeld bewegte. Täuschte ich mich, oder hatten wir hier hinten sogar weniger Notausgänge, als die Leute auf den teuren Plätzen? Ich hoffte, dass sie wenigstens nicht auch noch an meiner Sauerstoffmaske gespart hatten.

Das Schlimmste am Fliegen waren für mich schon immer der Start und die Landung. Wäre Marcella ein gutaussehender Mann, so hätte diese Angst wenigstens etwas Gutes, denn dann könnte ich mich in seine starken Arme kuscheln und mich von ihm beschützen lassen. So musste ich das nun aber durchstehen, ohne meiner armen Freundin die Hand zu zerquetschen. Diese hatte sie mir mitleidig gereicht, als sie sah, wie blass ich geworden war.

„Das geht ganz schnell und dann haben wir schon die Reiseflughöhe erreicht!", beruhigte sie mich.

Der Start war irre laut und man hatte das Gefühl, die Maschine würde von den auf sie wirkenden Kräften auseinandergerissen. Ich wurde in meinen Sitz zurückgedrückt und hielt für gefühlte zehn Minuten die Luft an. Erst als Marcella mich anstieß, erinnerte ich mich daran, zu atmen und meinen festen Griff um ihre Hand zu lockern.

Als das Flugzeug endlich die Reiseflughöhe erreicht hatte, wurden meine Absturzgedanken auch gleich schon von zwei Stewardessen abgelenkt, die mit ihrem Servierwägelchen Kaffee im Pappbecher und ein Stück trockenen Kuchen offerierten. Danach gab es auch gleich schon etwas Bordshopping, aber ich konnte den angebotenen Parfüms, Alkoholika und weiß Gott was noch alles widerstehen. Vielleicht, so sagte ich mir, konnte ich ja auf dem Rückflug noch etwas einkaufen. Je nachdem, wie viel Geld ich in Kuba liegen ließ.

Nach dem Bordshopping war aber erst mal die große Langeweile angesagt. Es sollte noch drei oder vier Stunden dauern, bis ein kleines Abendessen serviert wurde. Bis dahin galt es, sich irgendwie zu unterhalten.

Marcella war schon vor einer halben Stunde eingeschlafen, während sie mit ihrem MP3-Player Musik hörte. Ich wollte derweil sehen, was das Bordprogramm hergab. Die Auswahl war tatsächlich fantastisch. Einige tolle Filme, die ich noch nicht gesehen hatte, waren im Angebot, zum Beispiel *The Imitation Game*, mit meinem Lieblingsschauspieler Benedict Cumberbatch, oder *Fuck You Goethe 2*, mit dem ebenfalls sehr ansehnlichen *Elyas M'Barek*.

Na damit ließe sich der Flug sicherlich gut überstehen, dachte ich. Doch als ich den ersten Film anschauen wollte, machte mir mal wieder unser Sparpreis einen Strich durch die Rechnung. Auf dem Bildschirm erschien die Meldung:

Dieses Programm ist nur für Premiumkunden. Für nur acht Euro können Sie sich diesen Film von einer Stewardess freischalten lassen. Ansonsten können Sie sich gerne kostenlos einen der Filme aus unserer Sparpreiskategorie ansehen.

Musste man denn hier für alles extra zahlen? Und dann acht Euro, für nur einen Film? Davon könnte ich mir in ein paar Wochen auch einfach die DVD kaufen oder gar ein ganzes Netflixabo abschließen.

Ich entschloss mich dazu, einen Blick in die Sparpreisfilme zu werfen. Die Auswahl hier war leider sehr krimilastig. Sie hatten sämtliche Sherlock Holmes Filme, allerdings die ganz alten, nicht die Serie mit Benedict Cumberbatch. Dann gab es eine ganze Reihe alter Tatortfolgen zu sehen, Pater Brown, ein paar alte Edgar Wallace Filme, und so weiter.

Während ich sonst einem Krimi eigentlich nicht abgeneigt gewesen wäre, so schreckte mich doch das Alter der angebotenen Filme und die Tatsache, dass ich mich ja eigentlich von dem Thema ablenken wollte. Wenn ich jetzt meinen Urlaub gleich wieder mit Mord und Totschlag begann, so würde ich nie auf andere Gedanken kommen.

Ich entschied, dass das Bordprogramm nichts für mich war und schaltete den Bildschirm wieder aus. Doch was sollte ich nun tun? Ich hatte zwar ein Buch dabei, einen richtig schönen Kitschroman, aber auf den hatte ich gerade auch keine Lust. Ich ging also stattdessen einem meiner Lieblingshobbys nach: People Watching.

Eine Frau in der Sitzreihe neben uns las ein Buch, das sie offensichtlich völlig in ihren Bann gezogen hatte. Es war amüsant ihr dabei zuzusehen, wie sie sich in einem Moment davon abhielt laut loszulassen und schon zwei Seiten weiter anfing, sich Tränen aus den Augen zu wischen. Es schien ein zugleich sehr lustiges und trauriges Buch zu sein. Es war mir leider nicht möglich, den Titel zu erkennen.

Ich richtete meine Aufmerksamkeit auf den Mann im Sitz vor ihr. Dieser war so korpulent, dass ich mich unweigerlich fragte, ob die Airline ihm für sein Übergewicht eine Extrazahlung abverlangt hatte. Er schien zudem den festen Vorsatz zu haben, seinen Körperumfang weiter zu steigern, denn gleich nachdem er ein Snickers verputzt hatte, schob er noch einen Marsriegel und eine halbe Tüte M&Ms hinterher. Während ich mit Entsetzen beobachtete, wie er danach eine Tüte Daim aus seinem Rucksack holte, wurde ich von einem anderen Mann abgelenkt.

Er kam aus der First Class durch den Vorhang nach hinten. Er war von oben bis unten schwarz gekleidet und sah so fast aus wie ein Auftragskiller. Ebenso schwarz wie seine Kleidung waren auch seine Haare. Nur an den Seiten schimmerten sie bereits silbergrau. Er hatte ein sehr markantes Gesicht, das überaus attraktiv hätte sein können. Doch seine tiefdunklen Augenringe ließen ihn um einiges älter aussehen, als er vermutlich war.

Ich schätze ihn auf Mitte oder Ende Vierzig, doch so genau ließ sich das nicht sagen. Jedenfalls schien er lange Zeit nicht mehr geschlafen zu haben oder er war krank, doch seine Statur sah eher stark und gesund aus.

Er sah sich auffällig im hinteren Teil des Flugzeugs um. Interessierte ihn, was den Leuten auf den billigen Plätzen geboten wurde? Was wollte er sonst hier hinten?

Auf einmal trafen sich unsere Blicke. Seine Augen waren eisblau, wie die eines Huskys. Ein Schauer durchfuhr meinen ganzen Körper. Wer war dieser Mann?

Sein Blick machte mir Angst. Verschreckt schaute ich weg und tat so, als hätte ich eben nur zufällig in seine Richtung geblickt. Ich fing an, in meiner Handtasche zu wühlen, um einen arglosen Eindruck auf ihn zu machen. Es schien zu funktionieren, denn der Mann ging weiter, direkt an mir vorbei und verschwand in der Toilette.

Hatten die im Premiumbereich nicht ihre eigenen Toiletten? Oder waren die Klos vorne kaputt gegangen und nun kam ein First Class Kunde nach dem anderen hier hinter, um hier sein Geschäft zu verrichten? Ich hatte an diesem Tag schon weitaus genug Geräusch- und Geruchsattacken hinter mir. Wenn die Toiletten vorne nicht mehr funktionierten, dann würde das nun wohl kein Ende mehr nehmen.

Doch halt! Mir fiel auf, dass ich nichts hörte, absolut nichts. Und ganz ehrlich, man hörte wirklich alles, was auf diesem WC passierte. Der merkwürdige Kerl jedoch schien sich da drinnen nicht zu rühren und sich auch keinerlei Bedürfnisses zu entledigen. Was machte er nur?

Ich lauschte noch angespannter. Was auch immer der Typ tat, er ging nicht aufs Klo, soviel stand fest. Dies bestätigte sich auch, als er, ohne die Klospülung zu betätigen oder sich die Hände zu waschen, wieder aus der Toilettenkabine herauskam. Schnurstracks marschierte er auf den Vorhang zu und verschwand dann wieder in der First Class, ohne sich noch einmal umzudrehen.

Meine Neugierde war kaum zu bremsen. Ich musste wissen, was der geheimnisvolle Mann in der Klokabine gemacht hatte.

Als ich eben aufstehen wollte, um in der Toilette nachzusehen, kam ein Steward aus der First Class durch den Vorhang nach hinten. Mir verschlug es fast den Atem! Er hatte sonnengebräunte Haut, wunderschöne grüne Augen und braunes, frech geschnittenes Haar. Unter seiner Uniform konnte man seine Muskeln spielen sehen und als er an mir vorbeiging, verströmte er einen unglaublich guten Duft von einem Parfum, in dem eine klare Moschusnote dominierte.

Der merkwürdige, schwarz gekleidete Mann war sofort vergessen. Ich hatte nur noch Augen für den Steward. Dieser schien die Funktionsfähigkeit der hinteren Toiletten zu überprüfen, da er einen gründlichen Blick in alle Kabinen warf, auch in die direkt hinter mir.

Als er seinen Kontrollgang beendet hatte, ging er wieder in Richtung Vorhang, nicht aber ohne mir im Vorbeigehen zuzuzwinkern und mir dabei ein unverschämt sexy Lächeln zuzuwerfen.

Es war um mich geschehen. Ich war, im wahrsten Sinne des Wortes, auf Wolke sieben. In meinem Kopf malte ich mir allerlei Situationen aus, wie ich dem Steward noch einmal begegnen konnte. Ich stellte mir vor, wie ich ihn ansprach, wie er mir sanft die Hand auf die Schulter legte und ...

Irgendwie war ich dann wohl doch eingeschlafen. Umso überraschter war ich, als ich bemerkte, dass mein sexy Steward tatsächlich die Hand auf meiner Schulter hatte.

Er stand mit dem Servierwagen für das Abendessen vor mir und hatte mich wachgerüttelt, damit ich mein Tablett ausklappte. Mit Entsetzen stellte ich fest, dass ich mit offenem Mund eingeschlafen war und mir Speichel über das Gesicht lief. Wie peinlich! So hatte ich mir das aber nicht ausgemalt.

Ich lief vermutlich so rot an wie eine Tomate, wischte mir mein Gesicht ab, klappte das Tablett aus und wagte es vor lauter Scham nicht mehr, den Steward anzuschauen. Er legte mir wortlos ein belegtes Sandwich hin, reichte mir dazu einen Tetrapack Wasser und verschwand zu den Reihen hinter mir.

„Was war denn das eben?", fragte mich Marcella amüsiert.

Sie schien schon vor mir wieder aufgewacht zu sein und hatte offensichtlich genug Zeit gehabt, nicht nur ihre Frisur, sondern auch ihr Make-Up zu richten. Sie sah wunderschön aus, während ich total verschlafen und zerzaust war.

Selbst wenn der Steward mir heute schon ein Lächeln geschenkt hatte, so würden seine Gedanken sich jetzt vermutlich nur noch um Marcella und ihr wallendes, braunes Haar drehen, das aussah, wie direkt aus der Glisskur-Werbung entsprungen. Eigentlich hätten wir beide in dem Spot mitspielen können, ich im Vorher- und sie im Nachherszenario.

Gekonnt ignorierte ich ihre Frage und lenkte die Aufmerksamkeit auf das labbrige Sandwich: „Meinst du, es ist ratsam, das zu essen? Oder wollen die uns am Ende hier alle vergiften? Die Salami hier drauf ist bestimmt aus Pferdefleisch!"

Marcella lachte laut und meinte nur: „Wer nicht wagt, der nicht gewinnt!"

Sie nahm einen kräftigen Bissen von dem Sandwich und verschluckte sich prompt daran. Hustend griff sie nach ihrem Wasser und trank ein paar Schlucke.

„Okay, vielleicht ist es ein bisschen trocken, aber durchaus essbar." Wie um ihre Worte zu bestätigen, nahm sie einen weiteren Bissen von dem Sandwich, der diesmal allerdings wesentlich kleiner und zaghafter war.

Nachdem wir beide unsere trockene Mahlzeit heruntergeschluckt hatten, erzählte ich ihr alles, was ich beobachtet hatte, während sie schlief. Von dem merkwürdigen Typen mit den eisblauen Augen, bis hin zum Steward mit dem umwerfenden Lächeln.

„Dachte ich mir schon, dass der genau dein Typ ist", schmunzelte Marcella.

„Ja, nur werde ich jetzt wohl null Chancen mehr bei ihm haben, nachdem er mich so gesehen hat", entgegnete ich traurig.

„Aber Christina, du hättest ihn doch sowieso nie wieder gesehen, nachdem wir aus dem Flugzeug hier aussteigen. Also vergiss ihn einfach."

Mir fiel auf, dass sie mir nicht widersprochen hatte, in dem Sinne von „Ach nein, er findet dich bestimmt trotzdem noch sexy!" Aber das liebte ich so an Marcella, sie war die ehrlichste Person, die ich kannte.

Ich versuchte, mir den Steward aus dem Kopf zu schlagen. Doch wie immer, wenn man versucht, an etwas nicht mehr zu denken, dachte ich nur umso mehr an ihn. Dann fiel mir jedoch siedend heiß etwas ein.

Marcella war fast schon wieder eingeschlafen, also stupste ich sie an und flüsterte ihr zu: „Marcella, wach auf. Mir ist da was aufgefallen."

Müde rieb sie sich die Augen und schaute mich an. „Was ist denn? Hat dir noch jemand zugezwinkert?"

Ihren Scherz nicht weiter beachtend sagte ich: „Marcella, der Steward ist direkt nach dem auffälligen Typen in die Toilettenkabine gegangen. Danach kam niemand mehr aus der ersten Klasse nach hinten, um hier aufs Klo zu gehen. Findest du das nicht merkwürdig?"

„Was soll daran denn bitte merkwürdig sein? Vielleicht hat der Steward die Toilette vorne ja repariert und dann hier hinten nachgeschaut, ob es hier auch etwas gibt, was gerichtet werden muss."

Okay, das klang plausibel, doch mir wollte ein Gedanke einfach nicht aus dem Kopf. „Und was ist, wenn die Toilette vorne nie kaputt war? Wenn der schwarz gekleidete Mann hier hinten auf dem WC etwas versteckt hat und der Steward hat es abgeholt? Vielleicht stecken die beiden bei etwas unter einer Decke. Eventuell geht es ja um Schmuggelware, einen gestohlenen Datensatz oder gar um Drogen?"

Marcella streichelte mir mit einer Hand sanft über die Wange, lächelte mich an und sagte: „Na siehst du, wie gut dir die Reise tut. Wir sind erst im Flugzeug und dir fallen schon wieder allerlei Räuberpistolen ein. Aber jetzt schlaf ein bisschen, sonst sitzt dir die Zeitverschiebung in den Knochen und die ersten Urlaubstage werden dann alles andere als erholsam für dich."

Sie streifte sich ihre Schlafmaske über und schlief beinahe umgehend ein. Widerwillig tat ich es ihr gleich und verfiel auch schon nach kurzer Zeit in einen unruhigen Schlaf, in dem mich huskyblaue Augen verfolgten.

Kapitel 2

Wir kamen sehr spät in unserem Hotel *Playa las Palmas* in Varadero an. Zumindest war es in deutscher Zeit sehr spät, auf Kuba war es gerade mal 21 Uhr.

Obwohl wir schon im Flugzeug ein wenig geschlafen hatten, fielen wir nach dem Einchecken wie tot in unsere Betten. Das war ja klar, denn allzu tief schlief man in sitzender Position nicht. Außerdem war ich ständig aufgewacht, aus Angst, ich könnte schon wieder vor mich hin sabbern und dabei vom Steward gesehen werden. Diesen hatte ich dann nur noch beim Aussteigen getroffen, als er sich von allen Passagieren am Ausgang verabschiedete. Dabei hatte er mich frech angegrinst, als ob er sich bei meinem Anblick noch immer über meinen Fauxpas amüsieren würde. Ich selbst beließ es bei einem knappen „Auf Wiedersehen!", was ich allerdings nicht so gemeint hatte, denn ich wollte ihn nie mehr wiedersehen. Die ganze Sache war mir noch immer viel zu peinlich, und das, obwohl der Steward sicher öfter mal Passagiere mit offenem Mund schlafen sah.

Statt um die verlorene Chance eines heißen Flirts mit dem Stewart zu trauern, wollte ich Marcella lieber den Mann mit den Huskyaugen zeigen. Ich war mir sicher, dass wir ihn im Shuttlebus oder an der Gepäckausgabe nochmal sehen würden, doch er war wie vom Erdboden verschluckt. Die Passagiere der Premium Class schienen wohl nicht nur ein eigenes Shuttle bekommen zu haben, sondern auch eine ganz eigene Gepäckabfertigung, anders konnte ich mir nicht erklären, warum der Mann so schnell verschwunden war.

„Ist doch egal.", hatte Marcella gesagt. „Jetzt schalte deinen kriminalistischen Verstand endlich mal ab und fang an, den Urlaub zu genießen!"

Ich fand, dass meine Freundin mit ihrem Einwand durchaus Recht hatte und beschloss, mir für die kommenden 14 Tage nicht nur jeglichen Gedanken an Kriminalfälle, sondern auch an Männer zu verbieten.

Am Abend unserer Ankunft hatten wir von unserer Hotelanlage nicht viel mehr gesehen als die Rezeption und den Pagen, der uns unsere Koffer auf unsere Junior-Suite in den Bungalowanlagen brachte. Wir hatten uns darüber gefreut, wie schön die Suite war, dass wir ein riesiges Bad mit superflauschigen Handtüchern hatten und hatten ausgemacht, wer in welchem Bett schlief. Zu mehr waren wir nicht mehr imstande. Noch vor 22 Uhr in kubanischer Zeit waren wir beide eingeschlafen.

Dementsprechend früh wachten wir am nächsten Morgen auf. Ich hatte mich schon gegen fünf Uhr immer wieder im Bett umgedreht. Um 6.30 Uhr reichte es mir und ich stand auf. Marcella schien noch zu schlafen, weshalb ich mich leise ins Bad schlich und mir erst einmal eine gründliche Dusche gönnte. Als ich wieder zurück ins Zimmer kam, war Marcella bereits auf. Sie stand an dem großen Terrassenfenster, das einen wunderschönen Blick aufs Meer bot. Wir schienen keine 20 Meter davon entfernt zu sein. Als wir die Terrassentür öffneten, klang das Rauschen der Wellen in unseren Ohren.

„Mein Gott ist das schön hier!", entfuhr es mir. „Sieh dir den weißen Sandstrand an und die riesigen Palmen. Schau, sie tragen sogar Kokosnüsse!"

Marcella war genauso begeistert wie ich. Wir beschlossen, uns vor dem Frühstück die Hotelanlage gründlich anzusehen, da wir das am Vorabend ja verpasst hatten.

Unsere Suite war in einem Bungalow untergebracht, an den viele weitere grenzten. Über uns gab es noch eine Suite, die wohl auch belegt war, da daraus laute Fernsehgeräusche ertönten. Es klang nach einer schmalzigen, spanischsprachigen Telenovela. Wer sah sich sowas nur schon zu so früher Stunde an?

Direkt vor unserem Bungalow waren gleich zwei Pools. Die Liegen am unteren Pool waren bereits mit einigen Handtüchern belegt. Hier schienen ganz offensichtlich noch andere Deutsche Urlaub zu machen. Das Schwimmbecken weiter oben hatte eine eigene Poolbar, zu der man sowohl vom Wasser aus als auch von außen

Zugang hatte. Schatten fand man hier entweder unter Schirmen aus Palmenblättern, oder unter den Palmen selbst. Doch auch hier waren schon viele Liegen belegt.

Zu unserer Schande ließen wir uns von dem Trend anstecken und gingen noch einmal in unser Zimmer, um unsere Badehandtücher zu holen. Diese platzierten wir dann auf zwei Liegen direkt am Pool. Nach dem Frühstück wollten wir wieder herkommen, um uns dann gleich über die Poolbar herzumachen. Doch erst machten wir unseren Rundgang weiter.

Wir folgten einem kleinen, künstlichen Wasserlauf, der wie ein Fluss in Kurven durch die wunderschöne Gartenanlage verlief. Darüber führten immer wieder kleine Brücken, auf denen es sich um diese Uhrzeit noch die Geckos gemütlich machten. Wir beobachteten die Tiere einige Zeit lang, wie sie die Sonne genossen und sich von unserer Anwesenheit nicht beeindrucken ließen. Von da an war unser Urlaubsmotto „Mach es wie die Geckos!". Wir würden auch nur in der Sonne brutzeln und die Seele baumeln lassen.

Nach etwa 400 Metern kamen wir zu einem weiteren Pool, der direkt neben einem A-la-carte-Restaurants lag.

„Das muss das Steakhouse sein!", meinte Marcella zu mir.

Hinter dem Steakhouse war ein weiteres Lokal, das Italien zum Thema hatte. Es hieß „La Stracciatella". Bei einem Blick auf die außen angebrachte Karte fiel uns auf, dass es hier zwar Pizza, Spaghetti, Lasagne und allerlei andere italienischen Spezialitäten gab, jedoch kein Eis.

„Da haben die den Namen aber nicht sehr gut gewählt!", meinte Marcella mit einem Augenzwinkern zu mir.

Vom Pool konnte man entweder die Treppe nach unten oder nach oben nehmen. Wir gingen zunächst nach oben, wo nicht nur noch ein weiterer Pool, sondern auch zwei Jacuzzis auf uns warteten.

„Es hat hier permanent mindestens 30 Grad! Wer bitteschön möchte sich bei dieser Hitze in einen Jacuzzi setzen?", fragte ich laut.

„Der sieht auch nicht so aus, als ob er viel benutzt werden würde", meinte Marcella dazu.

Der Pool hingegen schien der Hauptpool zu sein. Von dort aus hatte man einen wunderbaren Blick auf das Meer und auf die Hotelanlage. Etwas erhöht lag noch ein weiteres Restaurant, vor dem ein riesiger, goldener Buddha saß.

„Das kann ja dann nur das japanische Lokal sein. Hier soll es laut Hotelwebsite einen Teriyakigrill geben."

Marcella schien sich vor unserem Urlaub nochmal gründlich eingelesen zu haben. Ich hingegen war eher der Typ Mensch, der sich von sowas gerne überraschen ließ. Wo blieb denn da der Spaß am Erkunden, wenn ich vorher schon alles über das Hotel wusste?

Wir beschlossen die Treppen wieder nach unten zu gehen, um über den Strand zum Buffetrestaurant zu gelangen, wo es das Frühstück gab. Doch kaum waren wir am Strand angelangt, wünschten wir uns auch schon, wir wären doch obenrum gegangen. Dort unten gab es auch noch eine kleine Strandbar, die sehr hübsch aussah. Und an dieser fing uns einer der Animateure ab. Es war ein kleiner, schmieriger Typ mit Sonnenbrille, der uns schief anlächelte und dabei eine Reihe bräunlich verfärbter Zähne zeigte. Ob das von zu viel Rum kam? Oder kaute er Tabak oder sowas?

„Hola guapas!", rief uns der junge Kubaner überschwänglich entgegen. „You are up very early! Where do you come from?"

"We are from Germany." entgegneten wir wenig begeistert.

„Oh gut, ich kann sprechen ein wenig Deutsch!", antwortete uns der Animateur. „Ich sehe an eure Armband, ihr seid erst gekommen dieses Woche?"

Wir blickten auf die hellblauen Bändchen, die man uns am Vorabend noch an der Rezeption sehr eng umgebunden hatte. Wir hatten uns noch gewundert, wozu die gut waren, da doch in diesem Hotel jeder Gast „all inclusive" war. Wir hatten vermutet, dass sie verhindern sollten, dass sich jemand zum Essen hier einschmuggelte. Zudem schienen sie, wie uns nun klar wurde, anzuzeigen, in welcher Woche man angekommen war.

„Äh, ja!", stammelte ich, „Wir sind gestern Abend angereist!"

„Ah, dann hat euch noch niemand erzählt von unsere tolle Animationsprogramm!", stellte er fest.

„Ich darf mich euch vorstellen, ich bin Roberto. Ich mache hier Animation, wie ihr sicher schon gesehen habt an meine Shirt. Wir haben tolle Sachen, um euch vertreiben zu tun die Zeit. Gleich nach dem Frühstück zum Beispiel ist eine Salsa Lesson gleich hier am Strand. Danach wird es geben eine Volleyballspiel."

Roberto zählte uns eine geschlagene halbe Stunde lang auf, was uns in der Hotelanlage alles Tolles geboten wurde. Es gab von Strandspielen über Kerzengießen und Cocktailkursen bis hin zur Rumverkostung wirklich alles. Dennoch war ich momentan wenig daran interessiert. Mein Magen hing mir schon in den Kniekehlen, ich wollte endlich zum Frühstück. Zu allem Überfluss fing Marcella an, spaßig mit Roberto zu flirten. Sie schenkte ihm ihr schönstes Lächeln und fragte:

„Und was machst du so? Gibst du Tanzstunden hier?"

„Por descracia no", antwortete Roberto und sah dabei fast peinlich berührt aus.

„Ich bin gute Tänzer, wie alle Männer auf Kuba, aber die Dancing Lessons geben hier professionelle Tanzlehrer. Ich mache die Cocktail Lessons."

„Wow, das ist ja fast wie bei Dirty Dancing hier!", witzelte Marcella. „Dann gibt es sicherlich auch noch eine ganz tolle Abschlussshow!"

Roberto schien ihren Witz nicht zu verstehen, denn er antwortete ganz sachlich:

„Ja, es gibt eine Abschlussshow jeden Freitag, die ist aber nicht so toll. Ihr habt jedoch Glück, wenn ihr nächste Woche auch noch da seid. Vor dem Beginn der Regensaison wird es eine sehr große Saisonabschlussshow geben von unsere Tänzer. Sogar Talentscouts werden dort kommen, um das zu sehen. Ist große Chance für unsere Tänzer berühmt zu werden. Falls ihr habt keinen Zeit ist aber jeden Abend eine Show in unsere Theater, heute ist Tanz und Gesang zu Thema Musical."

Wir bedankten und bei Roberto für die vielen Infos und machten uns dann endlich auf in Richtung Frühstück. Kaum waren wir außer Robertos Sichtweite, prusteten wir auch schon los.

„Die sollten das hier lieber Kellerman Resort nennen!", lachte ich laut.

„Meinst du, der Tanzlehrer sieht aus wie Patrick Swayze?", scherzte Marcella mit.

„Ach, lieber nicht", entgegnete ich ihr. „Sonst müssen wir am Ende noch Melonen tragen!"

Da wir laut lachten, als wir das Buffetrestaurant betraten, wurden wir von allen angestarrt. Da um diese Uhrzeit fast nur steinalte Menschen beim Frühstück waren, machte uns das aber nichts aus. Wir machten uns über das Buffet her und schlichteten die fettigsten Sachen, wie Speck, Baked Beans und Rührei auf unsere Teller. Schließlich wollten wir eine gute Grundlage für unsere Stunden an der Poolbar haben. Wir ließen uns gleich zwei Mal von dem guten, kubanischen Kaffee nachschenken und waren nach dem Essen dementsprechend aufgedreht.

Schnell gingen wir auf unser Zimmer, um unsere Bikinis anzuziehen. Ich hatte mein kleines Figurproblem bis dahin beinahe vergessen. Doch als Marcella dann in einem dunkelblauen Bikini ankam, der ihre Wespentaille gekonnt betonte, bereute ich das reichhaltige Frühstück sogleich. Resignierend schaute ich auf meine Rettungsringe hinunter. Ob die wenigstens dazu taugten, mich nach dem fünften Cocktail noch über Wasser zu halten? Das würde sich sicher bald herausstellen.

Unsere Liegen am Pool waren tatsächlich noch reserviert. Ich wunderte mich stets, warum andere Gäste nicht einfach die Handtücher weglegten, wenn längere Zeit niemand kam, der auf den Liegen Platz nahm. Ich selbst hatte das schon das ein oder andere Mal gemacht. Sonst konnte man im Urlaub doch nie ausschlafen, wenn man immer schon um sieben Uhr früh sein Handtuch irgendwo hinlegen musste. Und dass es nicht klappte es bereits am Abend zu platzieren, musste ich auch schon einmal schmerzlich feststellen. Auf Mallorca hatte ein Mitarbeiter mein Handtuch dann einfach weggeräumt und ich musste für ein Ersatztuch satte 20 Euro bezahlen.

Als wir uns ins Wasser wagten, machten wir uns darauf gefasst, einen Kälteschock zu erleiden. Doch zu unserer Überraschung war das Wasser recht warm. Das war zwar sehr schön, um schnell reinzukommen, jedoch nicht wirklich abkühlend. So musste die Erfrischung in Form eines Cuba Libre in uns hineinfließen. Das ist natürlich der erste Drink, den man auf Cuba zu sich nehmen muss, gleich gefolgt von einer Pina Colada. Unser Barkeeper Miguel kannte es offensichtlich schon, dass sich Gäste gleich nach dem Frühstück bei ihm die Kante gaben. Vielleicht war der Pool deshalb auch nicht tiefer als 1,10 Meter. So konnte wenigstens niemand seiner angeheiterten Kunden ertrinken.

Miguel sorgte brav dafür, dass unsere Becher niemals leer wurden. Zur Mittagszeit wies er uns darauf hin, dass man bei ihm an der Poolbar auch etwas essen konnte. Er wollte offensichtlich, dass der Alkohol ein wenig aufgesogen wurde, denn inzwischen waren wir ihm ein wenig zu laut geworden. Wir hatten angefangen, durch den Pool zu tanzen und lauthals zu singen. Eines musste man Miguel lassen, es war eindeutig nicht zu wenig Alkohol in seinen Cocktails.

Erschöpft von unseren wasserballettartigen Einlagen, schwammen wir zum Rand des Pools und ruhten uns dort aus. Wir beobachteten die Menschen, die mit uns am Pool waren. Zu unserer Verwunderung hatten sich die Liegen auffallend geleert. Die waren doch nicht etwa alle wegen uns gegangen? Oder waren die zum Volleyball oder einer anderen sinnlosen Animationsveranstaltung aufgebrochen? Ach nein, es war ja Essenszeit, die standen sicher alle am Buffet an.

Ich beobachtete gerade einen älteren Mann, der offensichtlich schon länger in der Sonne lag, denn seine Haut war bereits knallrot, als mich Marcella in die Seite stieß.

„Au, das tut weh!", fuhr ich sie an.

„Sorrrry!", lallte sie. „Ich wollte nur wissen, hab ich zu viel gedrrungen oder läuft da ein Mann mit einer Machete rum?"

Sie zeigte mit dem Finger sehr wackelig in eine Richtung. Als ich dort hinsah, war es um mich geschehen. Ein muskelbepackter Kubaner Mitte dreißig lief in einem eng anliegenden grünen T-Shirt und ebenso engen, grünen Shorts herum. Bei jedem seiner Schritte wallte sein dunkel gelocktes, beinahe schulterlanges Haar. Das umwerfende Braun seiner Augen leuchtete bis zu uns herüber. Er hatte eine perfekte römische Nase, die der von Tom Cruise glich... und er lief tatsächlich mit einer Machete bewaffnet durch die Hotelanlage!

Panisch griffen wir uns bei den Händen und wollten laut losbrüllen, als sich uns der Grund für die Machete darbot. Mit Hilfe eines Seiles um seine Hände und Füße und spezieller Schuhe, kletterte der Mann in Windeseile eine Palme hoch. In Höhe der Kokosnüsse angekommen, prüfte er diese einzeln sorgfältig auf ihren Halt. Lose wirkende Kokosnüsse schlug er mit der Machete ab und transportierte sie nach unten, wo er sie in einer Schubkarre platzierte. Er war offensichtlich für die Gartenanlage hier zuständig.

„Wow, was für ein Mann!", entfuhr es mir.

„Du findest den wirklich attraktatativ?", fragte mich Marcella. „Wenn da mal nicht nur der Alohol aus dir spricht. Der sieht doch aus wie Tarzan!"

Ich verschwieg ihr an dieser Stelle, dass ich jede einzelne Realverfilmung von Tarzan kannte, weil ich schon immer ein Faible für Männer in Lendenschurz hatte. Und das da vorne, das war mein ganz eigener Tarzan. Mutig kletterte ich aus dem Wasser.

„Ohoho!", lachte Marcella, „Du willst echt hingehen? Du bist doch sturzgetrunken!"

Im Gegenteil zu meiner der deutschen Sprache nicht mehr mächtigen Freundin, fühlte ich mich nicht betrunken, eher so, als könnte ich Bäume ausreisen. Die Welt gehörte mir, niemand konnte mir widerstehen und deshalb ging ich nun zu dem Gärtner, um ihn sofort hoffnungslos verliebt in mich zu machen.

Dass ich nichts weiter anhatte als meinen Bikini und ihm somit sofort all meine Problemzonen offenbarte, war mir in diesem Moment vollkommen entfallen und auch, wie man geradeaus lief. Auffallend wacklig und einige Haken schlagend, schlurfte ich auf ihn zu und sprach ihn voller Inbrunst, mit etwas feuchter Aussprache an.

„Du bischt hier für die Kokosnüsse, hm?"

Etwas irritiert aber mit einem unglaublich sexy Lächeln schaute mein Tarzan mich an.

„Perdón, no hablo ... eh, actually I don´t know which language you are speaking!"

Wo war ich nur mit meinen Gedanken gewesen. Natürlich sprach er kein Deutsch. Es konnte doch jeder sehen, dass er ein heißblütiger Kubaner war. Doch statt es bei der missglückten Kontaktaufnahme zu belassen und noch mit einigermaßen erhobenem Haupt zurück zum Pool zu torkeln, kramte mein betrunkenes Gehirn alles hervor, was es noch an Fremdsprachenkenntnissen vorrätig hatte.

„I am de Alemania. I was flying a loooot of time to come here. I am a really hot girl, ähm, guapa, you know? And you are also guapa!"

Das sexy Lächeln von meinem Tarzan verwandelte sich in ein breites Grinsen. Er blickte mich abschätzend an, so als hätte er noch immer nicht verstanden, warum ich ihn angesprochen hatte. Dabei konnten meine Absichten doch nicht offensichtlicher sein, oder?

Plötzlich schien er auch verstanden zu haben, was ich wollte, denn sein Gesicht hellte sich auf und er sagte: „Ah, entiendo. You don´t mean guapa!"

Ich meinte nicht guapa? Doch doch, sehr wohl meinte ich das. Guapa, was so viel wie *schöne Frau* bedeutet, war eines der wenigen Wörter, dessen ich in Spanisch mächtig war und ich hatte definitiv gemeint, was ich sagte. Fand er mich etwa nicht hübsch?

„You mean water, agua, don´t you? You´re feeling dehydrated and need some water?"

Perplex davon, wie mich der Mann so falsch verstehen konnte, sagte ich erst mal gar nichts und starrte ihn nur mit großen Augen an. Dies schien er als Bestätigung seiner Worte zu interpretieren.

„I have something better for you!", sagte mein Schönling, nahm seine Machete und eine Kokosnuss und hieb dann damit auf diese ein. Wollte er mir jetzt etwas schnitzen?

Ehe mir wirklich klar wurde, was er da tat, reichte er mir auch schon die Kokosnuss. Sie war geöffnet, darin war eine recht klare Flüssigkeit zu sehen. Aus einer Tasche zog der Gärtner einen Strohhalm hervor und steckte ihn in die Kokosnuss. Von einem Strauch pflückte er noch eine Blüte, die er scheinbar zunächst an der Nuss befestigen wollte. Er überlegte es sich jedoch anders, strich mir sanft eine Haarsträhne hinter das Ohr und befestigte die Blume dort. Mein Herz schlug wie wild. Ich spitzte die Lippen, in Erwartung eines Kusses. Er hingegen sagte nur „You´re welcome", drehte sich um und zog von dannen.

Kapitel 3

Als ich wieder etwas nüchterner war, wurde mir klar, wie sehr ich mich vor dem sexy Gärtner mit meinem Auftritt blamiert hatte.

„Erst die Sache mit dem Steward und dann das!", badete ich wieder im Selbstmitleid. „Wieso hast du mich nicht davon abgehalten, zu ihm zu gehen?", warf ich Marcella vor.

Wir saßen mit Sandwiches, die wir von der Poolbar mitgenommen hatten, am Strand, möglichst weit weg von allen Cocktailbezugsquellen, um ja nicht mehr in Versuchung zu geraten. Wir hatten beide so viel getrunken, dass wir wohl auch in den nächsten Tagen erst mal keine Lust mehr auf weitere Exzesse hätten. Hinzu kam die Hitze. Bei mehr als 30 Grad im Schatten sollte man mit dem Alkohol wirklich etwas vorsichtiger sein. So lagen wir nun beide fix und fertig auf Strandliegen unter einem Palmensonnenschirm und zwangen uns, wenigstens ein bisschen zu essen, denn unseren Mägen hatten noch mit den Cocktails zu kämpfen, besonders mit den sehr sahnigen Pina Coladas.

„Nun hör mal, das wollte ich doch!", entgegnete mir Marcella müde. „Aber du warst ja so von dir überzeugt, dass dich niemand hätte zurückhalten können. Nebenbei bemerkt, ich fände es übrigens gut, wenn du dich nüchtern auch mal so selbstbewusst geben würdest."

Marcella hatte gut reden. Nüchtern war ich mir doch all meiner kleinen Fehler und Makel bewusst, wie sollte ich da denn selbstbewusst auftreten? Na ja, immerhin lallte ich nüchtern nicht und konnte dann wenigstens noch einigermaßen gut Englisch, was vielleicht doch etwas attraktiver war als eine selbstbewusste Betrunkene zu sein. Ich nahm mir vor, nun nicht nur mehr den Männern, sondern auch dem Alkohol abzuschwören. Doch leider halten solche Vorsätze bei mir nie lange.

„Glaubst du, ich habe mich arg blamiert?", fragte ich meine Freundin.

„Ach weißt du, er ist es sicherlich schon gewohnt von betrunkenen Urlauberinnen angequatscht zu werden. Und zu deinem Glück hat er deine wahren Absichten ja offensichtlich nicht erkannt. Es hätte also schlimmer kommen können. Und hätte er dir die Blume hinters Ohr gesteckt, wenn er dich nicht auch irgendwie süß finden würde?"

Ach ja, die Blume, die hatte ich ja schon fast vergessen. Ich holte die inzwischen arg verschrumpelte Blüte hinter meinem Ohr hervor und betrachtete sie von allen Seiten. Hatte die Blume etwas zu bedeuten? Mochte mich mein Tarzan vielleicht doch? Hatte ich noch eine Chance?

Oh man, was tat ich hier eigentlich. Das sollte ein erholsamer Urlaub werden. Ständiges Nachdenken über irgendwelche Männer war hier fehl am Platz. Ich musste mich ablenken.

„Wollen wir eine Runde ins Meer?", fragte ich Marcella. Keine Reaktion. „Marcella?"

Als ich zu meiner Freundin blickte sah ich, dass sie eingeschlafen war. Die Glückliche konnte wohl immer und überall schlafen. Zudem sah sie dabei, auch wenn einen Rausch ausschlief, immer noch wunderschön aus. Wie machte sie das nur? Sie konnte wirklich nichts entstellen.

Allein wollte ich wegen des Restalkohols lieber nicht ins Meer gehen. So blieb mir nichts anderes übrig, als weiter im Schatten liegen zu bleiben. Vielleicht würde mich das sanfte Rauschen des Meeres ja auch bald in den Schlaf wiegen. Wobei, vielleicht sollte ich lieber wach bleiben. Am Ende kam sonst der Gärtner hier vorbei, wenn ich wieder mit offenem Mund sabberte.

Lautes Gezeter lenkte mich von meinen selbstkritischen Gedanken ab. Zwei Sonnenschirme weiter hatte eine dicke, ältere, blonde Frau eine Diskussion mit einem jüngeren Pärchen begonnen, dass unter einem der Sonnenschirme lag. Alle drei waren offensichtlich Deutsche. Neugierig spitze ich meine Ohren.

„Doch, das ist mein Schatten, in dem Sie hier liegen. Sehen Sie nicht, ich habe meinen Badeanzug hier am Schirm hängen lassen, das bedeutet, dass ich diesen Schirm reserviert habe!", geiferte die Frau, die ich auf circa Ende 50 schätzte.

„Entschuldigen Sie bitte!", meinte der junge Mann freundlich. „Wir liegen hier schon mehr als zwei Stunden. Wir dachten, den Badeanzug hätte jemand vergessen."

„Na, jetzt wissen Sie ja, dass dem nicht so ist und dass das mein Platz ist. Würden Sie und ihre Freundin nun bitte den Platz verlassen?"

Wieder war es der Mann, der antwortete. Seine Frau schien solche Diskussionen gerne ihm zu überlassen.

„Tut mir leid, aber wie Sie sehen ist weit und breit kein Schattenplatz mehr frei. Aber wenn wir zusammenrücken, dann können wir ihnen hier eine Liege mit in den Schatten stellen, dann sind wir alle vor der Sonne geschützt."

Die alte Dame schaute ihn empört an. „Ich möchte meinen Schatten nicht mit Ihnen teilen. Außerdem kommt gleich noch mein Mann und zu viert passen wir garantiert nicht unter einen Schirm. Es ist so unverschämt von Ihnen, sich einfach unter einen reservierten Schirm zu legen. Sie sind jung, Sie können sich auch direkt in die Sonne legen. Verschwinden Sie von meinem Schirm!"

Jetzt konnte der junge Mann nicht mehr an sich halten. „Ich sage Ihnen mal, was hier unverschämt ist. Unverschämt ist, dass Leute hier mitten in der prallen Sonne liegen sollen, während dieser Schirm hier stundenlang nicht benutzt wird." Er zeigte auf seine junge Frau, deren runder Bauch nur einen Schluss zuließ. „Und dass sich nun meine schwangere Frau in die pralle Sonne legen soll, nur weil Sie ihren Badeanzug hier gelassen haben, das bringt das Fass zum Überlaufen. Schnappen Sie sich Ihren dämlichen Badeanzug und suchen Sie das Weite, ehe ich mich vollkommen vergesse!", schrie er die Dame an.

Diese merkte, dass inzwischen fast jeder am Strand ihren Streit beobachtete. Wutschnaubend schnappte sie sich ihren Badeanzug und stampfte in Richtung Pool davon.

Applaus brandete auf. Offensichtlich war nicht nur das junge Paar froh darüber, dass die laute Frau endlich fort war. Ich hoffte, dass sie nicht gleich mit ihrem vielleicht noch lauterem Ehegatten zurückkehrte.

Ich war schwer beeindruckt von dem jungen Mann. Wieso konnte ich nicht einen Kerl finden, der genauso für mich einstand, wie er für seine schwangere Frau? Doch bevor ich wieder in Selbstmitleid ausbrach, blickte ich mich weiter um, um zu sehen, was das Strandkino noch so hergab.

Ein paar Urlauber fuhren mit einem Katamaran aufs Meer hinaus. Besonders günstig schien der Wind jedoch nicht zu sein, da es nur langsam vorwärtsging bei ihnen. Ein paar andere hatten sich Tretboote ausgeliehen und kamen damit deutlich schneller voran, trotz des leichten Wellengangs.

Ich ließ meinen Blick weiter über die Menschen gleiten, die sich im Wasser vergnügten. Oh, was stand denn da für ein tolles Muskelpaket im Wasser? Ich hatte einen von hinten sehr knackig aussehenden, dunkelhaarigen Mann entdeckt, der mit den Füßen im Wasser stehend auf das Meer hinausblickte. Na da würde sich Marcella aber ärgern, dass sie diesen Ausblick verpasst hatte. Ich hoffte inständig, der Mann würde sich bald umdrehen, damit ich seinen muskelbepackten Körper auch von vorne sehen konnte. Doch als er das nach einer gefühlten Ewigkeit endlich tat, wünschte ich, er hätte es nicht getan. Vor lauter Schreck blieb mir fast das Herz stehen.

Es war der Mann aus dem Flugzeug. Ich erkannte seine eiskalten, huskyblauen Augen auch auf die zehn Meter Entfernung, aus der er mich gerade direkt anstarrte. Mir wurde Angst und Bange. Warum sah er mich so an? Erkannte er mich aus dem Flugzeug? Oder hatte er bemerkt, dass ich ihn beobachtet hatte? Ich wandte meinen Blick von ihm ab und versuchte Marcella zu wecken.

Ich rüttelte sie sanft: „Marcella, wach auf, er ist hier!"

Doch Marcella grummelte nur vor sich hin und schlief weiter.

„Marcella, bitte!"

Keine Reaktion.

Ich blickte wieder zu dem Huskymann. Er starrte noch immer stur in meine Richtung. Langsam kam er aus dem Wasser auf mich zu. Was hatte er vor? Er wollte doch nicht etwa zu mir? Ich versuchte, mich damit zu beruhigen, dass er mir vor all den Leuten am Strand wohl kaum etwas tun konnte. Doch mein Herz schlug noch immer wie wild.

Nachdem er schon fast die Hälfte des Weges zu mir zurückgelegt hatte, drehte der geheimnisvolle Fremde mit einem Mal nach rechts ab. Er hielt auf einen Liegestuhl zu, der keine vier Meter von meinem entfernt war. Er schnappte sich das darauf liegende Handtuch, trocknete sich ab, nahm eine dort liegende Strandtasche und verließ den Strand, jedoch nicht ohne sich noch einmal nach mir umzudrehen.

Schnell schloss ich die Augen, und tat so, als wäre ich auch eingeschlafen. Langsam zählte ich bis hundert. Erst dann traute ich mich, die Augen wieder zu öffnen.

Von dem Mann war nichts mehr zu sehen. Allmählich beruhigte sich mein Puls wieder.

Warum hatte ich so panische Angst vor diesem Mann? Was hatte er an sich, das mir das Blut in den Adern gefrieren ließ? Irgendetwas stimmte nicht mit ihm! Warum machte ein Mann wie er ganz alleine Urlaub auf Kuba? Und warum war er so durchtrainiert? War er am Ende doch eine Art Geheimagent? Wie er so aus dem Meer gekommen war, das hatte doch schon sehr an die Szene aus *Casino Royale* erinnert, in der Daniel Craig als James Bond mit seinem von oben bis unten nassen Körper aus dem Meer stieg ... Oje, ich hatte eindeutig zu lange keinen Sex mehr!

Neben mir begann Marcella sich gähnend aufzurichten.

„Na, konntest du auch etwas schlafen?", fragte sie mich.

„Gott sei Dank, du bist endlich wach!", setzte ich an, meiner Freundin alles zu berichten. „Stell dir vor, er ist tatsächlich hier! Er war hier am Strand und er hat mich angestarrt!"

"Wer war hier?", fragte Marcella noch ganz schlaftrunken. Doch dann lächelte sie, zeigte hinter mich und meinte: „Ah, ich verstehe, ER ist hier!"

Erneut überkam mich Panik. War der Huskymann zurückgekehrt? Stand er am Ende sogar direkt hinter mir? War Marcella gerade rechtzeitig aufgewacht, um ihn davon abzuhalten sich von hinten an mich heranzuschleichen?

Doch Moment mal! Marcella wusste doch gar nicht, wie er aussah. Wer also war da hinter mir? Gespannt drehte ich mich um.

Es war mein Tarzan! Er war mit einer Schubkarre voller Kokosnüsse an den Strand gekommen, die er nun alle mit seiner Machete bearbeitete und an die Urlauber verteilte. Es hatte sich bereits eine lange Schlange gebildet. Ich wusste nicht, was die Leute daran so gut fanden. Ich hatte von meiner Kokosnuss probiert und fand den Geschmack der Flüssigkeit alles andere als gut. Ich hatte mich auf süße Kokosmilch eingestellt, doch was meine Geschmacksknospen dann kosteten, war eher herb. Aber gut, Geschmäcker sind ja bekanntlich unterschiedlich. Oder vielleicht hatten all die Leute zuvor auch noch nie aus einer Kokosnuss getrunken und wurden nachher genauso enttäuscht, wie ich heute.

Ja, okay, meine Enttäuschung hatte vielleicht weniger mit dem Geschmack des Saftes als mit meinem peinlichen Auftritt zu tun. Als ich den Gärtner jetzt wieder sah, schlug mein verräterisches Herz mir erneut bis zum Hals. Neu hinzu kam eine Horde von Schmetterlingen, die in meinem Bauch um die Wette flogen.

Ob er mich gesehen hatte? Ob er zu mir rüberkommen würde? Ich könnte mich für die Kokosnuss bedanken, und die Blume, die er mir geschenkt hatte. Dann würde ich mich für meine dumme Anmache entschuldigen, wir würden beide darüber lachen und vielleicht zusammen eine Runde im Meer baden gehen ...

Meine romantischen Gedanken wurden unterbrochen, als mir etwas auffiel. Der Gärtner hatte nicht nur für jeden Kokosnussliebhaber einen Strohhalm parat, so wie bei mir, sondern für alle Frauen auch noch eine Blüte. Diese überreichte er nicht einfach so, sondern, das war ja klar, er steckte sie ihnen zärtlich hinter das Ohr. So lief bereits eine ganze Herde an dämlich vor sich hin grinsenden Weibern am Strand herum, die, genauso wie ich heute Vormittag, mit einer Blüte geschmückt waren.

Die vermeintlich romantische Geste heute war also nichts anderes gewesen, als die übliche Masche des Gärtners, um an mehr Trinkgeld zu kommen. All meine Illusionen waren dahin. Die Männer auf Kuba waren also genauso mies wie alle anderen auch.

Marcella konnte es vermutlich in meinem Kopf rattern hören. Die Enttäuschung musste groß und breit in mein Gesicht geschrieben sein.

„Weißt du, was wir jetzt brauchen?", fragte sie mich tröstend. „Eindeutig noch eine Runde an der Poolbar!"

Ich stimmte ihr resignierend zu. Alle guten Vorsätze waren mir jetzt egal, schließlich war ich hier im Urlaub, um Spaß zu haben!

Kapitel 4

Um nicht wieder einen Komplettabsturz wie an unserem ersten Urlaubstag zu erleben, beschlossen wir am Tag darauf, einen Ausflug zu machen. An der Rezeption erklärte man uns, dass es einen Shuttlebus gab, der ganz in der Nähe des Hotels hielt und uns direkt in das Stadtzentrum von Varadero bringen würde.

Auf dem Weg zur Haltestelle kamen wir an einem Einkaufszentrum vorbei. Hier gab es alles, was das Touristenherz höher schlagen ließ. Wir waren jedoch noch nicht in der Stimmung Souvenirs oder Postkarten zu besorgen. Dennoch kaufte sich jede von uns eine Schirmmütze, mit einer Abbildung von Che Guevara darauf, da wir vergessen hatten uns eine geeignete Kopfbedeckung mitzunehmen.

Als wir an der Bushaltestelle warteten, sorgten unsere neuen Kappen schon gleich für die erste amüsante Begegnung. Zwei Musiker warteten dort scheinbar auch auf den Bus. Als sie uns mit unseren neuen Schirmmützen sahen, holten sie ihre Instrumente heraus und stimmten einen Song an, in dem es offensichtlich um den *Commandante Che Guevara* ging. Wir ließen uns die musikalische Beschallung gefallen, wippten im Takt mit und versuchten auch gleich, den Refrain mitzusingen. So hatten wir viel Spaß, bis endlich der Bus kam.

Etwas irritiert waren wir, als die Musiker nicht in den Bus stiegen. Sie wollten gar nicht in die Stadt, sondern hatten sich die Haltestelle als guten Platz auserkoren, um für Touristen zu musizieren. Dies taten sie natürlich nicht umsonst, sondern sie wollten ein Trinkgeld dafür. Etwas enttäuscht gaben wir jedem fünf CUC. Tat hier denn niemand etwas aus Freundlichkeit? Wollten denn alle immer nur unser Geld?

Andererseits hatte ich gelesen, dass Kuba ein sehr armes Land war. Die Menschen hier waren auf die Trinkgelder der Touristen angewiesen. Vielleicht sollte ich meinen Stolz diesbezüglich zurückschrauben und mich lieber freuen, dass ich den Kubanern mit meinem Urlaub hier etwas Gutes tun konnte.

In der Stadt angekommen stiegen wir bei der Beatles-Bar aus. Diese war zwar geschlossen, man konnte aber von außen lebensgroße Figuren der Beatles dort stehen sehen. Schnell wollte ich mit meinem Smartphone googeln, ob die Beatles irgendeine spezielle Bedeutung für Varadero oder Kuba hatten, jedoch hatte ich kein Datennetz, obwohl ich mein Handy doch extra auf eine Auslandsflat upgegradet hatte.

„Du bist ohne Internet echt aufgeschmissen, oder?", lachte Marcella und holte einen Reiseführer aus ihrem Rucksack. Sehr altertümlich, aber in diesem Fall dann doch ganz praktisch. Darin stand zu unserer Überraschung, dass die Beatles nie auf Kuba waren. 1964 verbannte Fidel Castro sogar ihre Musik von dort. Doch nahezu 40 Jahre später änderte sich alles, als Castro in Havanna eine Statue von John Lennon einweihte. Er sprach dem ermordeten Bandmitglied seinen Respekt für dessen Songtexte aus und meinte, er sei wie er ein Träumer. Von da an fanden sich überall im Land Statuen der Bandmitglieder, auch in Varadero. Irgendwie waren die Beatles plötzlich zum Ideal der Kubaner geworden.

„Heute scheint das Land dem Westen gegenüber viel offener zu sein", meinte ich zu Marcella. „Haben nicht sogar die Rolling Stones mal in Havanna gespielt?"

„Ja das stimmt!", meinte Marcella. „Hoffen wir mal, dass sich das Land dem Westen nicht allzu sehr anpasst. Es ist so schön hier mit all den Kolonialbauten und den vielen alten Autos. Siehst du da drüben den rosa Oldtimer?"

An uns fuhr ein pinker Ford Sunliner vorbei, in dem einige Touristen durch die Stadt kutschiert wurden. Die Oldtimer waren hier wie Taxis, man konnte sich in diesen überall hinbringen lassen. Alternativ konnte man auch in ein Fahrradtaxi steigen, doch die Oldtimer sahen viel spaßiger aus. Dennoch gingen wir lieber zu Fuß weiter.

Wir kamen vorbei an einem Park, der seine besten Tage schon hinter sich hatte. Eine Brücke führte auf eine kleine Insel inmitten eines Sees. Jedoch erschien uns die Brücke so morsch, dass wir uns lieber nicht darüber wagten. Wir hatten keine Lust, dadurch in das grün-bräunliche Wasser zu fallen.

Am Rand des Parks stand ein wunderschönes Taubenhaus, das wie eine Villa aussah. Die Rückseite der Vogelbehausung war jedoch auch schon eingestürzt und mutete eher wie eine Ruine an. Dahinter lag eine Taube tot im Gras, was ein sehr trauriges Bild abgab.

„Lass uns lieber zu dem Handwerkermarkt gehen, von dem uns die Rezeptionistin erzählt hat!", meinte Marcella, „Der Park hier macht keinen so guten Eindruck auf mich."

Zu dem Handwerkermarkt war es nicht weit. Man schien insgesamt alles in Varadero gut zu Fuß erreichen zu können, vorausgesetzt, man hatte sich gut genug vor der Sonne geschützt. Diese brannte auf uns herunter, so dass uns überall der Schweiß über den Körper lief. Doch die Anstrengung lohnte sich, denn der Markt war sehr sehenswert.

Während einige Stände allgemeinen Touristenkram anboten, konnte man an anderen echten Künstlern bei der Arbeit zusehen. Ein junger Künstler verzierte selbstgeschnitzte Humidore. Das sind Aufbewahrungsbehälter für Zigarren, in denen man immer für die richtige Luftfeuchtigkeit sorgen kann. Es war faszinierend ihm dabei zuzusehen, wie er winzige Mosaiksteine darauf anbrachte, die zusammengesetzt ein Bild von - na wem schon - Che Guevara ergaben.

Die Künstler an den Lederständen bevorzugten weniger kubanische Motive. Auf ihren Werken waren Bilder von diversen Marvel-Comichelden und aus aktuellen Kinoblockbustern zu sehen. Das einzig kubanisch anmutende Motiv hier war Johnny Depp als Pirat Jack Sparrow aus *Fluch der Karibik*. Die Verwestlichung war hier somit schon nicht mehr zu übersehen. Zum Glück hatte sie noch keinen Eingang in die traditionelle kubanische Musik gefunden.

In der Mitte des Marktes genossen wir die Musik einer Band, die dem *Buena Vista Social Club* Konkurrenz machen konnte. Die fünf Männer hatten sichtlich Spaß beim Musizieren. Besonders beeindruckend war der Trompetenspieler, der sein Instrument so liebevoll behandelte, als wäre es eine schöne Frau. Entsprechend weich und zart klang sein Solo. Wir hörten der Gruppe einige Lieder lang zu. Als sie dann jedoch

Guantanamera anstimmten, flüchteten wir. Mit diesem Lied wurden wir bereits beim Frühstück, an der Poolbar und am Strand beschallt, so dass wir es beim besten Willen nicht mehr hören konnten.

Wir fuhren zurück ins Hotel und beschlossen, den Tag richtig edel in einem der A-la-carte-Restaurants ausklingen zu lassen. Da auch die Restaurants all-inclusive waren, es jedoch nicht genug Platz für alle Hotelgäste gab, musste man sich vorher eine Reservierung holen. Die Schlange hierfür war ziemlich lange, so dass wir schon fürchteten, in keinem der Lokale mehr einen Platz zu bekommen und wieder im Buffetrestaurant essen zu müssen. Doch wir hatten Glück, im *El Bogavante*, dem edelsten Restaurant im ganzen Hotel, war noch genau ein Tisch für uns frei. Marcella war ganz aufgeregt deshalb.

„Ich habe auf der Website gelesen, dass es dort richtig guten Hummer geben soll und auch in den Facebookkommentaren zum Hotel wird das *El Bogavante* in den höchsten Tönen gelobt. Einige der Stammgäste des Hotels schreiben sogar, sie würden nur wegen dem guten Essen dort immer wieder hier Urlaub machen."

Es überraschte mich nicht, dass Marcella sämtliche Bewertungen zu dem Hotel kannte. In der Werbebranche musste sie stets den aktuellen Geschmack der Leute kennen und so hatte sie sich im privaten Bereich auch schnell angewöhnt, alles auf Bewertungen und Meinungen hin zu analysieren. Doch in diesem Fall war es ganz praktisch, denn so würden wir nicht lange überlegen müssen, was wir bestellen sollten.

„Wir müssen unbedingt den Hummer nehmen, das ist die Spezialität des Restaurants!", freute sich Marcella.

Zum Glück hatten wir einige schicke Kleidungsstücke in unsere Koffer gepackt, denn in dem Lokal galt ein Dresscode. Wir richteten uns richtig fein her, inklusive Make-Up und Hochsteckfrisuren, was ich sonst im Urlaub eigentlich nicht machte. Wenn man schon so weit von zuhause weg war, dann konnte man es auch genießen, endlich ungestört im Schlabberlook herumlaufen zu können. Doch dies sollte ein richtig schöner Abend werden und dementsprechend stylten wir uns.

Als wir das Restaurant betraten, war ich froh, dass wir uns rausgeputzt hatten. Obwohl ich hochhackige Schuhe und ein Paillettenkleid trug, das meine Rundungen gekonnt kaschierte, fühlte ich mich dennoch leicht underdressed. Die anderen Gäste hatten sich gekleidet, als wollten sie heute noch den Wiener Opernball besuchen. Das Streichquartett, das im *El Bogavante* spielte, unterstrich diesen Eindruck.

„Wow, hast du schon mal in so einem edlen Lokal gegessen?" fragte mich Marcella. „Und noch dazu umsonst?"

„Naja, umsonst ist was anderes", antwortete ich. „Schließlich lassen wir einige tausend Euro für diesen Urlaub liegen!"

Doch ich musste eingestehen, dass meine Freundin Recht hatte. Im Lokal waren unterschiedlich große Tische aus einem edlen, dunklen Holz aufgestellt. Diese waren reichlich verziert eingedeckt. Auf jedem Tisch standen Kerzen, die das Lokal in ein angenehmes Licht tauchten, da das Kunstlicht bis auf das Nötigste gedimmt war. An den Wänden hingen Ölbilder, die die Altstadt von Havanna darstellten. Einige der Motive erkannte ich aus Marcellas Reiseführer, in den ich mich inzwischen auch ein wenig eingelesen hatte.

Die Kellner waren alle in schwarze Anzüge gekleidet. Einer von ihnen sah etwas schicker aus als alle anderen, ich konnte aber nicht genau ausmachen, woran das lag. War es ein feinerer Anzug oder lag es daran, dass er zusätzlich eine weinrote Fliege trug? Jedenfalls kam genau er nun auf uns zu.

„Hola señoritas! I am the man in charge at this restaurant. If you can give me your reservation number, I will show you your table."

Wir gaben ihm unsere Reservierungsnummer und er führte uns zu einem kleinen, runden Tisch, von dem aus wir beinahe das ganze Restaurant überblicken konnten. Er gab uns die Speisekarten und wir suchten uns, neben einem Krabbencocktail als

Vorspeise und einem Schokoladensoufflé als Nachspeise, natürlich den Hummer für den Hauptgang aus. Dazu gab es einen exzellenten Chardonnay.

Ich war schon von der Vorspeise restlos begeistert. Die Krabben waren so zart, dass ich das Gefühl hatte, sie würden auf meiner Zunge schmelzen. Etwas Sorgen machte mir jedoch der Hummer. Aß man den nicht immer mit einem besonderen Besteck? Wie sollte ich in die Schale reinkommen? Doch meine Bedenken waren unbegründet, denn der Hummer war schon so präpariert, dass ich auch mit meinem normalen Besteck an das butterzarte Fleisch herankam.

Ich hatte noch nie zuvor so etwas gegessen und deshalb war es die reinste Geschmacksexplosion auf meiner Zunge. Auch Marcella schien es die Sprache verschlagen zu haben, denn sie hatte schon länger nichts mehr gesagt. Als ich zu ihr aufblickte, sah sie jedoch alles andere als glücklich aus. Lustlos stocherte sie mit der Gabel in ihrem Hummer herum.

„Was ist los, schmeckt es dir nicht? Ich finde den Hummer großartig!", versuchte ich sie zu einem Lächeln zu bringen.

„Na, dass dir das schmeckt ist ja klar, du hast ja noch nie vorher Hummer gegessen", meinte Marcella pampig. „Ich hingegen war schon oft Hummer essen und habe mich deshalb besonders hierauf gefreut und jetzt servieren sie mir das hier!"

„Ich weiß gar nicht was du meinst, was stimmt denn mit dem Hummer nicht?", fragte ich verunsichert.

„Normalerweise bereitet man Hummer zu, indem man das noch lebende Tier in den Kochtopf gibt. So bleibt der Geschmack besonders gut erhalten", belehrte mich Marcella.

Igitt, das war nun wirklich das Letzte, woran ich denken wollte, dass mein Hummer vor gar nicht allzu langer Zeit noch gelebt hatte und nur wegen mir sein Leben lassen musste. Wie frausam das war, ihn lebend in den Kochtopf zu schmeißen.

Marcella sprach weiter: „Dieser Hummer hier ist eindeutig nicht frisch. Das ist Tiefkühlware!"

Obwohl mich der Gedanke, mein Hummer könnte schon länger tot gewesen sein, eigentlich beruhigte, fragte ich dennoch: „Woher willst du das denn wissen? Ich kann mir nicht vorstellen, dass die hier in einem Fünf-Sterne-Hotel keine frischen Zutaten benutzten, noch dazu, wo das Meer doch direkt vor der Haustür liegt."

„Eigentlich schmeckt Hummer noch viel intensiver, er hat eine ganz eigene Note. Dieser hier schmeckt eher fischig. Und sieh dir die Konsistenz des Fleisches an, das war eindeutig schon mal eingefroren."

Ich hatte bisher nicht gewusst, das Marcella so eine Feinschmeckerexpertin war. In der Mensa hatte sie damals genau wie ich die ungesündesten und fettigsten Sachen in sich hineingestopft. Wann war sie bitteschön zum Gourmet geworden? Aber jetzt, da sie es ausgesprochen hatte, schmeckte mir mein Hummer auch nicht mehr so gut. Wir ließen beinahe mehr als die Hälfte davon zurückgehen und machten uns stattdessen über das Soufflé her, dessen Qualität jedoch unbestreitbar war. Während wir die Schokolade auf unseren Zungen zergehen ließen, kam ein älterer, weißhaariger Mann herein. Er ging von Tisch zu Tisch und begrüßte jeden Gast persönlich. Auch an unserem Tisch machte er halt.

„Sie sehen mir aus, als kämen Sie aus Deutschland!", sagte er im perfekten Deutsch zu uns.

„Sieht man uns das an?" fragte ich interessiert zurück.

„Ich bin selbst aus Deutschland und erkenne meine Landsleute immer sofort. Darf ich mich vorstellen, ich bin Manuel Bräuer, ich bin der Hotelchef hier!"

Wir waren erstaunt. Nicht einmal Marcella hatte bei ihren Recherchen im Voraus herausgefunden, dass das Hotel einen deutschen Chef hatte.

„Sehr angenehm!", erwiderten wir beide wie aus der Pistole geschossen.

„Ich gehe gerne jeden Abend durch die verschiedenen Lokale meines Hotels und frage die Gäste, wie es ihnen geschmeckt hat", meinte Herr Bräuer zu uns.

Ich wollte eigentlich der Höflichkeit halber das Essen loben, doch Marcella kam mir zuvor. „Wir waren leider sehr enttäuscht, dass der Hummer nicht frisch war. Verwenden Sie hier immer Tiefkühlware? Dann kann ich mir nämlich die guten Bewertungen für das Restaurant hier nicht erklären."

Für einen kurzen Moment verzog sich das Gesicht des Hoteldirektors zu einer schiefen Grimasse. Er fing sich aber gleich wieder, setzte sein freundlichstes Lächeln auf und meinte: „Aber meine Dame, wie kommen Sie darauf, dass der Hummer nicht frisch sei? Wir bekommen jeden Tag neue Lieferungen, direkt von den Fischern. Frischer als hier bekommen Sie ihn nirgendwo."

„Hören Sie mal, ich schmecke doch, wenn ein Hummer nicht frisch ist", entgegnete Marcella ihm harsch.

Ich war bemüht, die Sache zu beschwichtigen, denn ich wollte es mir nicht unbedingt mit dem Hoteldirektor verscherzen. Wer weiß, ob er uns dann nicht heimlich Kakerlaken ins Zimmer schmiss oder dafür sorgte, dass wir keinen Alkohol mehr in unsere Cocktails bekamen. So sagte ich: „Also mein Hummer hat für mich schon frisch geschmeckt."

Marcella strafte mich mit einem bösen Blick. Herr Bräuer hingegen griff meinen Einwand auf und meinte: „Da sehen Sie es, der Hummer hier ist immer frisch. Aber vielleicht hat mit Ihrem Hummer wirklich etwas nicht gestimmt. Sie müssen wissen, der Koch ist frisch verliebt, vielleicht hat er etwas falsch gemacht." Er lachte über seinen eigenen Witz und meinte dann zu Marcella: „Als Entschädigung sorge ich dafür, dass Sie und Ihre Begleiterin morgen nicht im Buffetrestaurant, sondern in unserem schönen Pavillon mit Blick auf das Meer frühstücken können, was halten Sie davon?"

Da erst lenkte Marcella ein. Sie bedankte sich für das freundliche Angebot, das wir gerne annehmen wollten. Der Hoteldirektor verabschiedete sich per Handschlag von uns und ging die Gäste am nächsten Tisch begrüßen, diesmal in perfektem Spanisch.

Ich bemerkte, dass der Restaurantleiter unser Gespräch mit dem Hoteldirektor wohl mitbekommen hatte. Doch statt auf uns beide sauer zu sein, da wir das Essen bei ihm kritisiert hatten, warf er dem Direktor beinahe tödliche Blicke zu.

Hatte er wirklich verstanden, worüber wir geredet hatten? Konnte er Deutsch? Und wenn nicht, was hatte er dann für ein Problem mit Herrn Bräuer? Dieser schien doch ein sehr angenehmer Mensch zu sein. Ich war mir sicher, dass er als Chef nicht weniger nett war. Warum also dieser Blick?

Marcella riss mich aus meinen Gedanken. „Kannst du das fassen, der hat uns doch eiskalt ins Gesicht gelogen. Wenn der Hummer hier frisch ist, bin ich die Kaiserin von China."

Ich beschloss, zu dem Thema nichts weiter zu sagen. Insgeheim bereute ich es sogar, dass ich mir von Marcella so den Appetit an dem Hummer hatte verderben lassen. Doch mit der Vor- und Nachspeise war ich ohnehin mehr als gesättigt. Wir tranken noch in aller Ruhe unseren Wein aus und beschlossen dann, zu gehen.

Doch als wir das Lokal verließen, gab es noch einen Schreckensmoment für mich. Ein neuer Gast betrat den Raum und wurde vom Restaurantleiter aufs herzlichste begrüßt, so als würden sie sich schon seit Jahren kennen. Sie umarmten sich, klopften sich gegenseitig auf die Schultern und lachten laut miteinander. Es war der Mann mit den Huskyaugen.

Kapitel 5

Eigentlich wollten Marcella und ich uns an diesem Abend etwas von dem bunten Animationsprogramm ansehen. Im Theater war eine Zaubershow angekündigt. Da Marcella jedoch weiterhin der Meinung war, ihr Hummer wäre nicht frisch gewesen, bildete sie sich nun auch noch ein, dass ihr davon schlecht geworden war.

„Bist du mir böse, wenn ich schon auf das Zimmer gehe und mich hinlege?", fragte sie mich deshalb.

„Aber nein. Ich komme auch bald nach, ich will nur noch ein bisschen die Meerluft genießen."

Insgeheim war es mir ganz recht, dass wir nicht zu der Zaubershow gingen. Mir hatten einige Dinge an diesem Abend zu denken gegeben, nicht zuletzt das Auftauchen des Huskymannes. Ich wollte bei einem Strandspaziergang in Ruhe über alles nachdenken.

Ich ging hinunter zum Meer, lauschte dessen Rauschen und sog in vollenZügen die salzige Luft ein. Ich meinte das Salz sogar auf meinen Lippen schmecken zu können. Oder kam das noch von dem Restaurantbesuch?

Ich zog meine Schuhe und die Feinstrumpfhose aus. Dann schlenderte ich mit nackten Füßen durch das angenehm kühle Wasser und ließ meinen Gedanken freien Lauf.

Offensichtlich kannte man hier den Mann mit den eiskalten Augen. Er schien mehr, als nur ein normaler Gast zu sein. Das bedeutete, dass er schon öfter hier war. Ob er regelmäßig nach Kuba flog? Vielleicht gehörte der Restaurantleiter ja der kubanischen Mafia an und er machte Geschäfte mit dem Typen? Und der Hoteldirektor war nahe daran, dahinter zu kommen, weshalb der Restaurantchef ihm den tödlichen Blick zugeworfen hatte.

Oder vielleicht schmuggelte der auffällige Hotelgast regelmäßig Sachen aus Deutschland hierher, die die armen Kubaner sonst nicht haben durften? Vielleicht ja Datensticks mit amerikanischen Serien, verbotene Musik oder vielleicht geheime Informationen?

Je mehr ich darüber nachdachte, begriff ich, dass mal wieder meine Autorenfantasie mit mir durchging. Vielleicht war der geheimnisvolle Mann aus dem Flugzeug nur ein Stammgast hier, der jedes Jahr wiederkam, weil es ihm hier so gut gefiel. Vielleicht ja sogar auch, weil ihm der Hummer so gut schmeckte. War es denn wirklich so außergewöhnlich, dass er alleine reiste? Ich war ja auch nicht mit einem Partner hier, sondern mit meiner besten Freundin. Und selbst wenn ich mit einem Mann hier gewesen wäre, hätte ich ihn vermutlich damit verscheucht, dass ich einfach nicht damit aufhören konnte, hinter allem und jedem einen Kriminalfall zu vermuten. Es war ein Wunder, dass Marcella noch nicht genug von mir hatte. Oder täuschte sie die Übelkeit vielleicht nur vor, um ihre Ruhe vor mir zu haben? Ich hätte es ihr nicht verübeln können.

Ich war schon eine Weile am Strand hin und her gelaufen, als ich Stimmen vernahm. Zwei Männer schienen sich zu streiten. Da ich von Natur aus neugierig war, ging ich in die Richtung, aus der die Stimmen kamen.

Tatsächlich! Am Aufgang vom Strand zum *El Bogavante*, dem Lokal, wo wir vor einer guten Stunde noch gegessen hatten, standen zwei Männer, die heftig miteinander diskutierten. Ich konnte die beiden aus der Entfernung nicht erkennen, deshalb versuchte ich, möglichst unauffällig näher an sie heranzukommen.

Ich tat so, als wäre ich eine Touristin die nur mal eben ein bisschen durch das Meer gewatet war und sich jetzt wieder auf den Rückweg in ihr Zimmer machte. Genau genommen war ich das ja auch. Ich schnappte meine Schuhe und meine Strumpfhose, ohne sie jedoch anzuziehen. Stattdessen ging ich barfuß ganz langsam auf die Männer zu, die mich nicht zu bemerken schienen. Schon nach ein paar Schritten konnte ich sehen, dass einer der Männer einen Anzug und eine rote Fliege trug. Es war der Restaurantleiter. Der Mann, der bei ihm war, hatte weiße

Haare und trug ein ebenso weißes Oberteil und darunter eine feine, ockerfarbene Stoffhose. Hm, ich hatte heute doch schon einmal jemanden in dieser Aufmachung gesehen, wer war das noch gleich?

Na klar, es war niemand geringeres als der Hoteldirektor, der uns vorhin noch von der Frische des Hummers überzeugen wollte. Ich hatte also Recht damit, dass es zwischen den beiden Spannungen gab! Und hier unten am Strand schienen die beiden das Ganze nun auszudiskutieren.

Der deutsche Hoteldirektor schien dabei nicht weniger hitzig zu sein, als der gebürtige Kubaner. Beide fuchtelten sie wild mit den Händen beim Reden.

Ich war jetzt in einer Entfernung, in der ich theoretisch sehr gut verstehen konnte, was sie sich gegenseitig an den Kopf warfen. Nur gab es dabei ein Problem: Sie sprachen Spanisch. Mein eigenes Spanisch beschränkte sich darauf, nach dem Weg zur nächsten Apotheke zu fragen. Ich konnte also kein Wort verstehen. Dennoch schnappte ich einige Wörter auf, die ich mir merken wollte. Für mich klang das Ganze etwa so:

Restaurantleiter: „Hola hola, que tal, guapo, la honra, farmacia."
Hotelchef: „La honra? No me el gusto es mio, estoy de Alemania!"
Restaurantleiter: „Che Guevara, Pina Colada, consecuencias!"
Hotelchef: „Te quiero! Dos cervezas por favor, presenta tu dimisión!"

Nach den letzten Worten des Hotelchefs sah der Restaurantleiter ihn mit wutverzerrtem Gesicht an, sagte nur noch „Vale!" und verschwand in Richtung des Lokals.

Der Hoteldirektor fuhr sich mit beiden Händen durch die Haare, schüttelte resignierend den Kopf und... drehte sich zu mir um.

Auf frischer Tat beim Lauschen ertappt, tat ich so, als hätte ich von dem Gespräch überhaupt nichts mitbekommen. Ich sagte in meinem überraschtesten Tonfall:

„Ah, Herr Direktor, genießen Sie auch noch die frische Luft? Ich bin jetzt richtig müde davon geworden und werde jetzt schlafen gehen. Ich wünsche Ihnen eine gute Nacht!"

Noch ehe der Hoteldirektor etwas darauf erwidern konnte, verschwand ich auch schon in Richtung unserer Hotelsuite. Da ich seinen bohrenden Blick im Rücken spüren konnte, lief ich vermutlich auffallend schnell davon. Doch das war mir egal. Ich wollte nur weg vom Strand und von dem, was ich gerade mit angesehen hatte, auch wenn ich überhaupt noch nicht verstand, was dort vor sich gegangen war.

Am Ende der Treppen zu den Bungalowanlagen bog ich in Windeseile um eine Ecke, um möglichst schnell aus dem Blickfeld des Direktors zu sein. Und prompt knallte ich in jemanden hinein.

„Perdón!" sagte ich nur und wollte eilig weiter gehen, als der Mann, den ich fast umgerannt hätte, mich ansprach.

„Oh, it is you! How are you?"

Obwohl ich eigentlich sauer auf ihn sein müsste, schmolz ich mal wieder geradezu dahin, als ich seine Stimme hörte. Vor mir stand mein Tarzan. Innerhalb von ein paar Millisekunden setzte mein Hirn aus und ich verwandelte mich in ein stammelndes Dummchen mit auffallend hoher Stimme. Ich sagte auf Englisch zu ihm:

„Äh, oh, hallo, mir geht es gut. Sie erinnern sich an mich?"

Scheinbar wurde er doch nicht so oft von betrunkenen Frauen angebaggert, denn er erinnerte sich durchaus an mich und antwortete, ebenfalls auf Englisch:

„Ich würde nie eine solche Bonita vergessen." Dabei lächelte er mich unverschämt sexy an.

Bonita, das Wort kannte ich nur als Name einer Bekleidungskette. Das musste ja etwas Gutes sein, wenn die Kette sich diesen Namen gab. Aber ob er das wohl zu allen Frauen hier im Hotel sagte?

„Es tut mir leid, dass ich in Sie reingerannt bin. Aber ich bin nicht betrunken, versprochen", entfuhr es mir.

Wie blöd war ich eigentlich? Jetzt erinnerte ich ihn auch noch daran, wie betrunken ich bei unserer letzten Begegnung war. Jetzt musste ein schnelles Ablenkungsmanöver her.

„Es ist sehr spät. Müssen Sie um diese Zeit noch arbeiten?", fragte ich deshalb.

„Nein, ich habe im Moment nur keine eigene Wohnung in Varadero. Ich lebe hier in einem Personalzimmer. Ich war gerade auf dem Weg, um mir etwas zu trinken und ein Sandwich zu holen. Wollen Sie mich begleiten?"

Obwohl ich so gar keinen Hunger mehr hatte, sagte ich natürlich ja. Und so fand ich mich nur wenig später mit meinem Tarzan in der 24-Stunden-Bar wieder, wo wir beide ein Clubsandwich und eine Pina Colada vor uns stehen hatten. Moment mal, mein Tarzan? Ich wusste ja noch nicht einmal den Namen von meinem Traummann!

„Mein Name ist Christina, aber meine Freunde nennen mich Tina. Wie heißen du?", fragte ich und bot ihm auf diese Weise auch gleich an, mich beim Vornamen zu nennen. Ich klimperte dabei heftig mit den Wimpern, so wie ich es mir von Marcella abgeschaut hatte. Sie machte die Typen reihenweise verrückt damit.

Er stieg sofort auf meinen Flirt ein, griff mit seiner Hand nach meiner und sagte:

„Tina ist so ein schöner Name. Mein Name ist Ricardo. Woher kommst du Tina?"

Mit Ricardos Hand auf meiner und dank des Pina Coladas fühlte ich mich allmählich immer sicherer ihm gegenüber. So erzählte ich ihm, dass ich aus Bayern komme, woraufhin wir lange über Sitten und Brauchtümer unserer jeweiligen Länder redeten. Ricardo erzählte mir von seiner Ausbildung und davon, wie er seinen Job in dem Hotel bekommen hatte. Dort war er nun schon seit mehr als zehn Jahren fest angestellt. Sein Hauptaufgabenbereich war tatsächlich dafür zu sorgen, dass keinem der Touristen eine Kokosnuss auf den Kopf fiel. So kletterte er jeden Tag auf die Palmen und kontrollierte den Halt der Steinfrüchte, die ich bislang irrtümlich für Nüsse gehalten hatte. Aber er war auch für die Bewässerung der Grünanlagen, den Schnitt der Büsche und vieles weiteres zuständig. Dabei halfen ihm zusätzliche Gärtner. Für die Kokosnüsse hingegen war er alleine verantwortlich, denn niemand konnte so gut klettern wie er.

Mit einem Blick auf seine starken Oberarme flötete ich, dass ich mir das sehr gut vorstellen konnte.

Ricardo bemerkte meinen Blick und fing an, mich nun auch etwas ungenierter zu betrachten. Mir wurde ganz heiß, als seine Augen über meinen Körper glitten. Sein Blick sagte mir, dass ihm gefiel, was er sah. Doch noch ehe das Knistern zwischen uns sich noch mehr aufladen konnte, schaffte ich es, die Stimmung zu ruinieren.

„Gehst du oft was mit weibliche Hotelgästen trinken?", fragte ich.

Fast schlagartig nahm Ricardo seine Hand von meiner. Er sah mir lange tief in die Augen, ehe er antwortete. „Sehe ich aus wie ein Casanova?"

„Oh, nein, tut mir leid", begann ich wieder zu stammeln. „Es ist nur weil ... ich habe dich heute am Strand gesehen, wie du all den Frauen eine Blume ans Ohr gesteckt hast."

Ich wurde ganz rot vor Scham. Ich musste ja jetzt schon wie eine eifersüchtige Zicke auf ihn wirken. Das hatte ich mal wieder prima hingekriegt. Aber Ricardo lächelte mich nur sanftmütig an und meinte: „Ein jeder Hotelmitarbeiter hier ist angehalten, dafür zu sorgen, dass die Gäste eine angenehme Zeit haben. Ein wenig flirten gehört also dazu. Aber du bist tatsächlich die erste schöne Lady, die ich zu einem Drink einlade. Es ist erst drei Monate her, dass meine Frau und ich uns scheiden haben lassen."

In Ricardos Augen lag auf einmal unendlich viel Traurigkeit. Seine Frau musste ihm sehr viel bedeutet haben und tat es vielleicht auch jetzt noch. Es war offensichtlich, dass die Scheidung nicht von ihm ausgegangen war.

„Das tut mir leid. Willst du darüber reden?", fragte ich ihn.

„Nein danke. Ich möchte nur hier sitzen und in deine wunderschönen grünen Augen sehen", griff Ricardo unseren Flirt wieder auf. Die Schmetterlinge in meinem Bauch waren wieder da. Oder ich hatte mich einfach nur überfressen.

Er fragte mich über meinen Job aus und schien höchst interessiert daran zu sein. Er konnte sich gar nicht vorstellen, wie eine Frau wie ich sich im Kopf ständig mit Verbrechen auseinandersetzen konnte. Er meinte, auf Kuba wären Morde kaum ein Thema, dafür wären Diebstähle quasi an der Tagesordnung, vor allem in den großen Städten wie Havanna. Davon hatte ich schon im Reiseführer gelesen. Ich genoss es jedoch, mir von Ricardo noch einmal erklären zu lassen, wie ich mich davor am besten schützen konnte.

Die Zeit mit ihm verging wie im Flug, und noch ehe ich mich versah, war es bereits zwei Uhr Nachts geworden. Ricardo meinte, dass er sich gerne noch viel länger mit mir unterhalten wollte, er jedoch am nächsten Tag früh raus musste. Er bestand darauf, mich zu meinem Zimmer zu bringen. Wortlos gingen wir Hand in Hand die geschwungenen Wege zur Bungalowanlage entlang. Ich schmiegte mich so nah wie möglich an ihn und saugte seinen herben, männlichen Duft geradezu auf.

Als wir vor der Suite angekommen waren, blieben wir noch kurz vor der Tür stehen. Mein Herz raste wie verrückt. Würde er mich jetzt küssen?

„Danke für den wundervollen Abend", flüsterte Ricardo mir sachte ins Ohr. Er wusste, dass Marcella in der Suite bereits schlief. "Ich habe unser Gespräch sehr genossen. Ich hoffe, wir sehen uns bald wieder."

Er küsste mich liebevoll auf die Stirn, strich mit seiner Hand zärtlich über meine Wange und ging.

Ich wusste nicht, wie mir geschah. Ich stand vor der Zimmertür und hatte keine Ahnung, was ich jetzt tun sollte. Ich fühlte noch immer Ricardos Lippen auf meiner Stirn und seine Hand auf meiner Wange. Ich drehte mich um und wollte ins Zimmer gehen, doch die Tür war verschlossen. Wie ging sie nochmal auf? Ach ja, die Schlüsselkarte.

Langsam sortierten sich meine Gedanken wieder. Ich nahm die Karte aus meiner Handtasche, öffnete die Tür und schlich mich, mit dem wohl dämlichsten Grinsen der Welt auf dem Gesicht, leise hinein.

Kapitel 6

Ich hatte so viele Schmetterlinge im Bauch, dass ich kaum schlafen konnte. Beinahe stündlich wachte ich auf und war in Gedanken sofort bei Ricardo. Was wohl passiert war, dass seine Frau sich von ihm getrennt hatte? Wie konnte man nur so einen tollen Mann verlassen? Andererseits würde ich ihn in einigen Tagen ja selbst verlassen, wenn es zurück nach Deutschland ging.

Was sollte das mit uns beiden werden? War ich wirklich nur auf einen heißen Urlaubsflirt aus? Eine Fernbeziehung mit jemandem in Kuba war wohl kaum möglich. Oder ob Ricardo vielleicht zu mir nach Deutschland kommen würde? Nein, er hatte hier seinen Job. Ich hingegen konnte meine Bücher von überall aus schreiben ...

Meine Gedanken waren der Wirklichkeit mal wieder einige Schritte voraus. Wir hatten uns ja noch nicht mal geküsst, nur ein bisschen Händchen gehalten. Gut, er hatte mich auf die Stirn geküsst, aber was hieß das schon? Obwohl ich das gestern Nacht noch sehr romantisch fand, war es mir jetzt irgendwie zu wenig. Ich hätte ihn einfach direkt auf die Lippen küssen sollen, überlegte ich. Oder wäre das zu aufdringlich gewesen? Wollte er das Tempo bestimmen? Immerhin ist seine Ehe ja gerade erst geschieden worden.

Ich wälzte meinen müden Körper im Bett herum und versuchte, noch ein wenig Schlaf zu finden. Doch um sechs Uhr wachte ich erneut auf und beschloss, dass Schlaf etwas für alte Menschen war. Ich war jung und konnte eine so unruhig verbrachte Nacht locker wegstecken. Und schließlich könnte ich sicherlich am Pool oder am Strand noch eine Runde schlafen.

Ich stand auf und war dabei absichtlich laut, um Marcella zu wecken. Ich knallte mit der Badtür, sang unter der Dusche und föhnte mir die Haare, obwohl ich sie sonst immer an der Luft trocknen ließ. Als ich wieder aus dem Bad kam saß Marcella aufrecht im Bett und rieb sich die Augen.

„Na du bist ja früh wach!", sagte sie in einem leicht anklagenden Ton. „Und das, obwohl du doch so spät von deinem Strandspaziergang zurückgekommen bist", meinte sie und blickte mich neugierig an.

Ich wollte mich ganz ehrlich zurückhalten, mein Glück für mich genießen und Marcella nicht gleich alles auf die Nase binden. Ich konnte es aber nicht länger aushalten und erzählte ihr alles, was gestern Nacht passiert war. Seltsamerweise schien sich Marcella mehr für den Streit zwischen dem Hoteldirektor und dem Restaurantleiter zu interessieren, als für mein Liebesglück.

„Siehst du, der Restaurantleiter hat bestimmt mitbekommen, dass er uns wegen dem Hummer angelogen hat und hat ihn zur Rede gestellt", schlussfolgerte sie.

„Kann schon sein", antwortete ich. „Aber mal ehrlich, würdest du deinen Chef zur Rede stellen, weil er jemanden angelogen hat? Das könnte ihn doch seinen Job kosten, wenn er sich da einmischt."

„Ja, kann sein", stimmte Marcella mir zu. „Aber egal. Erzähl mir lieber nochmal ganz genau, wie Ricardo und du euch gestern verabschiedet habt."

Noch bevor wir uns auf den Weg zum Frühstück, in dem extra für uns reservierten Pavillon, machten, hatte ich Marcella bereits zwei Mal alles detailgetreu erzählt. Als wir an diesem Morgen unsere Suite verließen, waren wir so früh dran, dass noch kein einziges Handtuch am Pool lag. Wir hatten somit die freie Platzwahl. Kurz überlegten wir, ob wir uns hier auf die Lauer legen sollten, um die Gesichter der Senioren zu sehen, wenn sie feststellten, dass heute jemand früher aufgestanden war als sie. Aber wir waren doch zu gespannt darauf, was für Gaumenfreuden uns heute bei unserem Entschädigungsfrühstück aufgetischt wurden.

Hoffentlich rechneten die Angestellten überhaupt schon so früh mit uns, nicht, dass wir noch ewig auf das Frühstück warten mussten. Obwohl ich am Abend zuvor so reichlich gegessen hatte, knurrte mir schon wieder der Magen. Das musste die Meeresluft sein oder auch die durchwachte Nacht.

Wir nahmen wieder den Weg über den Strand. Wir fühlten uns relativ sicher dabei keinem Animateur zu begegnen, da die um diese Uhrzeit bestimmt alle noch schliefen. Für uns gab es nichts Schöneres, als schon am frühen Morgen mit den nackten Füßen durch den noch kühlen Sand zu laufen. Die Wellen rauschten sacht und die Luft war herrlich. Für einen kurzen Moment vergaß ich jeden Gedanken an Ricardo oder den Streit, den ich gestern beobachtet hatte. Ich genoss nur den Augenblick. Die Sonne war noch nicht allzu hoch gestiegen, so dass sie den Himmel in ein wunderschönes Morgenrot tauchte.

„Das ist so unglaublich schön!", entfuhr es mir.

„So sollte man jeden Tag beginnen", meinte Marcella.

Wir standen eine Weile schweigend da, beobachteten den Himmel und das Meer und genossen die Tatsache, dass wir noch ganz alleine am Strand waren. Erst als mein Magen laut knurrte, rissen wir uns von dem Anblick los.

Als wir zum Aufgang vom Strand zum oberen Hotelbereich kamen, bemerkten wir, dass wir doch nicht alleine am Strand waren. In einem Liegestuhl unter einer Reihe von Palmen hatte es sich bereits jemand gemütlich gemacht. Es schien einer der Kellner zu sein, der sich vor seinem Einsatz noch eine Runde Schlaf gönnte, denn er trug einen schwarzen Anzug … einen auffallend qualitativen schwarzen Anzug mit einer roten Fliege.

„Ist das nicht der Restaurantleiter aus dem *El Bogavante*?", fragte mich Marcella.

„Ich glaube schon", antwortete ich.

„Unglaublich, da hat er bis spät am Abend gearbeitet und muss so früh schon wieder ran, der Arme. Da würde ich auch am Strand schlafen", meinte meine Freundin.

Irgendwas kam mir komisch vor an dem Anblick des schlafenden Restaurantleiters, ich wusste allerdings nicht was. „Saut er sich nicht seinen Anzug ein, wenn er hier am Strand liegt? Da wird doch alles voller Sand", meinte ich nur, aber das war auch nicht das, was mich störte.

Erst als wir näher an den Mann herantraten, wurde mir klar, was so merkwürdig war.

„Sieh nur, seine Kopfhaltung, er muss doch Nackenprobleme bekommen, wenn er den Kopf seitlich so hängen lässt."

Irgendwie dämmerte mir da schon, dass das nichts Gutes bedeuten konnte und auch Marcellas Blick verriet, dass sie dieselbe Befürchtung hatte wie ich.

„Meinst du, er hatte einen Herzinfarkt?", fragte sie mich.

Wir eilten zu ihm, in der Hoffnung, dem leblosen Mann noch helfen zu können. Doch als wir ihn erreichten, erstarrten wir. Wir konnten nicht glauben, was wir da sahen.

Nein, der Restaurantleiter hatte definitiv keinen Herzinfarkt gehabt. Er lag dort, leichenblass und vollkommen starr. Seine Augen waren zwar geschlossen, als ob er schlafen würde, doch seine Gesichtszüge wirkten nicht entspannt, sondern merkwürdig steif. An seinem Kopf war eine riesige Platzwunde, an der jede Menge getrocknetes Blut klebte. Auch auf der Liege und im Sand war Blut. Und mitten im Sand lag eine ebenfalls blutverschmierte Kokosnuss.

Obwohl es mehr als offensichtlich war, dass der Mann schon längere Zeit tot war, checkte ich noch seinen Puls. Seine Haut fühlte sich eiskalt an und natürlich fand ich keinen Puls mehr. Ich drehte mich zu Marcella um.

„Er ist tot!", sagte ich.

Marcella stieß einen spitzen Schrei aus. „Oh mein Gott, oh mein Gott, oh mein Gott!", sagte sie immer wieder.

Ich ging zu ihr hin, nahm sie in die Arme und versuchte, sie zu trösten, doch sie war panisch. Sie wandte sich von mir ab und übergab sich in den Sand. Ich weiß nicht, warum ich so ruhig blieb, denn obwohl ich über Morde schrieb, so hatte ich noch nie eine Leiche gesehen. Dennoch war mein einziger Gedanke, dass Marcella der Spurensicherung gerade noch etwas mehr Arbeit gemacht hatte.

Apropos ... wir mussten Hilfe rufen. Ich konnte Marcella hier aber nicht so alleine stehen lassen, doch bewegen wollte sie sich auch keinen Zentimeter. Ich überlegte angestrengt. Was hieß denn noch mal *Hilfe* auf Spanisch? Es wollte mir einfach nicht einfallen. So schrie ich laut in den Sprachen, die ich kannte: „Hilfe! Jemand muss uns helfen! Hört mich jemand? Help us! Au secours! We need help! Call the police! Polizei, Hilfe!"

Irgendwie klangen meine Schreie nun doch leicht hysterisch. Meine Stimme hörte sich für mich so an, als wäre sie nicht meine eigene, sondern als würde gerade eine andere Frau um Hilfe rufen. So ganz kalt ließ mich die ganze Sache wohl doch nicht. Aber es half. Innerhalb weniger Sekunden kamen Menschen aus dem Hotelbereich angerannt. Ich zeigte nur kurz auf die Leiche und drehte mich dann wieder von dem Anblick des toten Restaurantleiters weg.

Ein riesiges Gewusel entstand am Strand. Einige der herbeigeeilten Kubaner riefen sich hektisch etwas auf Spanisch zu, andere rannten weg und kamen dann mit einem Absperrband wieder. Scheinbar wollten sie den Zugang zum Strand sperren, damit nicht noch mehr Touristen diesen Anblick ertragen mussten.

Jemand kam zu uns und sprach mit uns, doch ich verstand nicht, was er sagte. Sachte schoben uns ein paar Hände die Treppen zum Restaurant hinauf. Ehe ich mich versah, saßen Marcella und ich an einem Tisch im Buffetbereich, mit je einer heißen Tasse Kaffee vor uns.

Vor uns saß ein besorgt dreinblickender Mann im roten Shirt, den ich noch nie gesehen hatte. An seinem Shirt erkannte ich, dass er zum Animationsteam gehörte. Seine strubbeligen Haare sahen aus, als hätten sie heute noch keine Bürste gesehen. Auch seine Augenringe sprachen dafür, dass er gerade frisch aus dem Bett geschmissen wurde, zu einer für ihn ungewohnten Zeit. Vielleicht hatte er aber auch die ganze Nacht durchgefeiert.

„Are you okay?", fragte er wohl schon zum wiederholten Mal.

Langsam fing ich mich wieder. Es war, als würde ich aus einem schlechten Traum erwachen. Ich hatte ein Rauschen in den Ohren, das definitiv nicht vom Meer kam. Um mich war alles wie in Nebel gehüllt, der sich nur langsam lichtete.

„I am okay", sagte ich mehr zu mir als zu ihm. Aber war ich das wirklich? Ging es mir gut? Konnte es jemandem gut gehen, der gerade eine Leiche gefunden hatte?

Ein weiterer Mann kam angerannt, der sich als der Hotelarzt vorstellte. Er wollte der völlig apathisch wirkenden Marcella den Blutdruck messen, doch sie sagte nur:

„Ich brauche keine Hilfe. Ihr müsst dem Mann am Strand helfen."

In dem Moment begriff ich, dass ich jetzt für uns beide stark sein musste. Irgendwoher mobilisierte ich all meine Kräfte. Mein Kopf wurde wieder klar, mein Blick schärfte sich und auch das Rauschen in den Ohren verschwand.

„Marcella, der Mann ist tot, er braucht keinen Arzt mehr", sagte ich sanft zu ihr.

„Sie müssen ihn wiederbeleben", schluchzte sie und Tränen liefen über ihr Gesicht. Langsam schien sie zu begreifen, was geschehen war.

„Marcella, das Blut war schon getrocknet, er war schon lange tot." Ich wollte sie beruhigen, doch sobald ich das Blut erwähnte, fing sie an zu hyperventilieren und stammelte: „Blut, so viel Blut!"

Der Arzt reichte ihr eine Tablette und ein Glas Wasser. Es war ein Beruhigungsmittel. Marcella schluckte es brav und ließ sich dann von dem Arzt untersuchen. Die Tablette schien schnell zu wirken, denn ihre Atmung verlangsamte sich wieder.

Der Arzt erklärte mir auf Englisch: „Ich glaube nicht, dass sie ins Krankenhaus muss. Bringen Sie sie in ihr Zimmer, sie muss etwas schlafen, bevor die Polizei mit Ihnen spricht. Ich sehe später nochmal nach ihr. Ihnen geht es gut?"

Bis eben noch hätte ich mit nein geantwortet, doch als der Doktor die Polizei erwähnte, kribbelte es plötzlich in meinem ganzen Körper vor freudiger Erregung. Es würde polizeiliche Ermittlungen geben und wir waren mittendrin! Ich weiß, das klingt jetzt irgendwie merkwürdig, dass ich mich darüber freute, insbesondere da ein Mensch gestorben war, aber echte Ermittlungen zu erleben, das war der Traum eines jeden Krimiautors. Zumindest glaubte ich das. Eigentlich wusste ich gar nicht, wovon andere Krimiautoren träumten. Ich jedoch versprach mir davon eine Art Live-Tatort.

Ob die Kubanischen Ermittler ähnliche Methoden hatten wie die von CSI? So nah, wie Kuba an der amerikanischen Grenze lag, hatten sie sich davon bestimmt einiges abgeguckt.

Ob sie den Mörder noch schnappen würden, bevor wir wieder nach Deutschland flogen? Moment mal, wieso glaubte ich überhaupt, es sei ein Mord?

„Mir geht es gut", antwortete ich dem Arzt, dem ich lieber nichts von meinen merkwürdigen Gedanken anvertrauen wollte. Am Ende hätte er mich noch einweisen lassen.

Ich verabschiedete mich höflich von dem netten Doktor. Dann wandte ich mich meiner Freundin zu. Sie war zwar nicht mehr hysterisch, aber starrte dafür nur noch teilnahmslos vor sich hin. Sachte brachte ich sie dazu, aufzustehen und führte sie an der Hand aus dem Restaurant, auch wenn sich mein Magen mit einem lauten Knurren darüber beschwerte. Aus unserem schönen Pavillionfrühstück würde heute wohl nichts mehr werden. Schnell schnappte ich mir noch ein bisschen Obst vom Buffet, damit wir wenigstens ein wenig zu essen hatten, wenn unser Appetit zurückkam. Ich bezweifelte allerdings, dass sich der Anblick des toten Restaurantleiters schnell verdrängen ließ.

In meinem Kopf fuhren die Gedanken Karussell, während ich Marcella zurück zu unserer Suite brachte. Immer wieder sah ich die Szene am Strand vor mir. Was passte nicht ins Bild? Wieso sagte mir mein Unterbewusstsein, dass es ein Mord war? Ich versuchte, nicht weiter darüber nachzudenken und mich ganz auf meine Freundin zu konzentrieren.

Ich hatte dem Arzt unsere Zimmernummer gegeben, damit nicht nur er, sondern auch die Polizisten uns finden konnten. Körperlich war für sie somit gesorgt. Um ihre Seele würde ich mich kümmern müssen, wenn das Hotel nicht auch noch einen Psychologen hervorzauberte.

Auf dem Weg zum Zimmer war ich so geistesgegenwärtig, unsere Handtücher wieder einzusammeln. Wir würden heute bestimmt nicht lustig am Pool liegen und

Cocktails schlürfen, so viel war klar. Das einzig Tröstliche war, dass die restlichen Urlaubstage nur besser werden konnten. Zumindest glaubte ich das bis dahin noch.

Kapitel 7

Als ich Marcella in ihr Bett gebracht hatte, schlief sie ein, bevor ich auch nur bis drei zählen konnte. Wow, diese Tabletten mussten es echt in sich haben! Vielleicht hätte ich mir doch eine davon geben lassen sollen. Stattdessen saß ich nun hellwach auf dem Bett und beobachtete Marcella beim Schlafen. Sie sah sehr friedlich aus für das, was wir da gerade erlebt hatten.

Ich wollte nochmals meine eigenen Gefühle zu der Sache ergründen, merkte aber, dass mein Kopf jetzt auch dicht machte. Bestimmt war das eine Art Schutzmechanismus. Ich schlich mich leise ins Nebenzimmer und machte den Fernseher an, um mich abzulenken.

Es war gerade mal acht Uhr früh und außer spanischen Seifenopern schien kaum etwas zu laufen. Mir fiel auf, dass es nur sehr wenige kubanische Fernsehsender gab. Die meisten Sender waren vom spanischen Festland und dann gab es noch ein paar typische Touristensender, wie BBC oder Deutsche Welle, welche leider das einzige Deutsche Programm war. Dort sah ich mir gleich zwei Mal die Nachrichten und eine Dokumentation über das Studieren in Deutschland an, ehe ich schlurfende Geräusche vernahm.

Marcella kam gähnend aus dem Schlafzimmer. Sie sah schon etwas erholter aus, aber dennoch mitgenommen aus, trotz der zwei Stunden Schlaf. Ich schaltete den Fernseher aus und ließ sie sich neben mich aufs Sofa setzen.

„Wie fühlst du dich?", fragte ich sie.

„Mir kommt das Ganze vor wie ein schlechter Traum", sagte sie zaghaft. „Ich kann nicht fassen, dass das wirklich passiert ist. Wie geht es dir damit?"

„Ich weiß nicht", gestand ich wahrheitsgemäß. „Wenn ich meine Bücher schreibe, ist der Mord immer das Aufregendste. Ich denke mir allerlei Details dazu aus und beschreibe es möglichst blutig, damit der Leser richtig schockiert wird. Dennoch habe ich da nicht so ein detailreiches Bild vor Augen, wie wir es vorhin gesehen haben. Ein echter Toter ist halt doch etwas anderes, als ein ausgedachter!"

„Ich möchte so etwas nie wieder sehen", seufzte Marcella.

Ich befürchtete, dass sie das in den nächsten Tagen noch ganz oft sehen würde, denn sicherlich würde sie der Anblick bis in ihre Träume verfolgen.

Es klopfte zaghaft an der Zimmertür. Ich stand auf, um sie zu öffnen. Davor stand ein circa 1,80 Meter großer, schnauzbärtiger, braun gebrannter Mann in Jeans und Poloshirt. An dem blauen Shirt prangte eine Polizeimarke. An seinem Gürtel trug er eine Waffe. Das musste dann wohl einer der Polizisten sein. Ich wunderte mich, warum er keine Uniform trug.

„Hallo, ich bin Kommissar Erik Lazo. Darf ich reinkommen?", sagte er in perfektem Deutsch, mit nur minimalem Akzent, der merkwürdiger Weise irgendwie ostdeutsch klang.

„Na klar, kommen Sie rein."

Ich trat einen Schritt zurück und ließ ihn herein. Ich führte ihn ins Wohnzimmer, wo Marcella noch auf dem Sofa saß. Auch ihr stellte sich der Kommissar vor.

„Wow, Sie sprechen ja super Deutsch. Haben Sie das in der Schule gelernt?", platzte es aus Marcella heraus. Sie schien krampfhaft das Gespräch auf ein anderes Thema lenken zu wollen als das, wegen dem der Kommissar hier war.

„Meine Mutter war Deutsche", antwortete Erik Lazo. „Wir haben, als ich klein war, einige Jahre in Deutschland, in der Nähe von Leipzig gelebt, bevor ich nach dem frühen Tod meiner Mutter mit meinem Vater zurück nach Kuba ging."

„Das tut mir leid!", entfuhr es mir, „Das mit Ihrer Mutter, meine ich."

„Ist schon gut, es ist lange her", antwortete der Kommissar. „Meine Damen, ich weiß es ist sehr unangenehm, aber ich muss mit Ihnen über den Leichenfund sprechen", sagte er ernst.

Meine Damen? Sahen wir denn schon so alt aus? Auch Marcella schien die Bezeichnung nicht zu gefallen.

„Mein Name ist Marcella Zimmermann, Sie dürfen mich gerne Marcella nennen, ich bin noch nicht zu alt, um geduzt zu werden", klang sie etwas beleidigt.

„Ich heiße Christina Blume, aber Sie dürfen mich gerne Tina nennen", setzte ich nach.

„Oder Christina Christie", verriet mich Marcella, wohl noch immer in der Hoffnung, den eigentlichen Kern des Gesprächs einfach auslassen zu können.

„Christina Christie? Sie sind doch nicht etwa die Autorin der Sunita-Krimis?"

So hatte ich noch niemanden meine Krimis bezeichnen hören. Ich selbst nannte sie gerne Großstadtkrimis, die meisten sagten aber Taxi-Krimis dazu. Sunita-Krimi, das klang irgendwie gut. Ich sollte das an die Marketingabteilung meines Verlages weitergeben.

„Sie kennen meine Bücher?", fragte ich verwundert.

„Ja klar doch. Ich mache oft Urlaub in Deutschland, um Verwandte zu besuchen. Da ist mir schon das ein oder andere Buch von Ihnen in die Finger geraten. Ich glaube, das war bei meiner Tante Matilda, ja genau, die hat glaube ich fast jedes Ihrer Bücher. Die sind großartig, wenn auch ein bisschen einseitig auf eine weibliche Leserschaft ausgerichtet, so mit diesen ganzen Gefühlsduseleien und Sunitas ständigen Männergeschichten", kommentierte der Kommissar meine Werke.

Da er auf diese plumpe Art das Eis zwischen uns gebrochen glaubte, kam er wieder auf sein Anliegen zurück. Im Gegenteil zu Marcella war ich darüber sehr froh, da ich nun wirklich nicht mit ihm über meine Bücher diskutieren wollte. Gefühlsduseleien, also echt. Das waren knallharte Kriminalgeschichten!

„Erzählen Sie mal, oder beziehungsweise erzählt mal, wie habt ihr die Leiche gefunden?", fragte uns Erik, der uns nun duzte, was wir gerne erwiderten.

Da Marcella keine Anstalten machte auch nur einen Ton zu sagen, begann ich zu erzählen. Ich fing dabei an, dass ich nicht mehr schlafen konnte und wir deshalb so früh am Strand auf dem Weg zum Frühstück waren. Ich beschrieb sogar das Morgenrot sehr ausführlich. Nur bei der Beschreibung der Leiche ging ich lieber nicht so ins Detail, Marcella zuliebe. Diese nickte bei meiner Erzählung immer wieder, sagte mal kurz „Ja, so war es.", schwieg aber ansonsten.

Ich merkte, dass der Kommissar doch gerne etwas mehr Details haben wollte, aber gut verstand, weshalb ich diese ausließ.

„Marcella, Tina, es ist schon sehr gut so, wie ihr mir das erzählt habt. Ich müsste das Ganze jetzt nur nochmal am Ort des Geschehens von euch hören", sagte er mit sanfter Stimme, mit der er zwar mich einwickeln konnte, nicht jedoch Marcella.

Meine Freundin schnappte laut nach Luft. Schnell lenkte der Kommissar ein.

„Es reicht natürlich, wenn nur eine von euch mit mir zum Strand kommt."

Hoffnungsvoll blickten sowohl er als auch Marcella mich an.

Der Gedanke, noch einmal dorthin zu gehen, schreckte und erregte mich zugleich. Ob sie die Leiche schon weggebracht hatten? Ob die Spurensicherung noch vor Ort war?

„Bist du sicher, dass du ohne mich klar kommst?", fragte ich Marcella.

„Ja, mir geht es schon besser. Aber nur, so lange ich nicht mehr dorthin muss."

„Okay, ich gehe mit. Aber du versprichst mir, dass du den Arzt reinlässt, wenn er nach dir sehen kommt, ja?"

„Na klar. Ich will auch unbedingt nochmal eine von diesen Tabletten oder gleich eine ganze Packung davon haben", zwinkerte Marcella mir zu.

Es schien ihr wirklich schon ein bisschen besser zu gehen, wenn sie schon wieder Späße machte. Zumindest hoffte ich, dass es nur Spaß war. Die Tabletten hatten sie so ausgenockt, sie wollte doch nicht etwa den Rest unseres schönen Kubaurlaubs so verbringen?

Ich ging mit Erik in Richtung Strand. Wir nahmen den gleichen Weg, wie Marcella und ich am Morgen. Obwohl es Erik nicht wirklich interessierte, erzählte ich ihm kleinlichst, wo wir unsere Schuhe ausgezogen hatten, um barfuß im Sand zu laufen, wo wir das Morgenrot genossen hatte und von der salzigen Note des Windes, der vom Meer herkam.

Ich bemerkte, dass meine Erzählung sehr romantisch klang. Hoffentlich dachte der Kommissar nicht, Marcella und ich wären ein lesbisches Pärchen. Immerhin teilten wir uns ja auch ein Zimmer. Ich schüttelte den Gedanken ab. Konnte mir doch egal sein, was Erik über mich dachte.

„Äh, also, wenn ich einen Freund hätte, dann hätte ich am Morgen ja lieber ihn geweckt, um das Morgenrot zu genießen. Aber mit der besten Freundin ist es natürlich auch schön."

Ich blöde Kuh. Jetzt erzählte ich ihm auch noch, dass ich keinen Freund hatte. Er dachte jetzt doch sicher, ich würde auf ihn stehen. Ich musste ihn schnell davon ablenken, nicht, dass er sich Hoffnungen machte.

Ich blieb an der Stelle stehen, an der wir zum ersten Mal auf den Mann im Liegestuhl aufmerksam geworden waren. Ich beschrieb, was mir seltsam vorgekommen war, wie wir näher herangegangen waren und was wir dann gesehen hatten. Ich erklärte auch, dass das Erbrochene im Sand von Marcella war, in der Hoffnung, der Polizei so eine genauere Analyse ersparen zu können.

Die Fundstelle war noch immer abgesperrt, nun aber mit richtigem Polizeiabsperrband. Tatsächlich arbeiteten noch circa fünf Männer in weißen Overalls an dem Strand. Sie schienen die Nadel im Sandhaufen zu suchen und waren dazu mit kleinen Rechen bewaffnet. Sie arbeiteten in großer Eile. Vielleicht wollten sie vermeiden, in diesem Aufzug in der Mittagshitze noch hier sein zu müssen. Unter den Anzügen der Spurensicherer konnte es sicher richtig heiß werden.

„Weiß man schon, was passiert ist?", war es nun an mir Fragen zu stellen.

„Es sieht nach einem Unfall aus. Dem Mann ist eine Kokosnuss auf den Kopf gefallen", sagte Erik zu mir.

Vor meinem geistigen Auge tauchte das Bild der Kokosnuss auf, wie sie im blutverschmierten Sand lag. Passierte so etwas wirklich? Fielen Menschen Kokosnüsse auf den Kopf? Aber das konnte doch nicht sein! Ricardo überprüfte die Palmen täglich und ich war mir sicher, dass er es gründlich tat.

„Ist es sicher ein Unfall? Ich meine, alleine die Auffindesituation ist doch merkwürdig. Was wollte er mitten in der Nacht auf dem Liegestuhl, noch dazu im Anzug?"

Erik lächelte mich an.

„Man merkt, dass in dir eine echte Kriminalistin steckt. Das Gleiche habe ich mich auch gefragt. Es könnte natürlich sein, dass es ein Mord war, der nur wie ein Unfall aussehen sollte."

„Und was tut ihr jetzt? Wie werdet ihr Verdächtige ermitteln?", fragte ich neugierig.

„Du verstehst sicher, dass ich dir über die Ermittlungen nichts sagen darf. Aber nur so viel. Wir haben bereits einen Verdächtigen. Er hat ein astreines Motiv und ist perfekt in der Lage, einen Kokosnussunfall vorzutäuschen. Wenn es Mord war, dann werde ich das in der Vernehmung aus ihm herausquetschen."

Erik zeigte in Richtung eines Polizeijeeps, der am Rand des Strands geparkt war. Auf der Rückbank saß ein Mann, dessen Hände auf den Rücken gefesselt waren. Als er sein Gesicht in meine Richtung drehte, blieb mir das Herz stehen. Das durfte doch nicht wahr sein. Das war unmöglich. Er war kein Mörder. Oder doch?

Der Mann, der mich aus dem Jeep traurig ansah, war Ricardo.

Kapitel 8

Marcella zuliebe hatte ich den ganzen gestrigen Tag über versucht, mich zusammenzureißen und ihr nichts von Ricardos Verhaftung zu erzählen. Sie war noch nicht so weit, um einen weiteren Schock zu verkraften. Wobei es für sie wohl weniger ein Schock war als für mich. Vielleicht erzählte ich ihr auch nur nichts davon, weil es mir zu weh tat, darüber zu reden. Hatte ich mein Herz an einen Mörder verloren?

Den Tag hatten wir wie in Trance verbracht. Richtige Urlaubsfreude wollte sich nicht mehr einstellen und das, obwohl das Hotel sein Bestes gab, um uns aufzuheitern. Sie wollten vermutlich verhindern, dass wir in einem Internetportal das Hotel als *mörderisch gut* bewerteten. So saßen wir fast den ganzen Tag auf der Terrasse des italienischen Restaurants *La Stracciatella* und blickten apathisch auf das Meer. Ein Kellner füllte uns immer wieder unseren Kaffee nach, brachte uns mal ein Tiramisu, mal ein Eis und zwei Mal auch eine deftigere Mahlzeit, die wir aber kaum anrührten. Der Hotelmasseur kam vorbei, bedauerte, was wir mit ansehen mussten und bot uns eine kostenlose Massage an, die wir aber dankend ablehnten.

Am Abend beschloss das Hotel, dass wir nicht einsam auf unserem Zimmer sitzen sollten, sondern unter Menschen mussten. So wurde der Animateur Roberto quasi als unser persönlicher Betreuer abgestellt. Und als dieser verschleppte er uns am Abend auch gleich ins Theater, wo er uns Plätze in der ersten Reihe reserviert hatte. Ich befürchtete schon, bei irgendeiner blöden Spieleshow mitmachen zu müssen. Umso erleichterter war ich, als ein *Best-of-Musical* angekündigt wurde.

Vier der Animateure auf der Bühne konnten sogar ganz gut singen. Roberto erzählte uns, dass sie professionelle Sänger waren. Wie die anderen acht auf die Idee gekommen waren, bei einer Musicalaufführung mitzumachen, war jedoch mehr als fragwürdig. Deren Stimmen passten nur ins Programm, als ein Lied aus *Cats* aufgeführt wurde, das ja für seinen Katzenjammer bekannt war.

Warum wurde überhaupt etwas aufgeführt? Schließlich war jemand auf der Hotelanlage auf tragische Weise umgekommen, noch dazu vom Personal. Hätten sie da nicht aus Pietätsgründen die Vorstellung absagen müssen? Die Kollegen des Toten brauchten doch sicher etwas Zeit, um zu trauern. Aber wie sagt man so schön: *The show must go on.*

Ich hoffte sehr, dass wenigstens das Restaurant *El Bogavante* geschlossen hatte. Das wäre nun wirklich pietätlos, wenn dort heute Betrieb wie immer wäre.

Die katzenhaften Sänger quälten uns immer weiter, so dass wir die Profistimmen gar nicht richtig genießen konnten. In der Pause erzählten wir Roberto daher, dass wir sehr müde waren und retteten uns auf unsere Suite.

„Hast du schon mal so ein Gejaule gehört, wie von der Animateurin mit den lockigen Haaren?", fragte mich Marcella amüsiert.

„Ja klar, der Hund von meinen Nachbarn klingt genauso, wenn er den Mond anheult!", lachte ich.

Eines musste man der Show lassen, sie hatte uns tatsächlich ein wenig abgelenkt. Leider wirkte das bei mir nicht allzu lange, so dass ich befürchten musste, erneut die ganze Nacht wach zu liegen, diesmal leider nicht wegen Schmetterlingen im Bauch. Mir ging Ricardo nicht aus dem Kopf. Wenn es stimmte, was der Kommissar vermutete, dann hätte er direkt nach unserer Verabschiedung vor meiner Suite zum Strand gehen müssen, um dort den Restaurantleiter zu töten. Das wollte ich nicht glauben. Ricardo hatte an dem Abend nicht so gewirkt wie jemand, der vorhatte, gleich noch jemanden zu töten. Aber vielleicht war es ja im Affekt? Wenn mir Erik doch bloß das angebliche Motiv verraten hätte! Welchen Grund könnte Ricardo haben, den Restaurantleiter zu töten?

Natürlich hatte ich Erik erzählt, dass ich mit Ricardo noch bis spät in die Nacht zusammengesessen war, und dass dies sicher auch die Bedienung aus der Bar bestätigen konnte. Doch das entlastete meinen Tarzan leider nicht, da der vermeintliche Mord vermutlich erst später geschehen war, nur ein paar Stunden vor Sonnenaufgang.

Marcella bemerkte, wie ich mich unruhig hin und her wälzte. Sie schaltete das Licht ein. „Kannst du nicht schlafen?", fragte sie mich. „Der Doktor hat mir Schlaftabletten hier gelassen, wenn du willst, kannst du eine haben."

Obwohl ich solche Medikamente sonst mied, nahm ich das Angebot dankend an. So konnte ich endlich schlafen, und das nicht zu knapp.

Marcella und ich wachten erst gegen zwölf Uhr mittags auf, als es an unsere Tür klopfte. Verschlafen öffnete ich sie. Davor stand ein überaus quirliger Roberto, der mich frech angrinste. In seinem sehr akzentbelasteten Englisch sagte er: „Meine Freundinnen, ich habe euch beim Frühstück vermisst. Geht es euch gut?"

„Oh, ja", ächzte ich schlaftrunken. „Wir sind nur gerade erst aufgewacht. Wir mussten etwas Schlaf nachholen."

„Na dann ab unter die Dusche mit euch", sagte er und sein Grinsen wirkte dabei leicht anzüglich. „Ich möchte dich und Marcella in einer halben Stunde vor dem Hotel treffen. Ich habe eine Überraschung für euch."

Roberto winkte kurz und verschwand, noch ehe ich etwas sagen konnte. Na toll, was mochte das nun wieder sein? Vielleicht mussten wir diesmal ja selbst ein Musical einstudieren.

Ich weckte Marcella, die wieder eingeschlafen war und wir schafften es tatsächlich, innerhalb einer halben Stunde vor dem Hotel zu stehen. Roberto reichte uns jeweils ein Sandwich und eine Dose kubanische Cola. Diese war, man mag es nicht glauben, noch um ein Vielfaches süßer als Coca Cola, doch der Zucker lieferte uns genau die Energie, die wir gerade brauchten.

„Was hast du mit uns vor", fragte Marcella Roberto ungeduldig.

"Abwahrten, ich verrate es euch nicht, sonst ist es ja keine Überraschung mehr", meinte dieser mit einem frechen Augenzwinkern.

Wir stiegen in den Touristenbus, mit dem wir neulich ins Stadtzentrum gefahren waren. Es kam mir vor, als wäre das eine Ewigkeit her. So viel war seitdem passiert. Diesmal fuhren wir in die andere Richtung, also weg aus der Innenstadt. Ein paar Stationen weiter stiegen wir wieder aus, mitten in der Pampa.

Wir waren noch immer auf der Landzunge, auf der die ganzen Hotelanlagen gebaut waren und von der aus man sowohl auf der rechten als auch auf der linken Seite das Meer sehen konnte. Beim Aussteigen blickten wir direkt in die Richtung, wo das Meer um einiges wilder auf die Landzunge traf, als auf der Seite zu der die Hotelstrände ausgerichtet waren. Davor war nichts als eine große Fläche mit von der Sonne verbranntem Gras. Als wir uns jedoch umdrehten, erblickten wir eine Art Freizeitanlage, vor deren Eingang eine riesige Skulptur von springenden Delfinen angebracht war. Roberto hatte uns zu einem Delfinarium gebracht.

Während ich mich fragte, was an einer Show mit durch Reifen hüpfenden Delfinen besser sein sollte, als an einer Musicalaufführung mit schlechten Sängern, wusste Marcella mal wieder ganz genau, was hier vor sich ging.

„Ich habe darüber gelesen", sagte sie an mich gewandt. „Hier kann man mit Delfinen schwimmen." An Roberto gerichtet fragte sie: „Dürfen wir etwa mit Delfinen schwimmen?"

Roberto war ein klein wenig enttäuscht, dass wir die Überraschung so schnell erraten hatten. „Ja, das Hotel schenkt euch als Entschädigung für das, was ihr erleben usstet, eine Stunde delfinschwimmen."

Als wir vor Freude quietschend auf und ab hüpften, war Roberto nicht mehr enttäuscht. Er war glücklich darüber, endlich etwas gefunden zu haben, über das wir uns wirklich freuten.

Doch in mir regte sich mein Gewissen. Wir sollten das Geschenk, das uns das Hotel damit machte, eigentlich nicht annehmen. Die Delfine waren im Delfinarium gefangen und das, mit dem Meer so direkt vor ihrer Nase. Wer weiß, vielleicht hörten sie darin sogar die Rufe ihrer Artgenossen? Sie hatten ein Leben auf so engem Raum nicht verdient und erst recht nicht, dass permanent mit Sonnencreme beschmierte Touristen wie wir in ihre Becken stiegen und sie angrabschten. Ich hätte also wirklich nein sagen sollen. Aber meine Freundin strahlte endlich mal wieder aus ganzem Herzen. Wie hätte ich ihr diese Freude nehmen können? Außerdem, so sagte ich mir, würden die Delfine auch nicht freigelassen werden, nur weil wir nein sagten.

Wir verzichteten zumindest darauf, uns vor dem Schwimmen mit den Delfinen auch noch eine Show anzusehen, in der diese tatsächlich durch Reifen hüpften und auf Kommando sangen. Stattdessen wurden wir gleich zu einem der hinteren Becken geführt, worin sich nur zwei Delfine befanden. Roberto fragte uns, ob es uns etwas ausmachen würde, wenn er auch mit zu den Tieren ins Wasser ginge, er hätte so etwas noch nie gemacht. Wenn das Hotel schon einmal so großzügig war, für diesen Ausflug zu bezahlen, da wollte er sich das nicht nehmen lassen.

Natürlich hatten wir nichts dagegen, so dass wir dann zu dritt, in viel zu große Schwimmwesten gepackt, im Becken lagen.

Der erste Kontakt war schon etwas merkwürdig. Die Tiere näherten sich uns langsam, so als würden sie jeden erst einmal beschnuppern. Sachte streckten wir unsere Hände nach ihnen aus. Sie fühlten sich an, als wäre ihre Haut aus einem ganz festen Neopren. Marcella meinte gar, sie würden sich wie Plastik anfühlen.

„Ich glaube nicht, dass die aus Plastik sind, die sehen mir schon sehr echt aus", scherzte ich.

Wir durften einige Kunststücke mit den Tieren machen. So hingen wir uns an ihre Finnen und wurden so von den beiden in einem sehr schnellen Tempo durchs Wasser gezogen. Das sah besser aus, als es war. Das Wasser spritzte dabei in unsere Gesichter. Ich verschluckte sogar etwas davon und musste prusten.

Die Tiere sprangen über uns, gaben uns Küsschen und sollten uns zuletzt sogar aus dem Wasser schleudern, indem sie uns mit ihren Schnauzen an unseren Füßen beschleunigten.

Roberto war gerade dabei, an die Stelle zu schwimmen, wo die Tiere ihn dann aufnehmen sollten, als einer der Tümmler direkt an mir vorbeischwamm. Während den Kunststücken war ich etwas enttäuscht, weil sich nicht die so viel besagte wunderbare Verbindung zwischen Mensch und Delfin bei mir aufbaute. Die Tiere schienen nur an ihren Belohnungen interessiert zu sein, die sie nach jedem Trick bekamen. Wir Menschen waren für sie nicht mehr als ein Trainingsgegenstand. Doch nun war es plötzlich so, als blickte mir der Delfin direkt in die Seele und ich umgekehrt in seine.

Von einem Moment auf den anderen wurde mir eines klar: Delfine lächeln nicht. Es sah zwar so aus, als würden sie es tun, aber sie taten es nicht. Im Gegenteil! Hier vor mir war ein überaus trauriges Tier. Man musste ihm nur in die Augen sehen, um diese Traurigkeit zu erkennen. Die Augen des Tieres erinnerten mich an die von Ricardo, als er mir von seiner Scheidung erzählt hatte. In diesen hatte sich auch sein ganzes Leid gespiegelt.

Ricardo! Wie konnte ich hier Spaß haben, während er vielleicht schon unschuldig im Gefängnis saß? Und dass er unschuldig war, das war mir nun klar. Mörder hatten keine so traurigen Augen. Ohne, dass ich etwas dagegen tun konnte, liefen mir Tränen über die Wangen. Marcella kam zu mir geschwommen.

„Was ist denn los?", fragte sie mich irritiert.

Da konnte ich nicht mehr länger an mir halten. So kam es, dass ich ihr, mit einer Schwimmweste bekleidet mitten in einem Delfinbecken treibend, schluchzend von Ricardos Verhaftung erzählte.

„Ricardo soll den Restaurantleiter ermordet haben? Das ist ja unglaublich!", rief Marcella vor Entsetzen laut aus. „Aber andererseits, als wir ihn zum ersten Mal gesehen haben, mit der Machete in der Hand, da hätten wir ihm sowas doch auch zugetraut", überlegte Marcella.

Empört antwortete ich: „Aber jetzt kenne ich ihn näher und ich weiß, dass er so etwas nicht tun würde."

Marcella entschuldigte sich und versuchte, mich zu beruhigen. Roberto kam angeschwommen. Wir hatten ganz verpasst ihm dabei zuzusehen, wie er aus dem Wasser geschleudert wurde. Ihn schien das aber nicht zu stören, denn er blickte mich nur besorgt an.

„Sprecht ihr über Ricardo?", fragte er, da wir auf Deutsch geredet hatten und er somit nur den Namen verstanden hatte.

"Er wurde verhaftet", meinte Marcella auf Englisch zu ihm.

„Ich weiß, er soll Giuseppe ermordet haben", sagte Roberto.

"Giuseppe?", fragte ich ihn verwirrt.

„Giuseppe Santos, der Leiter des *El Bogavante*. Der Mann, dessen Leiche ihr gefunden habt."

Roberto zuckte zusammen, weil er uns an etwas erinnert hatte, von dem er uns eigentlich ablenken sollte. Aber offensichtlich war ihm klar, dass, wenn uns selbst die Delfine nicht von dem Thema abbringen konnten, es wohl niemand vermochte. Also sprach er weiter. „Ricardo ist ein echt netter Typ. Ich mag ihn sehr. Aber Giuseppe hat ihm die Frau ... engañar... wie sagt man das nochmal? Ricardos Frau hat ihn mit Giuseppe betrogen."

Endlich wurde mir das vermeintliche Motiv, das Ricardo haben sollte klar. Der Restaurantleiter hatte ihm seine Frau ausgespannt. Sie hatte ihn mit ihm betrogen und deshalb hatten sie sich scheiden lassen. Aber irgendetwas passte daran doch nicht. Genau! Die Scheidung war schon drei Monate her, warum sollte Ricardo sich dann jetzt erst an Giuseppe rächen?

Ich fragte das Roberto, doch noch ehe ich eine Antwort bekam, unterbrach der Delfintrainer unser Gespräch. Er wollte von Roberto wissen, ob wir nicht weiter mit den Tieren schwimmen wollten. Anscheinend kamen nach der Delfinshow schon wieder die nächsten Touristen hierher, um mit den Tümmlern ihren Spaß zu haben, weshalb er es eilig hatte das Programm durchzuziehen. Roberto bat ihn darum, uns kurz allein zu lassen, so dass wir unser Gespräch zu Ende führen konnten. Was er dann erzählte, machte alle meine Hoffnungen zunichte, dass die Polizei Ricardo laufen lassen würde.

„Ricardos Frau und Giuseppe, ach, ich meine, seine Exfrau und Giuseppe wollten am Sonntag heiraten." Er seufzte. „Stattdessen wird an diesem Tag nun Giuseppes Beerdigung sein."

Das hatte jetzt definitive genug Potenzial für eine spanische Seifenoper. Nur drei Monate nach der Scheidung wollte Ricardos Frau wieder heiraten! Dass er sie noch immer liebte, das war sogar mir aufgefallen. Er hatte also rot gesehen und dann den Restaurantleiter mit einer Kokosnuss erschlagen?

Nein! Ich musste mir solche Gedanken verbieten. Er war es nicht, das sagte mir mein Bauchgefühl. Aber was konnte ich tun?

„Das ist ein starkes Motiv!", meinte ich zu Marcella. „Glaubst du, er war es?"

„Wenn du glaubst, er war es nicht, dann glaube ich das auch", meinte Marcella wenig überzeugend. Dennoch liebte ich sie in dem Moment dafür, dass sie so eine gute Freundin war.

Ich fragte Roberto, ob Ricardo der Einzige war, der ein Motiv gehabt hatte, um Giuseppe zu töten. Ihm fiel niemand sonst ein, der etwas gegen den Restaurantleiter hatte. Die Lage war aussichtslos.

„Hast du dem Kommissar denn von dem Streit zwischen Giuseppe und dem Hoteldirektor erzählt?", fragte mich Marcella plötzlich.

Mit einem Mal lief es mir heiß und kalt den Rücken hinunter. Was war ich nur für eine dumme Gans. Ich hatte den Streit vollkommen vergessen und somit auch Erik nichts davon erzählt. Dabei bewies das doch, dass der Hoteldirektor an diesem Abend auch am Strand gewesen war, und dass er sich mit dem Opfer, kurz vor dessen Tod, gestritten hatte.

„Ich bin ja so blöd!", entfuhr es mir, woraufhin Marcella sofort wusste, was zu tun war.

„Roberto, wir müssen hier raus und uns mit dem Kommissar treffen."

Wir beschlossen, das Becken zu verlassen und zurück zum Hotel zu fahren, um uns frisch zu machen, bevor wir mit Erik sprachen. Ich ging aber nicht, ohne meinen neu gefundenen Delfinfreunden vorher zu versprechen, dass ich Greenpeace beitreten, ein Boot kapern und sie dann in einer Nacht- und Nebelaktion aus ihrer Gefangenschaft befreien würde. Genauso, wie ich nun meinen Ricardo aus dem Gefängnis holen wollte. Dank meiner Aussage würde Erik ihn freilassen und stattdessen den wahren Mörder, den Hoteldirektor, verhaften.

Ich malte mir aus, wie dankbar Ricardo mir sein würde, wie er mir um den Hals fiel, mich umarmte, mich küsste ...

Doch in der Realität kam alles ganz anders.

Kapitel 9

Ich duschte sehr ausgiebig. Ich hatte das Gefühl, dass nicht nur das Salzwasser, sondern auch das Leid der Delfine an mir klebte. Nach der Dusche warf ich ir schnell eine Jeans und ein Shirt über und machte mich mit noch nassen Haaren auf zur Rezeption.

„Entschuldigen Sie, wissen Sie zufällig, wie ich Kommissar Erik Lazo erreichen kann? Ich müsste ihm noch was sagen."

Die Rezeptionistin strahlte mich an. „Oh, Sie sind das. Da haben Sie aber Glück. Der Kommissar befindet sich gerade auf dem Hotelgelände. Ich kann Ihnen aber leider nicht sagen, wo genau."

„Schon gut, danke. Ich glaube, ich weiß, wo er ist."

Ich vermutete Erik am Tatort. Es graute mir ein wenig davor, dort wieder hinzugehen. Dann erinnerte ich mich aber daran, dass eine Krimiautorin nichts schrecken konnte.

Ich fand den Kommissar tatsächlich am Strand. Der Tatort war wieder freigegeben. Erik saß nachdenklich auf eben dem Liegestuhl, auf dem Giuseppe gelegen hatte. Ich wollte ihn bei seinen Überlegungen nicht stören und wagte es deshalb nicht, ihn anzusprechen, weshalb ich ihn erst nur beobachtete. Er schien tief in Gedanken versunken zu sein, blickte immer wieder hoch zu den Palmen, dann wieder an die Stelle, wo die Kokosnuss gelegen hatte. Mit einem Mal sah er auf und blickte mich direkt an.

„Tina, schön dich zu sehen! Wie geht es dir?" Eriks Gesicht hellte sich auf. Er schien sich über meine Anwesenheit zu freuen.

„Es geht mir ganz gut und Marcella auch. Wir haben den ersten Schreck überwunden."

„Das ist schön. Aber warum kommst du dann hierher? Doch nicht etwa als eine Art Konfrontationstherapie?", fragte Erik und blickte mich interessiert an.

„Also, um ehrlich zu sein, hätte ich die Stelle hier lieber gemieden", gab ich zu. „Aber ich war auf der Suche nach dir und habe dich hier vermutet."

„Okay, du hast mich gefunden. Wie kann ich dir helfen?", fragte Erik.

„Es geht um Ricardo", setzte ich an.

Erik blickte fast ein wenig beleidigt.

„Was ist denn mit Herrn Riviero, du hast mir doch schon erzählt, dass ihr an dem Abend zusammen etwas getrunken habt. Gibt es da etwa noch mehr? Habt ihr euch doch noch etwas länger miteinander amüsiert, und du warst nur zu scheu mir das zu sagen?"

Was war denn das jetzt? Wenn ich es nicht besser gewusst hätte, dann hätte ich geglaubt, dass Erik eifersüchtig war. Doch dazu hatte er überhaupt kein Recht. Ob er alle weiblichen Zeuginnen so behandelte?

Als ich nichts erwiderte, fuhr er fort: „Du weißt schon, dass es strafbar ist, wenn man jemandem ein falsches Alibi gibt? Wenn du meinst, du müsstest die Geschichte von eurem gemeinsamen Abend jetzt erweitern, obwohl das gar nicht stimmt, kann ich dich nur davor warnen."

Ach daher wehte der Wind, er glaubte, ich wollte Ricardo aus dem Knast herauslügen. Hm, eigentlich gar keine so schlechte Idee. Ich wollte mir die Option offen halten, für den Fall, dass mein Plan A nicht klappen würde.

„Es geht nicht darum, was Ricardo und ich an diesem Abend getan oder nicht getan haben", klang ich wohl etwas zickig. „Ich wollte nur sagen, dass er nicht der Einzige war, der mit dem Restaurantleiter im Clinch lag."

Erik schaute mich irritiert an. „Ach ja?", fragte er. „Und woher willst du das wissen?"

Ich erzählte dem Kommissar nochmal, was an dem Abend alles vorgefallen war. Nur dass ich diesmal bei Marcellas und meinem Restaurantbesuch anfing. Ich ließ nichts aus, nicht die bösen Blicke, die der Restaurantleiter dem Hoteldirektor zugeworfen hatte und auch nicht die Tatsache, dass Marcella meinte, der Hummer sei nicht frisch und der Direktor würde uns darüber anlügen. Ich erklärte, wie es dazu kam, dass ich das Streitgespräch am Strand belauscht hatte, warum ich überhaupt dachte, dass es ein Streit gewesen war und warum ich davon leider nichts wiedergeben konnte, als ein paar Wörter.

„Ich verstehe leider kaum Spanisch, tut mir leid!", sagte ich zerknirscht.

Erik zeigte sich tatsächlich interessiert an der Diskussion, die ich belauscht hatte. „Sag mir nochmal die Wörter, die du dir gemerkt hast!", bat er mich.

„Honra, consecuencias, presenta tu dimisión und vale", zählte ich auf. „Wobei *honra* beide gesagt haben, das ist mir aufgefallen. Und das mit der *dimisión* kam vom Hoteldirektor. Ich bin mir nicht mehr sicher, wer von beiden *consecuencias* gesagt hat. *Vale* kam dann aber wieder vom Restaurantleiter. Ich kam bisher nicht dazu, die Wörter nachzuschlagen, was bedeuten sie denn?", fragte ich neugierig.

Erik legte seine Stirn in Falten und strich sich mit Daumen und Zeigefinger über sein Kinn. „In dem Gespräch ging es wohl um irgendjemandes Ansehen oder seine Ehre. Es wurde mit Konsequenzen gedroht und offensichtlich hat der Direktor von unserem Mordopfer verlangt, dass er kündigt. Das Ganze ist sehr interessant!", erklärte mir Erik.

Ansehen und Ehre? Konsequenzen? Hatte ich nicht heute erst gehört, dass Guiseppe nicht davor zurückschreckte, anderen die Frau auszuspannen? Vielleicht hatte er auch ein Verhältnis mit der Frau des Hoteldirektors gehabt. Der hatte dies nun spitzgekriegt, und wollte deshalb, dass er kündigte? Doch noch ehe ich dem Kommissar meine Mutmaßung mitteilen konnte, meinte dieser:

„Aber das ist jetzt egal. Dein Ricardo ist schon längst wieder auf freiem Fuß."

„Was, und das sagst du mir erst jetzt?", rief ich überrascht.

„Ich wollte erst mal hören, was du so zu erzählen hast", meinte Erik mit einem fast schüchtern wirkendem Lächeln. Hätte er nicht diesen dämlichen Schnauzer gehabt, hätte er doch recht attraktiv aussehen können, ging es mir durch den Kopf. Doch der Gedanke wurde gleich wieder von dem an Ricardo verdrängt.

„Warum ist er frei? Konnte er seine Unschuld beweisen?"

„Nicht direkt", antwortete Erik. „Aber wir haben überhaupt keine Beweise dafür, dass es überhaupt Mord war. Wir haben Ricardo stundenlang verhört. Ich hatte gehofft, er würde einknicken. Aber er beharrte die ganze Zeit darauf, dass er nach dem Treffen mit dir gleich schlafen gegangen sei. Natürlich hat er dafür aber keine Zeugen."

„Ihr habt ihn also nur aus Mangel an Beweisen laufen lassen?", fragte ich zögerlich.

„Nicht nur das. Wir haben auch die kompletten Ermittlungen eingestellt. Der Polizeipräsident hat es so verlangt, weil der Hoteldirektor bei ihm Druck gemacht hat. Die ganze Sache gilt nun offiziell als tragischer Unfall. Ich bin nur nochmal hergekommen, um sicherzugehen, dass wir nichts übersehen haben."

Erik wirkte sehr nachdenklich.

„Du weißt genauso gut wie ich, dass es kein Unfall war", schoss es aus mir heraus. „Wieso hätte sich der Restaurantleiter denn mitten in der Nacht in seinem Anzug hier auf die Liege legen sollen? Der saute sich seine Arbeitskleidung doch nicht nur zum Spaß ein. Irgendetwas stinkt doch an der ganzen Sache!"

„Bist du sicher, dass du Autorin bleiben möchtest?", lächelte der schnauzbärtige Kommissar mich an. „Bei der deutschen Kripo würden sie sich bestimmt über jemanden mit deinem Gespür freuen."

Das Kompliment ließ mich mal wieder erröten. Oder war es die Sonne, die so auf uns herunterbrannte?

„Wenn du das auch denkst, wieso ermittelst du dann nicht weiter?", fragte ich Erik.

„Weil ich nicht darf, ganz einfach. Mir sind die Hände gebunden. Wenn der Polizeipräsident sagt, es war ein Unfall, dann war es einer, so funktioniert das hier in

Kuba." Jetzt starrte Erik mich regelrecht an. Dann grinste er verschmitzt. „Gut, dass Zivilisten nicht verboten werden kann, die richtigen Fragen zu stellen."

Er zwinkerte mir zu, drückte mir seine Visitenkarte in die Hand und ging dann ohne jeglichen Abschiedsgruß davon.

Kapitel 10

„Sind die denn verrückt? Die können doch nicht die Ermittlungen einstellen", entfuhr es Marcella, als ich ihr von dem Gespräch mit Erik erzählte. Sie war genauso entsetzt darüber, wie ich. „Immerhin ist dein Ricardo wieder frei", seufzte sie.

„Das hilft ihm nur nicht viel, wenn noch immer der Verdacht besteht, er könnte ein Mörder sein. Er könnte seinen Job verlieren, seine Freunde, sein ganzes Leben hier. Niemand möchte doch jemanden als Mitarbeiter, der eventuell einen seiner Kollegen getötet hat". Ich war wirklich frustriert.

„Du hast Recht. Auch der Restaurantleiter hat es verdient, dass sein Tod nicht ungesühnt bleibt, sollte es denn ein Mord gewesen sein."

„Giuseppe Santos."

„Gesundheit!"

„Nein, das ist der Name des Toten", erklärte ich.

„Ah, okay. Du musst wirklich noch an deiner spanischen Aussprache arbeiten", zog mich Marcella auf.

„Erik hat da so eine Anspielung gemacht", versuchte ich das Thema zu dem zu bringen, was mich seit dem Gespräch mit dem Kommissar beschäftigte.

„Wusste ich doch, dass der auf dich steht. Du wirst jetzt aber doch nicht mit noch einem Typen was anfangen wollen? Ich glaube, dafür ist unser Urlaub zu kurz. Außerdem, nicht, dass dein Ricardo dann eifersüchtig ist und den Kommissar umbringt."

Ich blickte Marcella strafend an. „Also erstens steht er nicht auf mich und ich nicht auf ihn. Und zweitens hat Ricardo niemanden umgebracht!"

„Weiß ich doch. Entschuldige bitte, das war kein guter Scherz. Also erzähl mal, was für eine Andeutung hat er gemacht?"

„Er meinte sowas in der Art, dass niemand es Zivilisten verbieten könne, Fragen zu stellen."

Marcella staunte. „Er meint damit doch nicht etwa uns?"

„Ich denke schon."

„Wir sollen in einem Mordfall ermitteln? Ist das nicht gefährlich?"

Das war eine gute Frage. „Nicht, wenn wir es richtig anstellen. Wir könnten so tun, als würden wir nur Fragen über Giuseppe stellen, weil wir so das tragische Erlebnis besser verarbeiten können. Das Hotel ist doch so bemüht darum, dass wir uns besser fühlen, da wird sicher niemand etwas dagegen haben."

„Außer der Mörder", warf Marcella ein.

„Sei doch nicht so ängstlich. Du hast doch eben selbst gesagt, dass der Restaurantleiter es verdient hat, dass sein Tod aufgeklärt wird."

„Ich habe es mir anders überlegt, immerhin hat der Typ deinem Ricardo ja die Frau ausgespannt. Wahrscheinlich hatte er verdient, was mit ihm passiert ist."

Es half alles nichts. Ich musste meine schärfste Waffe einsetzen, um Marcella zu überreden, mir bei den Ermittlungen zu helfen. Ich sah sie mit meinem allerbesten Hundeblick an.

„Tina, hör auf, du weißt, dass ich nicht nein sagen kann, wenn du mich so ansiehst."

„Ich weiß", grinste ich frech und intensivierte meinen Blick noch etwas.

„Na gut, na gut, hör schon auf, ich bin ja dabei."

Ich hüpfte vor Freude und fiel meiner Freundin um den Hals. „Danke, danke, danke!"

Wir meldeten uns am nächsten Tag für den Cocktailkurs bei Roberto an. Er freute sich sehr, uns zu sehen. Er hatte eine kleine Minibar aus Holz am Strand aufgebaut. Darauf standen Utensilien wie ein Kübel voll Eis, ein Becher mit Minze, Flaschen mit verschiedenen Säften und Alkoholika, vor allem Rum, vier Eiszangen, Pappbecher, ein Shaker und vieles mehr.

Außer uns hatten sich ein Pärchen in unserem Alter und mehrere Urlauber so um die fünfzig Jahre bei dem Kurs eingefunden. Das junge Pärchen kam mir bekannt vor. Ach ja, das waren doch die beiden, die der älteren Dame ihren Schatten geklaut hatten. Ich grinste, als ich mich daran erinnerte, wie der junge Mann mit der so resoluten Frau Klartext gesprochen hatte. Aber was wollten die beiden denn bei einem Cocktailkurs? Die Frau war doch schwanger. Neugierig stellte ich uns den beiden vor.

„Hi. Ich bin Tina, und das ist meine Freundin Marcella", richtete ich mich an die Frau.

„Hi", sagte diese. „Ich heiße Susanne und das ist mein Mann Stefan. Woran hast du erkannt, dass wir Deutsche sind? Keiner von uns trägt Socken in den Sandalen" meinte Susanne augenzwinkernd zu mir.

Eine Person mit Humor, das gefiel mir. „Ihr seid mir bereits am Strand aufgefallen, als ihr einen kleinen Disput wegen des Schattenplatzes hattet."

„Oh ja, da ging es ein bisschen laut zu, tut mir leid", sagte Stefan zerknirscht.

„Ein lauter Disput um Schatten? Ich war doch mit am Strand, wieso hab ich das nicht mitbekommen?", fragte Marcella.

„Weil du geschlafen hast wie ein Stein", lachte ich und alle anderen lachten mit.

„Du bist doch schwanger", wandte ich mich wieder an Susanne. „Was machst du dann bei einem Cocktailkurs?"

„Naja, so eine Schwangerschaft dauert ja nicht ewig. Irgendwann darf ich auch wieder was trinken. Dann will ich zur Feier des Tages Cocktails machen. Nur habe ich bis dahin vermutlich ohnehin schon wieder vergessen, was uns Roberto heute beibringt, wegen dieser blöden Schwangerschaftsdemenz", seufzte Susanne.

„Die gibt es wirklich, ja? Ich dachte, das wäre nur ein Gerücht", meinte Marcella.

„Wir sind erst seit einer knappen Woche hier und mussten schon zweimal neue Schlüsselkarten beantragen, weil Susanne sie immer irgendwo liegen lässt. Eine der Karten haben wir dann später in der Minibar wiedergefunden, aus der sie immer die Knabbereien isst, ohne mir was davon abzugeben. Die andere Karte ist wohl für immer verschollen", amüsierte sich Stefan über seine Frau. „Ich bin froh, dass sie bei unserer Hochzeit nicht vergessen hat *Ja* zu sagen!"

„Ach, ihr seid Honeymooner? Habt ihr deshalb eine andere Farbe bekommen als wir?", fragte ich die beiden und deutete auf ihre Hotelarmbänder, die weiß waren und Herzchen darauf hatten.

„Ja leider", meinte Susanne.

„Wieso leider?", fragten Marcella und ich gleichzeitig.

„Es ist so, bis auf zu Schwänen drapierte Handtücher bekommt man als Honeymooner kaum Extras, weil hier ohnehin alles all-inclusive ist. Aber die Animateure erkennen uns sofort als frisch verheiratet und schleppen uns immer zu irgendwelchen Extraveranstaltungen. Zuletzt hatte sich einer als halb nackter Amor verkleidet und uns Liebeslieder vorgesungen. Leider war es keiner von den professionellen Sängern", erklärte uns Susanne und verdrehte die Augen dabei.

„Ach Gerhard, weißt du noch, für uns hat damals auch der Amor gesungen", mischte sich eine Frau von den älteren Teilnehmern in das Gespräch ein.

Waren denn hier alle Urlauber Deutsche? Sie zog einen reichlich verschrumpelten, nur mit einer knappen Badehose bekleideten Mann näher zu sich heran.

„Amor? Was für ein Amor?", meinte Gerhard nur schroff.

„Na bei unseren Flitterwochen hier, erinnerst du dich nicht?", seufzte seine Frau.

„Ach Angela, das ist schon so lange her, ich kann mich nicht an alles erinnern", meinte der schrumpelige Mann pampig, woraufhin seine Frau ihn mit einem bösen Blick strafte.

Es war amüsant, den Unterschied im Umgang miteinander von dem frisch und dem offensichtlich schon länger verheirateten Paar zu beobachten. Wenn sich das zwangsläufig in diese Richtung entwickelte, so war ich froh, dass ich Single war.

„Ladies and Gentlemen. Let us start with the cocktail lesson", unterbrach Roberto unser Gespräch heiter.

Er klang fast so, als hätte er vorher schon alle Cocktails einmal getestet, die er uns zeigen wollte. Da ich ihn aber schon etwas näher kannte, wusste ich, dass er immer so fröhlich war.

„We start, of course, with the Cuba Libre!"

Ein freudiges Raunen ging durch die überschaubare Anzahl an Teilnehmern. Roberto mixte uns den Drink vor. Das Geheimnis eines guten Cuba Libre war natürlich viel Rum, so Roberto. Einer nach dem anderen durfte dann Roberto nacheifern, so dass bald alle mit ihrem ersten selbstgemixten Cocktail in der Runde standen. Nur Susanne hatte lediglich einen Becher mit Orangensaft in der Hand.

Nach 20 Minuten waren wir bereits bei Cocktail Nummer vier angekommen und die Stimmung in der Runde wurde zunehmend heiter. Ich nutzte die Gelegenheit, um Gerhard und Angela noch einmal anzusprechen, die offensichtlich Stammgäste hier waren.

„Ihr habt doch sicher die Sache mit dem Restaurantleiter vom *El Bogavante* mitbekommen, oder?", versuchte ich unverfänglich ins Gespräch einzusteigen.

„Ja, schrecklich!", seufzte Angela. „Wir kommen seit mehr als 30 Jahren her. Wir kannten Giuseppe gut. Er arbeitete schon 15 Jahren hier und er war immer sehr zuvorkommend."

Ganz offensichtlich hatte ich mit Angela die richtige Gesprächspartnerin gefunden. Wenn sie seit 30 Jahren hierher kam, wusste sie bestimmt alles über die Leute hier. Ich beschloss, sie und ihren Mann ins Vertrauen zu ziehen.

„Weißt du, Angela, ich darf doch du sagen? Marcella und mich lässt die Sache einfach nicht los, weil wir es waren, die seine Leiche am Strand gefunden haben."

Angelas Gesichtszüge entgleisten ihr. Sie stieß Gerhard schmerzhaft in die Seite, so dass dieser zusammenzuckte. „Hast du das gehört Gerhard, die beiden jungen Damen haben die Leiche gefunden!"

„Ich bin ja nicht taub", raunte ihr Mann und rieb sich die Seite. Das würde sicherlich einen blauen Fleck geben. Doch dann zeigte Gerhard plötzlich, dass er nicht immer so schroff war. „Es tut mir sehr leid, dass sie das sehen mussten", meinte er einfühlsam. „Das muss schrecklich gewesen sein."

Ich sah, wie Marcella Tränen in die Augen stiegen, und antwortete deshalb für uns beide. „Ja, das war es." Mit Blick auf Marcella meinte ich, „Ihr seht ja, wir sind jetzt noch ganz mitgenommen."

Ehe ich meinen Verdacht äußern konnte, dass Giuseppes Tod vielleicht kein tragischer Unfall war, kam mir Angela zuvor. „Ich glaube ja nicht, dass es ein Unfall war. Die Polizei hier ist einfach zu schlampig. Die wollen die Sache abhaken, ohne dem gründlich nachzugehen."

Ich wusste zwar, dass die Einstellung der Ermittlungen nichts mit Schlampigkeit der Polizei zu tun hatte, ließ Angela jedoch in dem Glauben.

„Angela, du kannst doch nicht so über die Polizei reden!", beteiligte sich Gerhard am Gespräch.

„Wieso nicht? Sie haben diesen Gärtner laufen lassen, obwohl er ein klares Motiv hat", keifte Angela ihn an.

Mir schwand die Hoffnung, etwas Neues herauszufinden, da Angela offensichtlich Ricardo für den Schuldigen hielt. War er vielleicht doch kein so guter Mensch, wie ich dachte?

Marcella sprang mir zur Seite. „Ich habe ja gehört, der Gärtner sei eindeutig entlastet worden", flunkerte sie. „Ansonsten gibt es wohl niemanden mehr, der ein Motiv hatte, Giuseppe zu töten. Er war offensichtlich sehr beliebt."

„Beliebt, wer erzählt denn sowas?", eiferte Angela. „Bei den Gästen vielleicht, ja, aber nicht bei seinen Kollegen. Zumindest nicht bei den verheirateten. Der hat eine Frau nach der anderen verführt, das war nicht nur die Frau des Gärtners."

„Angela, jetzt hör doch auf hier solche Gerüchte zu verbreiten", versuchte ihr Mann sie zu beruhigen.

„Das sind keine Gerüchte", meinte diese und fragte an uns gewandt, „Dass er die Frau des Gärtners heiraten wollte wisst ihr, oder?"

Wir nickten.

„Eine Frau am Pool hat mir erzählt, dass er seine neue Verlobte bereits betrogen hat. Und jetzt haltet euch fest, ihr werdet nie glauben, mit wem!"

Angela legte eine dramatische Pause ein, ehe sie ausrief, „Mit der Frau des Hoteldirektors!"

Ich hätte mich wirklich an irgendetwas festhalten sollen. Ob es an den Cocktails lag, oder an dem Schock, tatsächlich etwas Relevantes herausgefunden zu haben, jedenfalls gaben meine Knie kurz nach. Gerhard nutzte die Gelegenheit sofort, sich als Gentleman zu zeigen. Er stützte mich und führte mich zu einer Strandliege, wo ich mich hinsetzte.

„Na, Sie hatten wohl einen Cocktail zu viel", mutmaßte er.

„Kann sein. Danke für die Hilfe. Ich mach wohl besser eine Alkoholpause", sagte ich zu ihm.

Marcella kam zu mir und meinte, sie würde sich um mich kümmern. Gerhard und Angela wollten sich daraufhin von uns verabschieden, doch ich hielt sie zurück, denn ich musste noch etwas wissen.

„Angela, warte. Ich wollte nur kurz noch wissen, wie sicher ist diese Information, mit der Frau des Hoteldirektors?"

„Mein Kind, meinst du nicht, dass dich das Thema zu sehr aufregt?", fragte Angela besorgt.

„Bitte, ich muss das wissen!"

„Das ist Pooltratsch, der ist meistens sehr treffsicher. Ich habe noch nie erlebt, dass ein Gerücht nicht gestimmt hat, aber eine Garantie ist das natürlich nicht", verriet sie mir.

„Vielen Dank", antwortete ich. „Vielleicht sehen wir uns ja demnächst wieder, im Restaurant oder bei einem Kurs", beendete ich das Gespräch höflich.

„Das würde uns freuen. Erhol dich gut", verabschiedeten sich die beiden, ehe sie in Richtung Pool gingen.

„Marcella kannst du das glauben?", fragte ich. „Wenn das stimmt, dann hat der Hoteldirektor ein astreines Motiv. Und auch der Streit würde einen Sinn ergeben. Es ging doch um Ehre, oder? Der Direktor hat sich durch den Restaurantleiter entehrt gefühlt. Er wollte, dass er kündigt. Doch vielleicht war ihm das als Rache noch nicht genug. Er hat ihm aufgelauert und ihn umgebracht."

„Das könnte sein", pflichtete Marcella mir bei. „Doch nicht nur der Hoteldirektor hat ein Motiv."

Verwirrt fragte ich: „Wer denn noch?"

Siegessicher antwortete Marcella: „Selbstverständlich auch die betrogene Braut."

Natürlich! Wenn die Exfrau des Gärtners so kurz vor der Hochzeit erfahren hatte, dass ihr Geliebter sie betrog, hatte ihr das bestimmt den Boden unter den Füßen weggerissen. Und wenn es die Leute am Pool alle wussten, dann hatte sie es mit Sicherheit auch erfahren. Es gab also zwei Verdächtige.

Roberto gesellte sich zu uns. Er hatte seine Cocktailutensilien bereits aufgeräumt und fragte mich auf Englisch besorgt: „Geht es dir gut?"

„Ja, alles okay", beruhigte ich ihn.

„Waren die Cocktails zu stark oder ist es wegen dem, was mit Ricardo passiert ist?", fragte Roberto mich.

„Was soll das heißen? Was ist mit Ricardo passiert? Ich dachte, er ist nicht mehr im Gefängnis." Vor lauter Angst um meinen Tarzan setzte mein Herz einen Moment aus.

„Das stimmt, er ist auf freiem Fuß. Aber er wird nie mehr ins Hotel zurückkehren", verriet uns Roberto.

„Er kommt nicht mehr zurück? Warum?", fragte Marcella, ehe ich es tun konnte.

„Der Hoteldirektor hat ihn gefeuert."

Was? Das durfte doch nicht wahr sein. Ich fragte Roberto über die genauen Umstände aus. Ricardo konnte zwar kein Mord nachgewiesen werden, dennoch hielt ihn der Hoteldirektor scheinbar zumindest indirekt für schuldig am Tod des Restaurantleiters. Es sei Ricardos Aufgabe gewesen, die lockeren Kokosnüsse an den Palmen zu entfernen. Offensichtlich hatte er diese eine, tödliche Kokosnuss übersehen. Der Direktor gab an, Ricardo habe grob fahrlässig gehandelt und so den Tod von Giuseppe herbeigeführt. Das war Grund genug für ihn, den Gärtner zu feuern.

Stimmte das? Glaubte der Hoteldirektor das wirklich? Oder tat er das alles nur, um die Schuld für den vermeintlichen Unfall weiterhin auf Ricardo zu lenken? Ich war mir sicher, dass der Direktor etwas vertuschen wollte, indem er ihn feuerte. Doch bevor ich weitere Mutmaßungen über die vermeintlichen Täter anstellte, musste ich erst einmal sicher sein, dass es nicht wirklich nur ein Unfall gewesen war.

„Roberto, kannst du mir erklären, wie ich hier ins Internet komme?"

Kapitel 11

Um auf Kuba als Tourist ins Internet zu kommen, muss man sich eine Art Telefonkarte besorgen. Darauf ist ein Code, den man freirubbeln muss. Mit diesem kann man sich dann ins WLAN einwählen, allerdings ging das in unserem Hotel nur in der Lobby. Doch das war nicht das Komplizierteste an der Sache. Die Karte musste ich mir bei einer Angestellten der Telefongesellschaft holen, die eine Art Verkaufsstand im Hotel hatte. Den galt es erst einmal zu finden.

Roberto meinte, in der Lobby ginge eine kleine Treppe nach oben zu einer Art Empore, von der aus man einen guten Blick über die gesamte Lobby hatte. Dort sollten die Telefonkarten verkauft werden. Nur blöd, dass man von unten keinen guten Blick zu der Empore hatte. Sonst hätte ich gleich gesehen, wohin ich musste. Ich sah mich um. Rundherum um die Lobby waren lauter kleine Geschäfte, angefangen von einem Bademodenladen über einen kleinen Zigarrenshop bis hin zu unzähligen Ständen von Reiseanbietern, die den Touristen Ausflüge ins Landesinnere verkauften. Aber wo war nun der Aufgang zu der Internetlady?

Ich suchte eine geschlagene halbe Stunde, ehe mir eine nette Dame vom Postkartenstand den richtigen Tipp gab. Nur ein paar Meter hinter ihr führte eine kleine Wendeltreppe nach oben. Diese war mir schon vorher ins Auge gefallen, jedoch sah sie so aus, als wäre sie nur für Personal, da sie hinter den Ständen im unteren Bereich war. Offensichtlich durfte aber jeder dort hinaufgehen.

Oben gab es einen kleinen Kiosk mit Souvenirs. Weiter hinten, am Ende der Empore, war ein Schreibtisch, an dem eine kleine Kubanerin saß. Das Schild vor ihr verriet mir, dass ich endlich am Ziel war. Ich näherte mich ihr, bemerkte aber, dass sie noch telefonierte. Ich setzte mich deshalb leise auf den Stuhl vor ihrem Schreibtisch, um ihr zu signalisieren, dass ich etwas von ihr wollte. Das kommentierte sie aber nur mit einem genervten Blick und telefonierte munter weiter. Sie schien in ein angeregtes

Gespräch vertieft zu sein. Ich horchte auf, als ich die Namen Ricardo und Giuseppe fallen hörte. Sprach diese Frau gerade etwa über den Mord? Das war sicherlich Gesprächsthema Nummer eins im Hotel. Wenn ich jetzt doch nur Spanisch gekonnt hätte, um zu verstehen, was sie sagte.

Es dauerte noch gute 20 Minuten, ehe die Frau sich erbarmte und ihr Telefongespräch beendete. Sie blickte mich an und fragte auf Englisch: „Kann ich Ihnen helfen?"

„Ich will mit meinem Smartphone ins Internet. Kann ich bei Ihnen eine Karte dafür bekommen?"

„Halbe Stunde oder Stunde?", fragte sie.

„Was meinen Sie?", fragte ich verwirrt zurück.

„Wie lange wollen Sie ins Internet?"

„Äh, eine Stunde?", meinte ich irritiert. Ich wusste vorher nicht, dass ich mich für eine genaue Zeitspanne entscheiden musste.

Sie tippte eine gefühlte Unendlichkeit etwas in ihren Computer ein, ehe sie mir eine in Folie eingeschweißte Karte reichte: „Zwei CUC bitte", sagte sie mit ausgestreckter Hand.

Ich gab ihr das Geld. Der Blick der unfreundlichen Frau sagte mir, dass ich nun verschwinden sollte. Vermutlich wollte sie wieder in Ruhe ein paar private Telefongespräche führen. Doch ich wollte unbedingt mit ihr über den Mordfall reden. Vielleicht wusste sie etwas, was mir weiterhelfen konnte.

„Wissen Sie, ich will im Internet etwas wegen des tragischen Unfalls hier im Hotel googeln. Ich bin seither so panisch, dass mir auch eine Kokosnuss auf den Kopf fallen könnte. Ich muss unbedingt wissen, wie oft so etwas passiert", gab ich mich leicht hysterisch.

Die kleine Kubanerin sah mich an, als hätte ich nicht mehr alle Tassen im Schrank. Doch sie ließ sich auf das Gespräch ein: „Das müssen Sie nicht im Internet nachschauen. Das weiß hier auf Kuba jedes Kind. Weltweit werden jährlich durchschnittlich 150 Menschen von herunterfallenden Kokosnüssen erschlagen. Das sind zwar mehr Menschen, als von Haien getötet werden, aber trotzdem nicht wirklich viele."

„150? Ich finde schon, dass das viele sind. Dann war das vermutlich tatsächlich ein Unfall mit dem armen Restaurantleiter?" Ich versuchte, nicht allzu neugierig zu wirken.

„Sie müssen keine Angst haben. Das Hotel hat exzellentes Personal, das dafür sorgt, dass keiner der Gäste von einer Kokosnuss erschlagen wird", meinte die Internetlady.

„Aber es ist ja trotzdem passiert, zwar nicht einem Gast, aber einem Mitarbeiter."

Die Dame seufzte: „Um ehrlich zu sein, niemand hier vom Personal glaubt, dass es ein Unfall war. Ricardo, das ist der Mitarbeiter, der für die Palmen zuständig ist, hat immer einen sehr guten Job gemacht."

„Also denken Sie, es war Mord?", entfuhr es mir nun doch ein wenig zu neugierig.

„Es tut mir leid, aber ich darf mit Gästen nicht über so etwas reden", versuchte die Kubanerin das Gespräch zu beenden, das ihr offensichtlich immer unangenehmer wurde.

Mir blieb nur noch, meinen Joker zu spielen: „Ja, ich verstehe schon. Mich beschäftigt das nur so sehr, weil ich es war, die die Leiche gefunden hat." Ich war stolz auf mich, dass ich es sogar schaffte, mir bei diesen Worten ein paar Tränchen zu verdrücken.

Das schien das Herz der Dame zu erweichen: „Ich sage ja nicht, dass es Mord war. Alles was ich mit Sicherheit weiß ist, dass es nicht Ricardos schuld war. Ricardo ist ein guter Freund von mir. Er hat mir erzählt, dass er die Palmen am Strand an diesem Tag überprüft hat und das glaube ich ihm. Aber der Hoteldirektor hat ihn trotzdem gefeuert." Aus der Frau sprach viel Frust, der sich wohl über die vergangenen Tage bei ihr angestaut hatte.

Eine Woge der Eifersucht überkam mich. Sie war mit Ricardo befreundet. Ich betrachtete die Frau näher und stellte verärgert fest, dass sie trotz ihrer kleinen Statur und ihrer Griesgrämigkeit doch eine gute Figur hatte. Sie schien zwar schon etwas älter zu sein, ich schätzte sie Mitte vierzig, aber das störte Männer bei einer Figur wie ihrer sicher nicht. Ich schüttelte mich. Eifersucht war das Letzte, was ich jetzt bei meinen Recherchen brauchen konnte.

„Ich habe davon gehört", sagte ich. „Jemand hat mir auch erzählt, dass die Frau des Hoteldirektors ihn mit Giuseppe betrogen hat", warf ich all meine Eisen ins Feuer.

„Ich bin mir sicher, das hat Ihnen jemand am Pool erzählt", belächelte die Internetfrau mich.

Stimmte das Gerücht etwa nicht?

„Es stimmt, die Frau des Direktors geht oft fremd", bestätigte sie mir.

Also doch! Der Hoteldirektor hatte ein Motiv! Aber die Kubanerin war noch nicht fertig. „Aber sie hätte niemals eine Affäre mit jemandem vom Hotelpersonal, das können Sie mir glauben. Ich habe hier den perfekten Aussichtspunkt. Von hier aus kann ich alles sehen, was im Hotel so vor sich geht. Ich habe sie oft zusammen mit reichen, männlichen Gästen gesehen. Aber für Personal hat sie sich nie interessiert. Das wäre unter ihrer Würde."

Die kleine Kubanerin hatte von ihrem Schreibtisch aus tatsächlich den perfekten Blick über die gesamte Hotellobby. Sie konnte nicht nur die Rezeption sehen, sondern auch die gesamte Halle, die Aufzüge, die einzelnen Treppenaufgänge, einfach alles. Man konnte nicht in das Hotel hinein- oder hinausgehen, ohne von ihr gesehen zu werden. Sie wusste also, wovon sie sprach.

Die Frau des Hoteldirektors betrog ihn somit scheinbar wirklich, aber nicht mit Angestellten, sondern nur mit reichen Gästen. Damit hätte der Hoteldirektor keinen Grund mehr gehabt, Giuseppe zu töten. Wenn er aus Eifersucht zum Mörder geworden wäre, hätte es schon viel mehr Leichen geben müssen, da seine Frau ihn so regelmäßig betrog. Sollte er tatsächlich unschuldig sein?

Vielleicht hatte er ja doch ein Motiv, das ich nur noch nicht kannte? Immerhin war da der laute Streit am Strand. Ich beschloss, ihn noch nicht von der Liste meiner Verdächtigen zu nehmen. Aber zunächst einmal galt es, die Verlobte des Opfers zu überprüfen. Und mir fiel kein Ort ein, wo ich das besser tun konnte, als auf Giuseppes Beerdigung.

Kapitel 12

„Du willst wohin?", war es Marcella entsetzt entfahren, als ich ihr mitteilte, dass ich mit ihr auf Giuseppes Beerdigung gehen wollte. „Da bringen mich keine zehn Pferde hin!"

„Marcella, bitte. Das ist die einzige Chance, wie wir Ricardos Exfrau mal zu Gesicht bekommen. Wie sollen wir sonst erfahren, ob sie ihren Verlobten aus Eifersucht getötet hat?"

„Ja aber wenn die Frau des Hoteldirektors doch gar nichts mit Giuseppe hatte, dann gab es doch für seine Verlobte keinen Grund mehr eifersüchtig zu sein", meinte Marcella nicht ganz unbegründet.

„Aber du hast doch gehört, was Angela gesagt hat", warf ich ein. „Giuseppe hat nichts anbrennen lassen. Nur weil er nichts mit der Frau des Direktors hatte, heißt das nicht, dass er nicht mit einer anderen Frau ein Verhältnis eingegangen ist. Oder seine Verlobte hat nur die Gerüchte gehört, diese für wahr gehalten und ihn deshalb getötet."

Dem konnte Marcella nichts entgegensetzen. „Also gut, ich begleite dich auf die Beerdigung, falls wir da überhaupt hindürfen. Aber ich hab dann was gut bei dir."

Ich lächelte sie dankbar an.

„Wir dürfen zur Beerdigung, das hab ich schon geklärt. Ich hab mich beim Hotel erkundigt. Ich meinte, dass das wichtig für uns wäre, um das Trauma verarbeiten zu können. Jetzt werden wir sogar von einem Fahrer abgeholt, der uns dorthin bringt", grinste ich.

„Ich bewundere dich für so viel Unverfrorenheit", grinste Marcella zurück.

So kam es, dass wir uns zwei Tage später auf den Weg zum Friedhof in Cárdenas befanden. Varadero hatte keinen eigenen Friedhof, weshalb uns eine 30-minütige Autofahrt bevorstand.

Der Fahrer, der uns abgeholt hatte, war natürlich niemand anderes als Roberto. Leider hatte ihm das Hotel keinen der wunderschönen Oldtimer zur Verfügung gestellt, sondern einen langweiligen Fiat 500. In diesen quetschte sich noch eine Kollegin Robertos mit hinein, die Giuseppe die letzte Ehre erweisen wollte. Da sie ausschließlich Spanisch sprach, schafften wir es leider nicht, mit ihr ins Gespräch zu kommen, weshalb es die ganze Fahrt über andächtig ruhig im Auto war. Passt ja irgendwie für eine Beerdigung, dachte ich mir und starrte stur aus dem Fenster.

Leider funktionierte die Klimaanlage im Auto nicht. Roberto hatte deshalb alle Fenster geöffnet, aber das half nicht viel. So stiegen wir am Friedhof nicht nur völlig durchgeschwitzt, sondern auch mit vom Fahrtwind zerzausten Haaren aus dem Fiat.

Es war unglaublich, wie viele Menschen zu der Beerdigung gekommen waren. Einige davon erkannte ich als Hotelangestellte. Vermutlich bekam im Hotel gerade niemand mehr Cocktails serviert, weil so gut wie alle Servicemitarbeiter sich hier versammelt hatten. Und die Zimmer wurden heute scheinbar auch nicht gereinigt, denn es war auch eine regelrechte Armee an Zimmermädchen hier, die interessanterweise alle ihre Arbeitskleidung trugen. Ob die alle was mit Giuseppe hatten?

Kaum hatte ich das gedacht, schämte ich mich auch schon, so über den Toten zu denken. Bisher hatte ich keine Beweise dafür, dass er tatsächlich so ein Casanova war. Alles, was ich sicher wusste war, dass er Ricardo die Frau ausgespannt hatte.

Apropos Ricardo ... Sehnsüchtig blickte ich mich nach ihm um, aber er war natürlich nicht da. Ich wäre an seiner Stelle auch nicht auf die Beerdigung gegangen, so lange mich alle für Schuld am Tod des Restaurantleiters hielten. Ich musste es schaffen, Ricardos Ehre wieder herzustellen.

Ich verdrehte mir beinahe den Hals auf der Suche nach Ricardos Exfrau. Sie musste ja hier sein, schließlich wurde ihr Verlobter zu Grabe getragen. Doch die Leute gingen alle schon in die kleine Kapelle, ehe ich sie in der Menge ausmachen konnte. Es waren so viele Trauergäste da, dass nicht alle in die Kapelle passten. Bereitwillig boten Marcella und ich an, draußen zu warten, während Roberto und seine Kollegin sich noch hineinzwängten. Wir hätten ohnehin kein Wort von dem verstanden, was der Geistliche sagte.

Wichtig für uns war das Begräbnis selbst. Dort würden wir sehen, wie sich die trauernde Verlobte gab. Und wenn nicht sie die Mörderin war, vielleicht war der wahre Mörder ja unter den Gästen? In jedem guten Krimi kam der Mörder zur Beerdigung seines Opfers. Es würde allerdings schwierig werden, ihn unter all den Trauernden ausfindig zu machen.

Während die Trauergäste in der Kapelle waren, standen wir mit einigen anderen, die keinen Platz mehr ergattern konnten, im Freien. Ich betrachtete den Friedhof. Die Gräber hier sahen ganz anders aus, als bei uns in Deutschland. Statt bepflanzter Erde, hinter der ein Grabstein stand, waren die Gräber hier rundherum von Steinplatten umgeben und wirkten dadurch erhöht, fast wie auf die Erde gesetzte steinerne Särge. Der Bereich dahinter, der bei uns der Grabstein war, war hier eher wie eine Art kleiner Schrein angelegt. Interessanterweise waren die Gräber nicht nur weiß oder schwarz, manche von ihnen hatten sehr fröhliche Farben. Es gab zum Beispiel auch blaue, rote und sogar gelbe. Dennoch konnte man sehen, dass hier vor allem arme Menschen beerdigt wurden. Es gab nur wenige imposante Grabstätten. Die meisten waren sehr einfach und schlicht gehalten.

Ich beobachtete gerade eine kleine, schwarz gekleidete alte Frau, die an einem Grab einen verkümmerten Rosenstock goss, als die Türen der Kapelle sich öffneten und der Trauerzug herauskam. Scheinbar musste die Kirche von hinten nach vorne geleert werden, denn zunächst kamen die hinten stehenden Menschen heraus, bevor dann endlich der Sarg zu sehen war. Er wurde von sechs Männern getragen, von denen ich mindestens zwei schon einmal im Hotel gesehen hatte. Waren das nicht Kellner aus dem Restaurant?

Als die Trauergemeinde an uns vorbeizog, entdeckte ich endlich die Verlobte von Giuseppe. Mir stockte der Atem. Was war denn in die gefahren? Das durfte doch nicht wahr sein!

Mir war generell aufgefallen, dass nicht viele Leute in schwarz gekleidet waren. Die Beerdigungsgäste trugen zwar schicke Kleidung, jedoch schien es egal zu sein, ob diese schwarz war oder nicht. Für Marcella und mich war das Glück, denn wir hatten auch nichts Schwarzes an. Wir waren beim Kofferpacken nicht auf eine Beerdigung eingestellt und waren schon froh, etwas gefunden zu haben, dass unsere Knie und Ellbogen bedeckte. Aber schick war etwas anderes.

Die Verlobte von Giuseppe hatte das mit den schicken Klamotten jedoch ein bisschen übertrieben. Sie strahlte in ihrem schneeweißen, mit Perlen bestickten Kleid unter allen anwesenden hervor: Es war ihr Hochzeitskleid!

„Spinn ich, oder trägt die tatsächlich ein Brautkleid zur Beerdigung?", fragte mich Marcella, während wir der Menge und dem Sarg folgten.

„Du spinnst nicht. Die Frau weiß definitiv, wie man sich in Szene setzt", antwortete ich.

Roberto schloss zu uns auf: „Ist das zu glauben? Sie trägt doch tatsächlich ihr Brautkleid. Warum tut sie das?", fragte er.

Wir konnten ihm leider keine Antwort darauf geben. Vermutlich wollte sie so den Anwesenden das Ausmaß ihres Leides noch einmal deutlich vor Augen führen? Schließlich wäre heute ihr Hochzeitstag gewesen. Oder war sie einfach nur durchgeknallt?

Der Trauerzug war an Ricardos Grabstätte angekommen. Der Geistliche sprach ein paar Worte. Roberto übersetzte grob für uns, wodurch wir erkannten, dass Beerdigungen auf Kuba nicht so viel anders waren als bei uns. Auch hier ging es um die Vergänglichkeit des Menschen, der nach seinem Tod wieder zu Staub wird.

Nach der Rede des Priesters wurde der Sarg hinuntergelassen. Eine ältere, grauhaarige Frau kam aus der Menge und sprach etwas auf Spanisch. Diesmal übersetzte Roberto leider nicht, da er von ihren Worten einen dicken Kloß im Hals bekam. Ihre Rede rührte nicht nur ihn, sondern alle Anwesenden sehr. Marcella und ich gaben uns große Mühe, auch möglichst betroffen zu blicken. Nach ihren Worten nahm die alte Frau eine Schaufel voll Erde und schmiss diese, gemeinsam mit einer roten Rose, auf den Sarg. Sie fing an, so herzzerreißend zu weinen, dass eine jüngere Kubanerin zu ihr kam und sie in den Arm nahm, um sie zu trösten. Roberto, der seine Stimme wiedergefunden hatte, erklärte uns, dass dies Giuseppes Mutter war und die Frau, die sie tröstete, war seine Schwester.

Da kamen auch mir die Tränen. Niemand sollte sein eigenes Kind überleben! Ich musste an meine Mutter denken und schwor mir, dass ich keinesfalls vor ihr sterben würde, um ihr diesen Schmerz nicht anzutun. Na gut, gegen plötzliche Erkrankungen und dergleichen konnte ich wohl nichts tun, aber ich wollte es zumindest vermeiden, von einer Kokosnuss erschlagen zu werden. Von jetzt an würde ich mich unter keine Palme mehr legen.

Nun kam der Moment, auf den wir gewartet hatten. Giuseppes Verlobte hielt eine Grabrede. In ihrem, zugegebenermaßen unglaublich schönem, Brautkleid, das, wie ich neidisch erkennen musste, von Versace war und sie ein halbes Vermögen gekostet haben musste, baute sie sich vor allen Anwesenden auf. Ihre Schminke war vor lauter Weinen verlaufen, so dass sie wie eine Zombiebraut aussah. Ihre knallrot geweinten Augen unterstrichen den Eindruck. Aber es blickte ohnehin niemand in ihr Gesicht, sondern nur auf dieses Traumkleid. Wie konnte sie sich das überhaupt leisten? Ihr Exmann war Hotelgärtner, von ihm hatte sie bestimmt nicht so viel Geld bekommen. Giuseppe hatte es wohl bezahlt. Aber auch als Restaurantleiter hätte er doch niemals so viel verdient, oder?

Ausdruckslos starrte die Zombiebraut in die Runde und sprach ein paar Worte, die uns Roberto, auf unser Drängen hin, übersetzte. Sie erzählte den Trauergästen davon, wie Giuseppe sie aus ihrem langweiligen Alltagsleben befreit hatte und wie jeder Tag mit ihm ein Abenteuer war. Was für ein Glück, dass Ricardo nicht hier war und das hörte. Sie meinte weiter, dass Giuseppes Frau zu werden wohl der Wunsch vieler Frauen gewesen sei, woraufhin beinahe die komplette Dienstmädchenarmee laut seufzte. Dann meinte die Zombiebraut, dass nicht einmal der Tod sie scheiden könne und dass sie für immer bei ihm sein würde.

Was sehr romantisch klang, erwies sich sogleich als verrückte Idee der trauernden Verlobten. Noch ehe jemand etwas dagegen tun konnte, sprang sie mit einem Satz hinunter ins Grab.

Die Trauergäste schrien auf. Die Sargträger rannten zum Grab und blickten hinunter. Für einen kurzen Moment hielten wir alle die Luft an. Dann die Entwarnung: Giuseppes Verlobter war nichts passiert. Hektisch versuchten die Männer, diese aus dem Grab zu holen, doch sie wollte nicht. Es wurde viel auf Spanisch hin und her gerufen. Als wir Roberto fragend anblickten erklärte er uns, dass sich die Zombiebraut an den Sarg klammerte und ständig rief, man solle sie mit ihrem Geliebten beerdigen.

Ich blickte zu Giuseppes Mutter, die einer Ohnmacht sehr nahe war. Auch die Dienstmädchenarmee schien kaum zu glauben, was dort vor sich ging. Überall wurde hinter hervorgehaltener Hand getuschelt. Der Geistliche bekreuzigte sich ständig und starrte zum Himmel, so als würde er erwarten, dass gleich die Hand Gottes Giuseppes Verlobte aus dem Erdloch holte.

Ein Rettungswagen traf mit Blaulicht auf dem Friedhof ein. Wer hatte den denn gerufen? Hektisch winkten die Trauergäste ihn in unsere Richtung. Ich war nicht sicher, ob er für die Braut oder für die Trauergäste gedacht war, denn einige der älteren Leute schienen vor lauter Aufregung kurz vor einem Herzinfarkt zu stehen. Die ganze Beerdigung drohte in einem heillosen Durcheinander zu enden. Schließlich schafften die Männer es endlich, die Frau aus dem Grab zu ziehen, wobei sie sich mit Händen und Füßen wehrte. Ihr schönes Kleid war mit Erde verschmiert und an einigen Stellen zerrissen. Einzelne Perlen kullerten über den Boden.

Aus den Augen von Giuseppes Verlobter sprang der pure Wahnsinn. Zwei Rettungssanitäter kamen angerannt und steckten die Zombiebraut in eine Zwangsjacke. Daraufhin versuchte sie, mit den Zähnen nach ihnen zu schnappen.

Sie knurrte wie ein wildes Tier und es brauchte letztlich die Hilfe aller sechs Sargträger, um sie in den Krankenwagen zu bugsieren.

„Ich hätte nie gedacht, dass eine so zierliche Frau so stark sein kann", stellte Marcella baff fest.

„Ich auch nicht. Wahnsinn scheint einem ungeahnte Kräfte zu verleihen", antwortete ich nachdenklich. „Sie wirkt tatsächlich stark genug, um einen ausgewachsenen Mann mit einer Kokosnuss zu erschlagen."

„Aber ihre Trauer ist echt. Sie hätte ihrem Giuseppe nie etwas angetan", sprach Marcella aus, was ich bereits dachte.

Kopfschüttelnd blickten wir dem Rettungswagen hinterher, der mit seiner angriffslustigen Ladung den Friedhof verließ. Dort fuhr sie hin, unsere letzte Verdächtige. Damit waren wir in unseren Ermittlungen wieder bei null angelangt. Oder vielleicht doch nicht? Als die Menschenmenge langsam wieder zur Ruhe kam und der Pfarrer dazu ansetzte, die Beerdigung fortzuführen, fiel mir jemand in der Menge auf. Es war jemand, den ich schon beinahe vergessen hatte. Bei seinem Anblick durchzuckte es mich wie ein Blitz!

Mitten in der Trauermenge stand, als einziger komplett in Schwarz gekleidet, der Mann mit den Huskyaugen.

Mit einem Mal hatte ich wieder vor Augen, wie er im *El Bogavante* an dem Abend vor dem Mord vom Restaurantleiter freudig begrüßt wurde. Die beiden kannten sich, sie waren sich scheinbar freundschaftlich zugetan, es war also klar, dass er hier auf der Beerdigung war. Oder? Es schien sonst kein anderer der Stammkunden des Hotels bei der Beerdigung zu sein, es waren fast ausschließlich Kubaner hier. Warum war er also hier? Waren sie durch mehr als nur durch das Hotel verbunden? Waren sie befreundet? Oder hatten sie vielleicht sogar geschäftlich miteinander zu tun?

Mein Verdacht, die beiden könnten gemeinsam irgendwelche Mafia- oder Drogengeschäfte am Laufen haben, keimte wieder auf. Vielleicht konnte Giuseppe sich für seine Verlobte ein Kleid von Versace leisten, weil er mit dem Huskymann krumme Dinger durchzog? Vermutlich ging es auch darum bei dem Streit mit dem Hoteldirektor! Dieser hatte den Mann mit den Huskyaugen im Restaurant zusammen mit Giuseppe gesehen, eins und eins zusammengezählt und den Restaurantleiter darauf angesprochen. Mit seinen Drogengeschäften hatte Giuseppe dem Ansehen des Hauses geschadet, daher immer wieder der Begriff *honra*. Und natürlich musste der Direktor Giuseppe kündigen, da dieser im Hotel Drogen verkaufte. Vielleicht hatte der Restaurantleiter daraufhin versucht, seinen Job zu retten, indem er dem Huskymann alle geschäftlichen Verbindungen aufkündigte. Für diesen war er somit nichts anderes mehr, als ein lästiger Mitwisser. Deshalb musste er sterben.

Mir blieb die Luft weg. Hatte ich da eben etwa den Fall gelöst? Aber wenn das stimmte, dann war der Hoteldirektor als Mitwisser in großer Gefahr. Sollte ich die Polizei einschalten? Aber Moment, cool bleiben, bisher waren das alles nur Vermutungen, die der Fantasie einer Krimiautorin entsprangen. Ich konnte doch nicht die Pferde scheu machen, ohne einen einzigen Beweis. Die würden mich doch alle für verrückt halten! Alle, außer Marcella.

Ich kniff meine Freundin in die Seite, um sie unauffällig auf den Huskymann aufmerksam zu machen. Das gelang mir nur bedingt, da sie laut „Au" schrie, was uns einige ungewollte Blicke bescherte.

„Was soll das denn?", fragte sie mich. „Drehst du jetzt auch durch?"

Als sie mich ansah und bemerkte, wie blass ich geworden war, flüsterte sie: „Was ist mit dir los?"

„Da vorne", versuchte ich ihr ohne Hände, nur mit einer Bewegung meines Kinns zu deuten, „Da ist der Huskymann!"

„Der Huskymann?", entfuhr es Marcella ein wenig zu laut. Wieder ernteten wir böse Blicke. Selbst Roberto mahnte uns zur Ruhe. Etwas leiser sagte Marcella dann zu mir: „Wo genau ist er?"

Ich versuchte, es ihr zu beschreiben: „Zwei Reihen hinter der Mutter von Giuseppe, wenn du sechs Personen nach rechts zählst, das ist er, der große Typ mit den dunklen Haaren und den grauen Schläfen. Er ist ziemlich braun gebrannt, er sticht unter den Kubanern nicht so hervor wie wir."

Marcella starrte sehr lange und auffällig in die Richtung des Mannes mit den eisblauen Augen, ehe sie ihn sah. Sie zuckte zusammen.

„Der war es!", entfuhr es ihr. „Sieh dir nur die eiskalten Augen an, das ist der Killer!"

Leider hatten wir etwas zu viel Aufmerksamkeit erregt, denn der Huskymann starrte nun direkt in unsere Richtung.

„Oh scheiße, er sieht uns", flüsterte Marcella und versuchte, sich hinter ihren Vordermann zu ducken, was natürlich nur umso auffälliger war.

„Kannst du dich nicht normal benehmen?", fuhr ich sie an. „Der merkt doch, dass wir über ihn reden!"

Und tatsächlich schien er es bemerkt zu haben. Er starrte mich lange so an, als wollte er mich mit dem Eis in seinen Augen einfrieren.

„Ich muss ihn zu der Tatnacht befragen", entschloss ich mich mutig.

„Bist du irre? Der bringt es fertig und beerdigt dich hier gleich mit", flüsterte Marcella mir zu.

„Ich muss es wagen. Wir haben keine andere Chance, etwas Neues herauszufinden. Ich muss es nur geschickt anstellen", meinte ich.

Doch als ich mich in seine Richtung durchschlängeln wollte, schien die Beerdigung zu Ende zu sein. Alle Leute drehten sich auf einmal um und verließen zeitgleich den Friedhof. Ich wurde von der Menschenmenge regelrecht mitgezogen. Ich kämpfte dagegen an und versuchte, gegen den Strom zu schwimmen. Es dauerte eine Weile, aber schließlich hatte ich mich durch die Menge durchgekämpft. Doch der Huskymann war verschwunden.

Roberto und Marcella kamen zu mir gerannt.

„Wo ist er?", rief mir Marcella zu.

„Ich weiß es nicht. Eben war er noch hier. Hast du ihn in der Menge gesehen?"

Wir blickten uns beide um, konnten den Mann aber nirgends finden.

„Wen sucht ihr?", fragte uns Roberto, der uns immer mehr für verrückt zu halten schien.

Vielleicht war es besser, ihm nicht allzu viel von meinen wilden, kriminalistischen Fantasien zu verraten, wenn ich nicht auch noch in der Zwangsjacke enden wollte.

„Ich, äh, ich dachte ich hätte einen Freund von mir in der Menge gesehen. Hast du ihn vielleicht gesehen? Einen großen Mann mit dunklen Haaren und eisblauen Augen?", fragte ich Roberto.

„Nein, so jemand ist mir nicht aufgefallen", meinte dieser. „Ist er ein Hotelgast? Wie heißt er?"

„Sein Name, gute Frage, also sein Name ist ...", stammelte ich.

Verdammt. Vielleicht hätte Roberto ja tatsächlich etwas über den mysteriösen Mann gewusst, aber da ich ihm nicht einmal seinen Namen sagen konnte, kam ich hier nicht weiter. Ich war ja echt super im Ermitteln!

„Wir kennen seinen Namen nicht", sprang mir Marcella zur Seite.

„Ihr kennt seinen Namen nicht, aber er ist euer Freund?", fragte Roberto argwöhnisch.

„Er ist nicht wirklich ein Freund. Wir haben ihm am Pool kennengelernt und hatten eine nette Unterhaltung mit ihm. Aber wir haben vergessen, ihn nach seinem Namen zu fragen. Deshalb wollte Christina ja gerade zu ihm, um ihn danach zu fragen. Aber er ist wohl schon weg. Aber vielleicht kennst du ihn ja als Hotelgast?"

Marcella konnte wirklich gut lügen, stellte ich fest.

„Das tut mir leid. Wir haben viele Göste mit dunklen Haaren und blauen Augen. Für gewöhnlich blicke ich den männlichen Gästen auch nicht so tief in die Augen, um herauszufinden, ob sie eisblau sind", zwinkerte Roberto Marcella und mir zu. „Aber ich bin mir sicher, dass ihr ihm wieder begegnet, am Pool oder vielleicht beim Frühstück. Das Hotelgelände wirkt zwar groß, aber das ist es eigentlich gar nicht. Ich laufe dort täglich gefühlt jedem Gast mindestens drei Mal über den Weg", versuchte Roberto uns aufzumuntern. Er lächelte freundlich und entblößte damit mal wieder seine ungepflegten Zähne.

„Vielleicht hast du Recht", meinten Marcella und ich seufzend.

Aus dem Augenwinkel heraus nahm ich etwas wahr, das deutlich weißer war, als Robertos Zähne. Vor mir auf dem Boden lag ein kleiner, runder Gegenstand. Es war eine der Perlen, die von dem Brautkleid abgefallen waren. Ich hob sie auf und steckte sie in meine Handtasche, als eine Art Andenken an die kurioseste Beerdigung, die ich je erlebt hatte. Eine Frau, die im Brautkleid auf die Beerdigung ihres Verlobten kam und dann auch noch in dessen Grab sprang. Das war astreiner Stoff, für eine spanische Telenovela. Wenn ich das zuhause in Deutschland erzählte, würde mir das niemand glauben. Zum Glück hatte ich ja Marcella als Zeugin.

Wir bemerkten, dass wir die letzten am Grab waren. Ich blickte mich noch einmal um, in der irrationalen Hoffnung, den Huskymann noch irgendwo zu sehen. Was hatte ich erwartet, dass er sich hinter irgendeinem Grabstein weggeduckt hatte und nur darauf wartete, dass wir den Friedhof verließen? Natürlich war er nirgends zu sehen. Ich seufzte und folgte Marcella und Roberto zum Auto.

Kapitel 13

In den folgenden Tagen hätten Marcella und ich uns beinahe ernsthaft zerstritten. Ich war wie besessen davon, den Mann mit den Huskyaugen zu finden. So marschierte ich unentwegt den Strand entlang, lief einen Pool nach dem anderen ab und suchte ihn bei den Mahlzeiten unter den anwesenden Gästen. Doch er hatte sich scheinbar in Luft aufgelöst, was meine Laune auf einen Tiefpunkt fallen ließ. So kam es im Hotelzimmer zu unserem ersten Streit seit Jahren.

„Tina, tu mir bitte den Gefallen und hör endlich auf, an diesen Typen zu denken. Wir sind im Urlaub, du solltest hier eigentlich den Kopf ausschalten. Stattdessen bist du jetzt das reinste Nervenbündel", sagte Marcella wütend.

„Aber versteh das doch, ich muss ihn finden. Er ist der letzte Verdächtige, den wir haben", flehte ich beinahe.

„Ist er nicht, du irrst dich", meinte Marcella. „Zum einen ist noch nicht mal sicher, ob es tatsächlich Mord war. Vielleicht hat die Polizei ja Recht und es war nur ein Unfall. Bei 150 Kokosnussopfern im Jahr, finde ich das ja gar nicht mal so unwahrscheinlich."

„Und zum anderen?", fragte ich gelangweilt, denn ich wollte nichts mehr zu der Unfalltheorie hören. Ich hatte nun einmal dieses Bauchgefühl, dass es Mord war und davon konnte mich niemand abbringen.

„Zum anderen gibt es immer noch einen weiteren Verdächtigen, der ein Motiv hatte Giuseppe zu töten, egal ob dir das jetzt gefällt oder nicht. Ricardo!"

Ich schnappte hörbar nach Luft. „Du spinnst wohl. Du hast mir selbst gesagt, dass du mir glaubst, dass es Ricardo nicht war."

„Ja, aber umso länger ich darüber nachdenke, desto plausibler wird es. Er war immerhin in der Nacht auf der Hotelanlage unterwegs, das weißt du selbst am besten. Zudem wollte seine Exfrau Giuseppe bald heiraten. Tina, nur weil du dich hoffnungslos in Ricardo verliebt hast und alles durch eine rosarote Brille siehst, heißt das nicht, dass er unschuldig ist, so leid mir das tut."

Ich konnte und wollte nicht glauben, was sie da sagte. Ich fühlte mich, als sei Marcella mir in den Rücken gefallen. Dampfend vor Wut rannte ich aus dem Hotelzimmer, ließ die Tür ins Schloss knallen und ließ Marcella alleine zurück.

Erneut lief ich zum Strand und ertappte mich dabei, wie ich schon wieder nach dem Huskymann Ausschau hielt. Marcella hatte ja Recht, ich stresste mich selbst viel zu viel in die ganze Sache hinein. Und vielleicht sah ich wirklich nur Gespenster. Jedenfalls würde ich hier mit meinen Recherchen ohnehin nicht mehr weiter kommen, wenn mein Verdächtiger Nummer eins tatsächlich das Hotel schon verlassen hatte.

Ich beschloss, dass ich Urlaub vom Urlaub brauchte. Etwa eine Stunde später ging ich zurück ins Hotelzimmer. Marcella war noch immer dort. Sie hatte ganz rote Augen. Anscheinend hatte sie geweint. Als sie mich sah, sagten wir beide gleichzeitig: „Es tut mir leid!"

„Ich wollte dich nicht beleidigen, wegen Ricardo, ich wollte nur, dass du dir die Fakten richtig ansiehst. Aber ich bin natürlich noch auf deiner Seite", meinte Marcella zu mir.

„Du musst dich nicht entschuldigen", begann ich wiederum mich zu entschuldigen. „Du hast Recht! Mord oder Unfall, Ricardo oder der Huskymann als Täter... Alles, was ich bisher mit meinen Ermittlungen herausgefunden habe, ist, dass sich nichts davon mit Sicherheit sagen lässt. Es hat keinen Sinn mehr weiter zu machen. Aber so lange ich hier bin, fällt es mir schwer, nicht darüber nachzudenken!"

„Heißt das, du willst abreisen?", fragte Marcella betrübt.

„Nein. Das heißt ich will jetzt endlich was von Kuba sehen", antwortete ich schon etwas vergnügter. „Ich habe uns eben eine Rundreise gebucht. Morgen um sechs

Uhr früh fährt unser Bus. Wir werden drei Tage lang unterwegs sein, also pack alles ein, was du brauchst. Unser erster Stopp ist Havanna!"

Die Rundreise hatte sich als eine der besten Entscheidungen seit langem herausgestellt, auch wenn es sich am Abfahrtstag noch nicht so anfühlte, als der Wecker um fünf Uhr klingelte. Da es um diese Uhrzeit noch kein Frühstück gab, hatte das Hotel uns ein Lunchpaket zur Verfügung gestellt. Ich wollte es mir aber für später aufheben, so früh brachte ich noch nichts runter.

Kaum saßen wir im Bus, bewies Marcella mal wieder ihre Gabe, immer und überall einschlafen zu können. Ich hingegen war zwar hundemüde, brachte aber kein Auge zu, als der Bus über die buckeligsten Straßen fuhr, die ich je gesehen hatte. Nur kurz fuhren wir auf einer Art privaten Autobahn, für die der Fahrer auch Maut bezahlen musste. Die schien ihm wohl zu teuer gewesen zu sein, denn von da an fuhren wir nur noch durch winzige Orte und Dörfer, über Straßen, die diesen Namen nicht einmal verdient hatten. Oft musste der Bus mehrfach rangieren, um die Kurven in den engen Dörfern überhaupt nehmen zu können. Die mangelnde Stoßfederung sorgte dafür, dass wir dabei immer wieder kräftig durchgeschüttelt wurden. Während mir langsam der Rücken davon schmerzte, schlief Marcella und schlief und schlief.

Nach fast vier Stunden kamen wir endlich in Havanna an, Marcella frisch und munter, ich müde und gerädert. Wir checkten zunächst im Hotel ein, in dem wir die nächsten zwei Nächte verbringen würden. Es war ein sehr schickes Hotel, direkt am Parque Central gelegen. Es hatte gleich zwei Pools auf dem Dach und man hatte von dort aus direkten Blick auf das Capitolio, eine der Hauptsehenswürdigkeiten Havannas.

Diesen Tag hatten wir zur freien Verfügung, und so machten wir uns erst einmal auf, unsere Wasservorräte aufzustocken. Es gab zwar eine Minibar, da die bei diesem Ausflug aber nicht inclusive war und eine Flasche Wasser sechs CUC kostete, wollten wir uns lieber im Supermarkt eines holen. Doch so etwas wie einen Supermarkt suchten wir vergebens. Stattdessen gab es hier kleine Läden, in denen an Theken verkauft wurde, wie früher in den Tante-Emma-Läden. Man musste einem

Verkäufer sagen, was man wollte und der brachte es dann. In diesen Geschäften war es stickig und eng und man wurde von allen Seiten angebettelt. Von zahnlosen alten Männern bis hin zu Müttern mit Baby auf dem Arm, die uns ihre leeren Milchflaschen hinstreckten. Anfangs gaben wir noch jedem etwas Geld, doch schließlich mussten wir damit aufhören, da es zu viele waren, die uns um etwas baten. Sogar nach Kugelschreibern verlangten sie.

Wie sich später herausstellte, waren wir bei unserer Suche nach Wasser vom Hotel aus in die falsche Richtung abgebogen. Ging man nach rechts, kam man direkt in eine der ärmsten Gegenden Havannas. Bog man hingegen nach links ab, so betrat man umgehend das für die Touristen hübsch herausgeputzte Viertel. Es war unglaublich, wie nah hier Elend und Urlaubsspaß beieinanderlagen.

Wir waren trotz allem doch recht froh, auch die arme Seite Havannas gesehen zu haben. Wären wir von unserem schicken Hotel direkt in die Touristenstraße Obispo eingebogen, hätten wir gedacht, der Bevölkerung in Havanna würde es ausnahmslos gut gehen. Dennoch genossen wir es nun, die gut hergerichteten Kolonialbauten zu bewundern. Und nicht nur das, auch die Lebensfreude der Kubaner war einfach nur beeindruckend. Aus jeder Ecke tönte Musik. Die Menschen tanzten auf den Straßen und von überall her lockten leckere Essensdüfte.

Wir waren sehr hungrig. Das Essenspaket von unserem Hotel in Varadero hatte gerade einmal für den Vormittag gereicht. Nun war es jedoch schon später Nachmittag. Wir ließen uns von den zahlreichen Angeboten inspirieren und landeten schließlich in einem Paladar, einem sogenannten Wohnzimmerrestaurant. Das Lokal war familiär geführt und man hatte wirklich das Gefühl, bei der Familie im Wohnzimmer zu sitzen und wie ein privater Gast bekocht zu werden. Als Beilage gab es zu jedem Gericht fast ausnahmslos Reis mit schwarzen Bohnen. Wir hatten schon gehört, dass dies eine Art Nationalgericht auf Kuba war und beschlossen deshalb, einmal davon zu probieren. Zu unserer Überraschung schmeckte es gar nicht mal schlecht. Dazu hatte ich mir einen Thunfischsalat bestellt, der wunderbar frisch schmeckte. Marcella hatte auf landestypische Art zubereitetes Rindfleisch, was ihr auch sehr mundete.

Nach dem Essen liefen wir ziellos durch die Gassen und waren einfach nur glücklich, in Havanna zu sein. Wir kamen uns vor, als wären wir mitten in einem Rumwerbespot gelandet, denn überall gab es den guten *Havana Club*.

„Der ist für die Kubaner vermutlich das Gleiche, wie der Ouzo für die Griechen", witzelte Marcella.

„Den gibt es hier bestimmt auch nur für ihre guten Freunde", setzte ich noch einen obendrauf.

Wir beschlossen, den Abend damit ausklingen zu lassen uns ein wenig von dem guten Rum zu gönnen, aber ohne zu übertreiben. Wir setzten uns in eine Bar, die offen hin zur Meerpromenade lag. Eigentlich bestand das Gebäude fast nur aus einer Überdachung, die zwischen zwei Häusern befestigt war und unter die man einen Tresen, mehrere Tische und Stühle gestellt hatte. Aber das war optimal so, denn so konnten wir die Meerluft riechen und eine frische Brise kühlte uns etwas ab. Eine Band fing an, kubanische Rhythmen zu spielen, und wir versanken in dem tollen Ambiente.

Um Punkt 21 Uhr schreckte uns kurz ein einzelner Kanonenschuss hoch. Ich musste sofort an einen Terroranschlag denken. Auch Marcella sah sich panisch um. Doch nachdem weder die Kubaner, noch die anderen Touristen unruhig wurden, beruhigten wir uns auch schnell wieder. Ein Blick in den Reiseführer verriet uns später, dass dieser Kanonenschuss seit dem 17. Jahrhundert jeden Abend um punkt 21 Uhr abgefeuert wurde. Was früher das Öffnen und Schließen der Stadttore signalisierte, ist heute, im wahrsten Sinne des Wortes, der Startschuss für das kubanische Nachtleben.

Als wir zurück ins Hotel kamen, schliefen wir augenblicklich ein. Wir hatten gar nicht gemerkt, wie viel wir an diesem Tag gelaufen waren. Unsere Füße taten höllisch weh. Ich hatte mir sogar zwei Blasen gelaufen. Ich hätte doch lieber meine gut eingelaufenen Schuhe mitnehmen sollen, statt in meinen brandneuen Sandaletten rumzulaufen, schimpfte ich mich selbst, bevor der Schlaf mich übermannte.

Am nächsten Tag konnte ich meine geschundenen Füße etwas schonen. Maria, die Reiseleitung, die uns schon am Tag zuvor mit dem Bus aus Varadero abgeholt hatte, übernahm das Kommando. Sie hatte eine Art Selfie Stick in der Hand, an den sie viele rote Bänder gebunden hatte. Den hielt sie in die Höhe und bat uns und die anderen 25 Rundreiseteilnehmer, ihr zu folgen.

Ich hatte Angst, dass wir ihr nun über mehrere Kilometer auf Schritt und Tritt durch die Stadt folgen mussten. Doch direkt vor dem Hotel blieb sie stehen und verwies uns auf mehrere dort geparkte Oldtimer. Auf diese sollten wir uns verteilen. Eine vierstündige Stadtrundfahrt stand damit an.

Marcella und ich hatten das Glück, alleine in einem pinken Ford Sunliner zu sitzen. Es war genau so einer, wie wir ihn schon in Varadero bewundert hatten. Generell schien Pink im Bezug auf die Oldtimer eine Trendfarbe zu sein. Beinahe jedes zweite Auto hatte diese Farbe.

Unser Fahrer, der sich uns als Ismael vorstellte, sprach zum Glück gut Deutsch. Im Konvoi fuhren wir mit unserer Reisegruppe durch gefühlt alle Straßen Havannas und Ismael erklärte uns freundlich alles, was wir wissen wollten. Wobei es nicht wirklich viele echte Sehenswürdigkeiten gab, zumindest nicht außerhalb der Altstadt. Dort konnte Havanna mit dem Capitolio, China Town, alten Zigarrenfabriken und dergleichen punkten. Weiter draußen wurden von Ismael dann plötzlich Hotels, Krankenhäuser und Sportplätze zu echten Sehenswürdigkeiten erklärt.

Zwei interessante Haltestellen gab es im äußeren Stadtbezirk dann doch. So machten wir Stopp am Platz der Revolution. Dort dominierte ein 109 Meter hoher Turm mit einer 18 Meter hohen Statue davor das Bild. Unsere Reiseleiterin, die uns alle wieder mit ihrem Stick zusammengetrommelt hatte, erklärte, dies sei ein Denkmal für José Marti. Dieser war Schriftsteller und zugleich Nationalheld. Er war

Mitbegründer der ersten eigenständigen lateinamerikanischen Literaturbewegung, dem Modernismo.

Als Autorin gefiel mir der Gedanke, dass einem Schriftsteller ein solch imposantes Denkmal gesetzt wurde. Der Turm war das höchste Gebäude in ganz Havanna. Vor meinem inneren Auge malte ich mir aus, wie ein solches Denkmal für mich in Bayreuth oder gar in Berlin aufgestellt wurde, weil meine Bücher die Menschen ... na was eigentlich? Ich war weder eine Vordenkerin der Unabhängigkeit, so wie José Marti, noch hatten meine Bücher sonst irgendwelche politischen oder philosophischen Gedanken. Meine Krimis waren, so musste ich mir ehrlich eingestehen, nur Trivialliteratur. Für Romane wie meine gab es weder den Literaturnobelpreis, noch ein Denkmal. Aber wer wollte das schon, so ein Denkmal bekam man doch ohnehin erst, wenn man tot war, und ich erfreute mich bester Gesundheit.

„Wenigstens sind meine Bücher unterhaltend", entfuhr es mir.

Marcella, die meine Gedanken ja nicht mitbekommen hatte, schaute mich fragend an. „Was geht denn in deinem Kopf schon wieder vor?"

„Ach, gar nichts", druckste ich herum. „Sieh mal da, ist das nicht Che Guevara auf dem Gebäude dort?"

Dem Denkmal gegenüberliegend waren zwei Gebäude, auf denen überdimensional groß die Gesichter zweier Männer angebracht waren. Der eine war eindeutig als Che zu erkennen. Darunter war der Spruch „Hasta la victoria siempre" angebracht, was wohl so viel wie „Immer bis zum Sieg" bedeutete, laut der Übersetzung meines Smartphones. Bei dem anderen Mann dachten wir erst, er würde Fidel Castro in jungen Jahren darstellen, da dort „Vas bien Fidel" angeschrieben war. Maria klärte uns aber darüber auf, dass dies Camilo Cienfuegos war, ein kubanischer Revolutionär. Die übergroßen Gesichter waren auf keinen unwichtigen Gebäuden angebracht. Es handelte sich dabei um Büroräume der Regierung und das Informationsministerium.

Ich persönlich hätte zwei so streng bewachte Gebäude ja etwas weniger auffällig gestaltet. Aber vielleicht war das auch der Trick an der Sache. Wer wagte es schon, in Gebäude einzudringen, die täglich von hunderten Touristen fotografiert wurden?

Nachdem uns Maria alles zur Geschichte des Platzes und zur kubanischen Revolution erzählt hatte, wobei wir fast eine Stunde mitten in der Gluthitze standen, konnten wir uns bei der Weiterfahrt mit unserem Sunliner im Fahrtwind abkühlen. Es ging vorbei an alten Villen, neuen Hochhäusern und einigen bungalowähnlichen Wohnhäusern. Ab und an machte uns Ismael wieder auf ein ganz tolles Krankenhaus, ein sehr, sehr wichtiges Hotel oder einen Baseballplatz aufmerksam. Die Kubaner schienen diesen Sport zu lieben.

Wir hätten noch ewig mit unserem Oldtimer weiterfahren können, doch schon stand der nächste Halt an, am John-Lennon-Park. Da waren sie also wieder, die Beatles. Ich war aber in der Tat froh, diesen Platz zu sehen, hatte ich doch schon im Reiseführer darüber gelesen.

Wir stellten uns brav einer nach dem anderen an der Bank auf, auf der eine lebensgroße Figur von John Lennon saß. Irgendjemand hatte ihr eine richtige Sonnenbrille aufgesetzt, die der des echten John Lennon aber durchaus ähnlich sah. Maria ließ sich von uns unsere Handys und Kameras geben und machte von einem nach dem anderen ein Foto, wie er neben John Lennon saß. Einige Scherzkekse, die Lennon Hasenohren machten, waren auch dabei. Marcella gab indes lieber die Geliebte von John und schmiegte sich in seine Arme. Ich mimte die Musikkritikerin, die mit ihm über seinen Song „Imagine", dessen Text in den Boden eingelassen war, diskutierte.

Da es in dem Park sonst absolut nichts zu sehen gab, stiegen wir, nachdem wir alle an der Reihe gewesen waren, wieder in unsere Oldtimer. Die Tour führte uns noch an der Strandpromenade entlang, ehe wir uns von unseren schönen Autos vor einem Museum am *Plaza des Armas* verabschiedeten.

Es war das *Castillo de la Real Fuerza*. Darin gab es eine Ausstellung, nicht nur über Schiffe, sondern auch über Goldschätze. Wir lernten, dass Johnny Depp uns in *Fluch der Karibik* eindeutig für dumm verkaufen wollte. So gut wie jeder Schatz, der dort in der Karibik von den Piraten erbeutet wird, besteht aus geprägten Münzen. In Wirklichkeit wurden die Münzen aber erst in ihren Zielländern geprägt. Das Gold wurde zwar von Havanna aus dorthin gebracht, jedoch in Form von Goldplatten, die nur selten bereits irgendwelche Stempel hatten. Das Gold verließ Kuba so, wie es zuvor bereits auch schon den Berg verlassen hatte, nachdem es aus diesem herausgeschmolzen wurde. Natürlich wurden die Transportschiffe dann wirklich des Öfteren von Piraten überfallen, nur dass diese statt Münzen die Platten erbeuteten. Ich war schon ein wenig enttäuscht, dass man sich nicht mal mehr darauf verlassen konnte, dass Johnny Depp für seine Filme anständig recherchierte. Falls er mir irgendwann mal begegnen würde, würde ich ihm das klipp und klar sagen, beschloss ich insgeheim.

Im Untergeschoss des Museums begegneten wir einer Figur, die mir irgendwie bekannt vorkam. Es war eine Statue der Frau auf der Havana Club Flasche. Ich hatte mir noch nie zuvor Gedanken über diese Abbildung gemacht, fand die Geschichte, die uns im Museum erzählt wurde aber höchst interessant.

Die Figur nennt sich *La Giraldilla*. Sie ist das Wahrzeichen Havannas. Eine Kopie dieser Figur findet sich auf dem Turm des Museumsgebäudes. Der Legende nach stellt sie Doña Inés de Bobadilla dar, die Gattin eines Gouverneurs der Insel Kuba im 16. Jahrhundert. Ihr Mann, Hernando de Soto, brach eines Tages mit dem Schiff auf nach Florida, um dort die Quelle des ewigen Lebens zu finden. Seine Frau wartete jahrelang jeden Tag auf diesem Turm und hielt Ausschau nach ihm. Doch er kehrte nie mehr zurück, da er in Florida den Tod fand. Ob die Frau daraufhin ihren Kummer in Rum ertränkte oder warum sie sonst zum Symbol für das Nationalgetränk wurde, verriet uns jedoch niemand. Jedenfalls war es eine sehr romantische Geschichte.

„Würdest du so lange auf einen Kerl warten, von dem du nicht weißt, ob er sich während seiner Abwesenheit nicht auch mit anderen Frauen rumtreibt?", fragte ich Marcella.

„Wer weiß, wenn es die wahre Liebe ist ... Aber heute kommt es ja gar nicht mehr zu solch romantischen Liebesgeschichten. Heute hätte die Frau des Gouverneurs ihm alle 10 Minuten eine Whatsapp geschrieben und wenn er nicht schnell genug geantwortet hätte, dann hätte sie ihn in den Wind geschossen."

Irgendwie hatte Marcella Recht. Solch große romantische Prüfungen, wie jahrelang voneinander getrennt zu sein, ohne zu wissen, wie es dem anderen geht, das gab es heutzutage ja gar nicht mehr. Vielleicht rührte diese Geschichte uns deshalb so, weil wir uns solch eine Situation gar nicht mehr vorstellen konnten.

Unsere Reisegruppe beendete den Abend in Havanna mit einem gemeinsamen Abendessen im Hotel. Diesmal gab es keine kubanische Küche, sondern italienische. Pizza schien überhaupt sehr beliebt zu sein. Beinahe in jeder Straße Havannas gab es entweder ein Pizzarestaurant oder zumindest einen Pizzastand. Der Wein, den sie im Hotel servierten, war hingegen noch nicht mal italienisch, sondern chilenisch, aber er schmeckte sehr gut. Wir gönnten uns lieber nicht zu viel davon, denn am nächsten Tag mussten wir wieder sehr früh raus. Uns stand erneut eine lange Busfahrt bevor.

Am Morgen kutschierten Maria und der Busfahrer uns über bröckelige Straßen und durch enge Dörfer hindurch zu einer alten Rumfabrik. Diese erwies sich als reine Touristenabzocke. Wir wurden gemeinsam mit zig anderen Reisegruppen in einen engen Gang gequetscht, in dem es sehr heiß war. Dort mussten wir lange warten, bis wir endlich in einen Raum geführt wurden, in dem exakt eine Maschine stand, mit der man angeblich den Rum herstellte. Nachdem wir uns diese ohne große Erklärung ansehen durften, wurden wir auch schon wieder durch den engen Gang in einen anderen Raum bugsiert. Es war der Shop, in dem wir den Rum testen durften und ihn natürlich auch kaufen konnten.

Eigentlich hätte ich ja aus Prinzip in dieser Tourifalle lieber nichts gekauft, aber es musste sich ja irgendwie lohnen, dass ich eine halbe Ewigkeit in diesem heißen Gang gestanden war. Außerdem schmeckte der Rum bei der Verkostung echt gut, so dass ich gleich zwei Flaschen kaufte. Wie viel von dem Zeugs durfte ich überhaupt mit zurück nach Deutschland nehmen? Ich hatte keine Ahnung, aber zwei Flaschen würden wohl schon noch drin sein. Auch Marcella deckte sich mit zwei Flaschen ein und meinte: „Die sind natürlich nicht für mich, die sind ein Mitbringsel." Doch ihr Lächeln verriet, dass der Rum in ihrem eigenen Schnapsschrank landen würde.

Ich hoffte sehr, dass wir im Verlauf des Tages nicht noch bei weiteren Verkaufsveranstaltungen landen würden. Ich wollte lieber etwas von dem Land sehen. Umso beruhigter war ich, als es dann zum Viñales-Tal ging.

Der Bus hielt auf einer Anhöhe, von der aus man einen wunderschönen Blick auf das Tal hatte. Marcella hatte mir aus dem Reiseführer vorgelesen, dass das Tal 1999 von der UNESCO den Titel *Kulturlandschaft der Menschheit* erhalten hatte. Das hatte mich dann doch sehr neugierig auf den Anblick gemacht, der sich mir dort bot. Und meine Neugierde wurde nicht enttäuscht. Vor uns breitete sich ein majestätisch anmutendes Tal aus, das von vielen großen Kalkfelsen geprägt war. Diese gehörten ursprünglich zu einem riesigen Höhlensystem, welches jedoch eingestürzt war. Zurück blieben die von einer üppigen Vegetation bedeckten Felsen, dazwischen unzählige Tabakfelder und kleine Tabakfarmen. So etwas Schönes hatte ich noch nie gesehen. Ich konnte mich gar nicht daran sattsehen, dennoch drängte uns Maria irgendwann zur Weiterfahrt.

Wir fuhren direkt in das Tal hinein, zu einer der dort angesiedelten Tabakplantagen. Es war eine familiär geführte Plantage, wie die meisten hier. Pedro, das Familienoberhaupt, zeigte uns, wie man Zigarren drehte. Wir durften auch einen Blick in eines der Trockengebäude werfen, wo tausende Tabakblätter aufgehängt waren. Das Aufhängen jedes einzelnen Blattes sei Frauenarbeit, erzählte Pedro auf Spanisch und Maria übersetzte für uns. Männer könnten das nicht so gut, weil sie keine so zarten Hände hätten. Für mich klang das nach einer blöden Ausrede. Jedes einzelne Blatt mit einem Nagel an den Holzbalken zu befestigen schien mir als sehr mühsame Arbeit, vor der die Männer sich wohl einfach nur drücken wollten. Gab es eigentlich eine Frauenrechtsbewegung in Kuba?

Natürlich konnten wir auf der Tabakfarm auch Zigarren kaufen. Marcella und ich verzichteten aber darauf. Wir waren bereits von anderen Touristen gewarnt worden, dass die Qualität der Zigarren, die man hier kosten durfte, nicht der von den Zigarren entsprach, die einem dann tatsächlich verkauft wurden. Zudem waren wir beide Nichtraucher. Meine Mutter hätte sich vielleicht über ein solches Reisesouvenir gefreut, aber wenn ich mich nicht irrte, hatte sie gerade mal wieder das Rauchen aufgegeben. Da wollte ich sie mit solch einem Geschenk natürlich nicht dazu bringen, wieder damit anzufangen. Okay, ein weiterer Grund dafür, keine Zigarren zu kaufen, war, dass die Dinger unverschämt teuer waren, selbst hier auf Kuba. Eine Postkarte sollte für alle Daheimgebliebenen reichen.

Wie sich später herausstellte, sollten unsere Freunde und bekannte jedoch nicht einmal Postkarten von uns bekommen. Wenn man die Karten nicht selbst direkt zur Poststelle brachte und dabei zusah, wie die Briefmarken abgestempelt wurden, klauten die Mitarbeiter auf Kuba die Briefmarken von den Karten, um sie weiterzuverkaufen. Genau das war wohl auch mit unseren Postkarten passiert, da sie nie an ihrem Ziel ankamen. Wir konnten den Leuten deswegen aber nicht böse sein, da wir die Armut in diesem Land ja selbst gesehen hatten.

Auf der Plantage machte uns der aromatische Duft der Tabakblätter so richtig hungrig. Wir waren froh, als wir nach dem Besuch der Tabakfarm ein Restaurant ansteuerten. Dieses Restaurant lag direkt an einem der großen Felsen, welcher zu unserer Verwunderung bemalt war. Das Bild zeigte die Evolution vom Wasser heraus bis hin zum Menschen. Es war in sehr knalligen Farben gemalt und sehr, sehr groß. Unsere Reiseleiterin erklärte, dass dieses Wandgemälde *Mural de la Prehistoria* genannt wurde. Es wurde 1961 von einem mexikanischen Künstler gemalt und war beeindruckende 120 Meter hoch. Ich selbst malte ab und an Acrylbilder zuhause und hätte auch gerne mal eine so große Leinwand zur Verfügung gehabt.

In dem Lokal, das wieder sehr offen gebaut war, hatten wir einen wunderbaren Blick auf das Bild. Es lenkte ein wenig davon ab, dass der hier servierte Reis mit schwarzen Bohnen nicht so gut schmeckte, wie der, den wir in Havanna bekommen hatten. Er war trocken und fade. Das störte uns nicht wirklich, denn wir waren so hungrig, dass wir alles gegessen hätten. Auch die Musikkapelle, die in dem Restaurant spielte, war erheblich schlechter als die in Havanna, aber das trübte unsere Stimmung ebenfalls nicht ... zumindest so lange, bis sie anfingen, *Guantanamera* zu spielen.

Wir aßen schnell auf und verließen das Lokal in Richtung Bus. Auf dem Weg dorthin sahen wir große Libellen, die sich um einen Blumenstock tummelten. Doch bei genauerem Hinsehen bemerkten wir, dass dies gar keine Libellen waren. Es waren Kolibris! Noch nie in meinem Leben hatte ich so viele Kolibris auf einmal gesehen. Das Tal schien das reinste Paradies für sie zu sein.

Wir waren schon bereit, mit dem Bus zurück ins Hotel nach Varadero zu fahren, denn immerhin standen uns hierfür einige Stunden Fahrt bevor. Doch Maria wollte uns unbedingt eine Höhle zeigen, die als eine der wenigen noch intakt war. Es war die *Cueva del Indio*. Darin hatten früher angeblich echte Indios gehaust. Als wir dort ankamen, hatten sich davor auch ein paar Darsteller in entsprechenden Kostümen aufgebaut, die angaben, echte Nachfahren der damaligen Indios zu sein. Darunter war auch ein junges Mädchen, das offensichtlich schwanger war und hier halb nackt vor den Touristen, von Mücken umschwärmt, den ganzen Tag in der Hitze stehen musste. Mir drängte sich unweigerlich die Frage auf, ob das Zika-Virus in dieser Gegend noch grassierte. Oder war das weltweit besiegt? Ich war jedenfalls drauf und dran das Mädchen von Kopf bis Fuß mit Autan einzusprühen, doch Maria kommandierte uns weiter zum Höhleneingang.

Ähnlich wie in der Rumfabrik mussten wir auch in der Höhle eine gefühlte Ewigkeit in einem mit Touristen überfüllten Gang stehen. Nur war der Höhlengang angenehm kühl, so dass wir die Wartezeit genossen. Zumindest so lange, bis eine andere Reisegruppe vor uns, die offensichtlich auch aus Deutschland kam, anfing, deutsche Volkslieder anzustimmen. Sie sangen mit voller Inbrunst *Kein schöner Land in dieser Zeit*.

„Da wäre mir Guantanamera ja noch lieber", raunte mir Marcella zu, und ich konnte ihr nur zustimmen.

Als wir langsam vorwärts kamen, sahen wir, warum wir so lange warten mussten. Alle Touristen wurden in zwei Boote verfrachtet, in denen sie durch die Höhle gefahren wurden. Offensichtlich stieg man an einer anderen Stelle aus den Booten wieder aus, denn sie kamen immer ohne die Touristen wieder zurück. In meinem Kopf entstand sofort die Idee für ein Mysterybuch, in dem ahnungslose Touris an ein Höhlenmonster verfüttert wurden. Vielleicht sollte ich ja das Genre wechseln.

Als wir endlich an der Reihe waren, staunten wir nicht schlecht. Das Boot fuhr uns immer tiefer in die Höhle hinein. Der Bootsführer zeigte uns mit einem Laserpointer die interessantesten Gesteinsformationen, die stets nach ihrem Aussehen benannt waren. So gab es ein steinernes Krokodil, eine Schlange, einen Spargel, der meiner Meinung nach eher nach etwas anderem aussah als nach Gemüse, und viele weitere. Nach kurzer Zeit aber war die Bootsfahrt schon vorbei und wir fuhren aus der Höhle heraus zu einem Anlegesteg. Dort waren natürlich einige Souvenirhäuschen aufgestellt, an denen man vorbei musste, wenn man zurück zum Bus wollte. Tapfer gingen Marcella und ich daran vorbei, ohne etwas zu kaufen.

Am Bus angelangt, hatten sich einige Menschen davor versammelt, um die Touristen anzubetteln. Sie baten um Geld oder um Kugelschreiber. Ich erkannte auch das schwangere Indiomädchen unter ihnen. Ich wühlte in meiner Handtasche, in der Hoffnung, dort noch Autan oder einen Kugelschreiber zu finden. Stattdessen fand ich die Perle von dem Hochzeitskleid der Zombiebraut wieder. Die hatte ich ja komplett vergessen. Da mein schöner Kriminalfall ja quasi tot war, entschied ich mich, auch die Perle wegzugeben. Die letzten Tage hatten mich so schön entspannt, dass die Perle mich einfach nicht mehr an die Geschehnisse im Hotel in Varadero erinnern sollte.

„Ich bin gleich zurück, ich will nur dem Mädchen etwas geben", wandte ich mich an Marcella.

Ich ging zu der Schwangeren und reichte ihr freundlich lächelnd die Kugel. Sie sah mich mit großen Augen an. Sie ließ die Perle in ihrer Handfläche rollen, ehe sie sie mit der anderen Hand griff und zu ihrem Mund führte. Wollte sie die etwa schlucken? Ich wollte schon eingreifen, ihr sagen, dass das keine Medizin oder so sei, als ich sah, wie sie die Kugel zwischen ihre Zähne nahm. Sie wollte testen, ob es eine echte Perle war, ein schlaues Mädchen. Als sie auf diese biss geschah etwas, womit ich selbst nicht gerechnet hatte. Die scheinbar wertvolle Perle zerbrach in zwei Hälften. Eine davon fiel zu Boden. Ich hob sie auf und betrachtete sie verwundert, ebenso tat es das Mädchen mit der anderen Hälfte.

Die Fläche, an der die Perle auseinandergebrochen war, erschien mir merkwürdig pulvrig. Es war fast so, als sei die Kugel aus einer Art Mehl oder Zucker zusammengepresst worden. Noch ehe sich der Gedanke klar in meinem Kopf formieren konnte, sprach das Mädchen die naheliegendste Vermutung bereits aus:

„Cocaina?", fragte sie mich mit weit aufgerissenen Augen.

Bevor ich ihr irgendeine Erklärung für das alles geben konnte, drückte sie mir ihre Hälfte der Kugel in die Hand und rannte davon. Mich ließ sie mit der merkwürdigen Substanz und einer unendlichen Menge an Fragen zurück.

Kapitel 14

Die ganze Rückfahrt ins Hotel über rätselten Marcella und ich, was es mit der Perle auf sich haben konnte. War das Puder, aus dem sie gepresst war, tatsächlich Kokain? Und wie kam es dann an das Brautkleid? Hatte Giuseppe am Ende tatsächlich mit der Mafia zu tun gehabt? Musste er deshalb sterben? Und was hatte der Huskymann damit zu tun?

Wenn Giuseppe in Drogengeschäfte verstrickt war, so hatte auch der Direktor wieder ein Motiv ihn zu töten. Der Restaurantleiter hätte damit das Hotel in Verruf gebracht, das konnte er natürlich nicht dulden. Hätte er ihn bei der Polizei gemeldet, wäre alles öffentlich geworden. Oder gingen die Drogengeschäfte vielleicht sogar vom Hoteldirektor aus? Hatte er Giuseppe in etwas hineingezogen? Wenn der Huskymann die Kontaktperson in diese Szene war, war es nur logisch, dass die Geschäfte über den Hoteldirektor zustande gekommen waren, denn beide waren Deutsche. Woher hätte der Restaurantleiter denn einen deutschen Drogendealer kennen sollen?

Als wir nach mehreren Stunden Fahrt endlich wieder in Varadero ankamen, schwirrte uns der Kopf vor lauter unbeantworteten Fragen. Es war schon nach Mitternacht, aber keine von uns konnte jetzt ans Schlafen denken. Zudem hatten wir einen riesigen Hunger!

Eigentlich sollte es einen 24-Stunden-Zimmerservice geben. Da dieser zu so später Zeit scheinbar von vielen in Anspruch genommen wurde, hätten wir über eine Stunde auf unsere Bestellung warten müssen. Ich schlug daher vor, selbst zur Snackbar zu gehen und uns ein paar Sandwiches zu holen. Ich ging an den Pools entlang in Richtung der Restaurants. Als ich an der Treppe zum Strand vorbeikam, konnte ich nicht anders: Ich musste nochmal zu der Stelle am Strand, wo wir Giuseppes Leiche gefunden hatten. Irgendwie glaubte ich, ich könnte meine Gedanken dort besser sortieren. Doch als ich dort war, prasselten nur noch mehr Fragen auf mich ein.

Hatte eigentlich irgendjemand untersucht, in welchem Winkel die Kokosnuss auf den Kopf des Opfers getroffen war? Wurde die Richtung der Blutspritzer analysiert? War die Strandliege auch wirklich der Tatort oder wurde die Leiche dort abgelegt?

„Stopp, Halt, es reicht jetzt!", rief ich mir selbst in Gedanken zu. Erik war bestimmt ein guter Kommissar, er hatte sicherlich nichts ausgelassen bei seinen Untersuchungen. Aber hatten sie hier in Kuba die nötigen Mittel für umfassende Ermittlungen? Wie gut waren die kriminaltechnischen Labore hier? Gab es solche überhaupt?

Ich wurde jäh aus meinen Gedanken gerissen, als sich plötzlich von hinten eine Hand auf meine Schulter legte. Ich zuckte vor Schreck zusammen. Langsam drehte ich mich um, um zu sehen, wer mir hier mitten in der Nacht so einen Schrecken einjagte. Als ich sah, wer es war, wurde meine Angst aber nur noch größer.

Vor mir stand Manuel Bräuer, der Hoteldirektor! Sein Blick durchbohrte mich geradezu: „Ich habe Sie schon tagelang gesucht", sagte er in einem sehr ernst klingenden Tonfall zu mir.

Er hatte mich gesucht? Was hatte das denn zu bedeuten? Was wollte er von mir? Panisch blickte ich mich um. Wir waren ganz alleine am Strand, weit und breit war niemand zu sehen. Ob es jemand hören würde, wenn ich jetzt um Hilfe rief? Stotternd antwortete ich: „Mich gesucht? Ich, äh, also, warum? Also ich meine, ich war auf einer Rundreise, aber was geht Sie das an? Was wollen Sie von mir?"

„Was ich von Ihnen will?", fauchte Herr Bräuer mich an. Es schien ihm schwerzufallen, die Contenance zu bewahren. „Was zum Teufel wollen Sie von mir?"

„Ich von Ihnen? Nichts? Wie kommen Sie darauf?"

Ich war restlos verwirrt. Er hatte mich gesucht, weil ich was von ihm wollte? Was wurde das hier? Und warum war er so sauer? Ahnte er, dass ich von den Drogen wusste? Würde er mich jetzt auch umbringen? Vor lauter Panik fiel es mir immer schwerer zu atmen.

„Halten Sie mich nicht für blöd! Ich weiß alles, was in meinem Hotel vor sich geht. Und wenn Sie, Frau Blume, oder soll ich sie lieber Frau Christie nennen? Also wenn Sie hier rumschleichen und Fragen über mich und meine Ehe stellen, dann erfahre ich das natürlich."

Ganz kurz war ich beleidigt. Irgendjemand hatte mich an den Hoteldirektor verraten. Ob es die Internetkartenfrau war? Bestimmt, die konnte doch ihren Mund nicht halten. Aber das hieß, dass Herr Bräuer definitiv von meinen Ermittlungen wusste. Zudem kannte er sowohl meinen richtigen Namen, als auch meine Autorenidentität. Er wusste alles über mich. Ich war in höchster Gefahr!

Mein Blick fiel auf den Treppenaufgang zu den Restaurants. Wenn ich jetzt losspurtete, hatte ich dann eine Chance? Er schien mir nicht mehr der Jüngste zu sein, jedoch wirkte er dennoch recht sportlich. Ich beschloss, den Hoteldirektor in ein Gespräch zu verwickeln und mich dabei den Treppen langsam immer mehr zu nähern.

„Äh, also, naja, da sie ja von meiner Autorentätigkeit wissen, also, da liegt es einem einfach im Blut, ein bisschen zu recherchieren, wissen Sie? Nehmen Sie das nicht zu persönlich!"

Oje, das würde er doch niemals schlucken, das war die schlechteste Ausrede der Welt. Mark Twain sagte einmal „Schlagfertigkeit ist etwas, worauf man erst 24 Stunden später kommt." Ganz so schlimm war es bei mir nicht, aber so ein, zwei Stunden braucht mein Gehirn schon, um die eine geniale Antwort zu finden, die ich vorher gebraucht hätte. Das ging schon zu Schulzeiten los. Wenn mich jemand geärgert oder beleidigt hatte, dann war alles, was mir spontan in den Sinn kam: „Du bist so doof!" Kein Wunder, dass ich in der Schule nie zu den coolen Kids gezählt hatte. Auch zu Unizeiten fielen mir auf Anschuldigungen, Beleidigungen oder in anderen Situationen nicht tolle Zitate von großartigen Schriftstellern ein, sondern nur ausgelutschte Sprüche wie: „Es ist noch kein Meister vom Himmel gefallen." Jetzt hätte ich dem Direktor lieber erzählen müssen, ich sei in ihn verliebt und würde mich deshalb für seinen Familienstand interessieren. Stattdessen fiel mir nur der Quatsch mit der Autorentätigkeit ein. Das war nicht die Art Schlagfertigkeit, mit der ich mein Leben retten konnte.

„Ich soll es nicht persönlich nehmen, wenn Sie in meinem Privatleben herumschnüffeln? Wie sind Sie denn drauf? Ich habe keine Lust zu einer Vorlage für eine Figur in einem dämlichen Kitschroman zu werden", schnaubte der Direktor und ahnte nicht, dass er mich damit tödlich beleidigte.

Ich war inzwischen zwei Schritte von ihm in Richtung Treppe zurückgewichen. Wenn ich in diesem Tempo weitermachte, würde ich mich erst morgen früh in Sicherheit gebracht haben. „Kitschroman? Ich glaube, ich höre nicht richtig. Ich bin eine angesehene Krimiautorin!", flutschten die Worte geradezu aus mir heraus.

„Na dann habe ich eben keine Lust, dass Sie mich in ihren Büchern als Mörder darstellen!", schrie der Direktor nun und traf damit mitten ins Schwarze. Als er meinen baffen Gesichtsausdruck sah, zählte er eins und eins zusammen. „Moment mal, Sie halten mich doch nicht wirklich für einen Mörder? Glauben Sie etwa, ich hätte Giuseppe umgebracht?"

Tipp einer Krimiautorin: Wenn Sie mutterseelenallein vor jemandem stehen, den Sie für einen potentiellen Mörder halten und er fragt Sie, ob Sie denken, er sei der Killer, dann ist die richtige Antwort definitiv „Nein!", und nicht das, was ich gleich darauf sagte: „Ähm, ja, also, Sie müssen das schon verstehen. Ich habe Sie schließlich in der Mordnacht mit ihm streiten sehen."

Nun war es der Direktor, der erschüttert dreinschaute. Ich konnte seinem Gesicht ablesen, dass er sich daran erinnerte, dass er nach dem Disput mit dem Restaurantleiter am Strand auf mich getroffen war. Es war fast so, als ginge über seinem Kopf plötzlich ein kleines Lämpchen an.

„Ach daher weht der Wind. Jetzt verstehe ich. Aber wir waren doch so laut an dem Abend, Sie müssen doch gehört haben, worüber wir gesprochen haben. Deshalb begeht man doch keinen Mord!"

Herr Bräuer klang nun sanfter, fast ein wenig erleichtert, was auch meinen Fluchtimpuls etwas schwächte.

„Sie haben auf Spanisch gesprochen. Ich kann leider kein Spanisch, aber es klang alles sehr ernst, es ging wohl irgendwie um Ehre und um eine Kündigung?"

„Na dann sprechen Sie ja doch Spanisch, wenn Sie das verstanden haben", entgegnete mir Herr Bräuer.

„Nein, ich habe nur ein paar Wörter aufgeschnappt und sie mir übersetzen lassen. Wenn Sie beim Giuseppe auf Spanisch ein Bier bestellt hätten, das hätte ich verstanden, aber sonst nichts."

Jetzt war ich es, die übermäßig laut sprach. Vielleicht würden uns so ja doch ein paar Leute hören und nach dem Rechten sehen.

„Sie haben es übersetzen lassen? Dann haben Sie also noch jemandem erzählt, dass ich ein Mörder bin", seufzte der Direktor.

War das etwa ein Geständnis?

„Sind Sie das denn?", entkam mir die Frage, noch ehe ich darüber nachdenken konnte. Dabei hatten mir meine Eltern doch schon als Kind beigebracht: Erst denken, dann sprechen.

„Natürlich nicht!", schrie er mich nun wieder an.

Ich seufzte. Die Situation schien ausweglos. Aber wenigstens wusste der Direktor nun, dass auch andere meinen Verdacht kannten und dass sein Geheimnis somit nicht alleine dadurch wieder sicher war, dass er mich umbrachte.

„Okay", lenkte ich ein. „Vielleicht beruhigen wir uns beide jetzt erstmal. Wie wäre es, wenn Sie mir erzählen, worum es in Ihrer, nennen wir es mal, *Diskussion* mit Giuseppe ging?"

Der Hoteldirektor starrte mich lange wütend an, ehe seine Gesichtszüge weicher wurden. Er plumpste wie ein nasser Sack auf eben jene Strandliege, auf der Giuseppe gefunden wurde. Okay, ich wusste nicht, ob es genau die Gleiche war, aber zumindest stand sie am selben Fleck. Die werden doch sicherlich nicht die richtige Todesliege noch am Strand gelassen haben? Das wäre doch ekelhaft, wenn man als Urlauber auf einer Liege relaxte, worauf ein anderer gestorben war.

„Eigentlich geht Sie das ja überhaupt nichts an", setzte Herr Bräuer resignierend zu einer Erklärung an.

Ehe ich wusste was ich tat, saß ich auch schon neben ihm auf der Liege.

„Keine Sorge, ich kann Dinge sehr gut für mich behalten", log ich ihm eiskalt ins Gesicht. „Erzählen Sie nur!"

„Im Grunde ist mir ihre Begleiterin ja ohnehin schon auf die Schliche gekommen. Und wenn Sie es bemerkt hat, dann sicherlich auch schon andere Gäste."

Was hatte das Ganze denn jetzt mit Marcella zu tun? Ich verstand nur Bahnhof.

„Sie müssen das verstehen, die Geschäfte laufen schlecht", erklärte der Hoteldirektor weiter.

Also doch, dachte ich. Das Hotel war in die roten Zahlen gekommen und er hatte versucht, sich mit Drogengeschäften über Wasser zu halten! Was sollte ich nun tun? Sollte ich gleich die Polizei rufen? Doch die weiterführende Erklärung des Direktors überraschte mich: „Sehen Sie, jetzt ist Nebensaison, da ist es normal, dass so wenige Gäste hier sind. Aber in der Hauptsaison kommen seit mehr als drei Jahren auch nur so wenige Gäste. Dieses blöde Partyhotel nebenan ist schuld. Die haben vor drei Jahren aufgemacht und uns die jungen Gäste geklaut. Und mit ihrer lauten Musik jeden Abend, da vergraulen sie uns jetzt auch noch die Alten. Ich weiß mir einfach nicht anders zu helfen. Wenn ich das Hotel über Wasser halten will, dann müssen Einsparungen eben sein."

Moment mal, Einsparungen? Seine Mitarbeiter um die Ecke zu bringen nannte er Einsparungen? War denn der Kündigungsschutz hier auf Kuba so streng? Aber dann hätte er doch auch Ricardo nicht einfach so entlassen können. Oder hatte er den in Wirklichkeit auch umgebracht? Dachten alle nur, er sei gekündigt worden und in Wirklichkeit lag er irgendwo unter dem Sand begraben?

Erneut stieg Panik in mir hoch, doch ich wollte mir nichts anmerken lassen und lauschte weiter den Worten des Direktors.

„Ich habe dafür gesorgt, dass dem *El Bogavante* kein frischer Hummer mehr geliefert wird. Wissen Sie, was so ein frischer Hummer kostet? Und das Essen ist doch hier inklusive, die wenigen Urlauber, die uns geblieben sind, haben uns quasi die Haare vom Kopf gefressen. Das ganze hatte sich ja noch gerechnet, als wir Full House hatten, aber jetzt schon lange nicht mehr. Ich schäme mich ja selbst, aber importierter Tiefkühlhummer ist einfach um so viel billiger als frisch gefangener Hummer von den kubanischen Fischern, auch wenn das irgendwie paradox klingen mag."

Da erst klingelte es bei mir. Marcella hatte tatsächlich Recht gehabt, der Hummer war schon tot, bevor er im *El Bogavante* auf den Tisch kam! Und ich Geschmacksblinde hatte es natürlich nicht bemerkt. Im Gegenteil, ich dachte auch noch, Marcella wollte sich nur aufspielen. Ich musste mich dringend bei ihr entschuldigen, falls ich aus der Sache hier lebend raus kam.

Marcella! Sie musste mich doch schon vermissen. Bestimmt war sie bereits auf der Suche nach mir. Neue Hoffnung keimte in mir auf.

„Ich verstehe immer noch nicht, warum Sie Giuseppe getötet haben. Weil er das von dem Tiefkühlhummer wusste? Aber das wissen der Koch und die Kellner doch sicher auch alle! Und wo in der Geschichte kommt nun der Teil mit den Drogen?", begann ich wild drauf loszuplappern.

„Drogen? Was haben Tiefkühlhummer denn bitte mit Drogen zu tun?", fragte Herr Bräuer irritiert.

„Na das müssen Sie mir doch sagen", meinte ich.

„Ich weiß zwar nicht, was sie sich in Ihrem Kopf zusammenreimen, aber es geht hier weder um Mord noch um Drogen. Das Einzige, was hier sterben musste, war der gute Ruf unseres Hummerlokals. Darum ging es auch in dem Gespräch zwischen mir und Giuseppe. Giuseppe war von vornherein nicht mit meiner Entscheidung einverstanden, unser Angebot auf Tiefkühlhummer umzustellen. Er meinte, die exquisiten Hummergerichte im *El Bogavante* wären das Aushängeschild des Hotels. Viele Gäste würden nur deswegen immer wiederkommen. Er sagte, wenn das rauskäme, würde es das Ansehen des Restaurants zerstören und wir würden auch noch die übrigen Stammkunden verlieren. Ich hingegen garantierte ihm, dass niemand es merken würde, wenn wir den Hummer nur richtig gut würzen. Aber als Giuseppe dann mitbekommen hatte, dass ihrer Freundin der Betrug aufgefallen war, da stellte er mich nochmal zur Rede. Er sagte, es wäre nicht mit seiner Ehre vereinbar, den Leuten weiterhin schlechten Hummer zu servieren, wir müssten andere Methoden finden, um zu sparen. Ich erklärte ihm, dass ich das doch schon längst versucht hatte und dass uns einfach nichts anderes übrig blieb. Ich sagte, er könne ja kündigen, wenn es ihm nicht passt. Er sagte darauf einfach nur okay. Er ist dann wütend abgedampft." Der Hoteldirektor sah mich nun nicht mehr an, sondern blickte betrübt in Richtung des Lokals. „Ich fasse es nicht, dass dieser Streit die letzten Worte waren, die ich mit ihm gewechselt habe. Dabei hatte ich die Nacht darüber geschlafen und wollte ihm sagen, dass er Recht hatte. Ich wollte wieder frischen Hummer für das Lokal bestellen. Doch das konnte ich ihm nicht mehr mitteilen …"

Der Hoteldirektor schniefte. Eine einzelne Träne lief über seine Wange.

„Giuseppe war schon viel länger hier im Hotel als ich. Er hat mir beigestanden, als ich hier Direktor wurde, hat mich vor den anderen verteidigt, die Vorurteile hatten, weil ich Deutscher bin. Er war so etwas wie ein Freund für mich, auch wenn ich das jetzt erst im Nachhinein so richtig begreife."

Noch bevor ich wusste, wie mir geschah, weinte ich mit. So saßen der Direktor und ich mitten in der Nacht heulend auf der Todesliege am Strand. Ich war heilfroh, dass uns niemand so sehen konnte und er vermutlich auch.

„Also, schluchz, also haben Sie Giuseppe nicht getötet", stellte ich fest. „Und ähm, verzeihen Sie mir die Frage, von, nun ja, also von Drogen, genauer gesagt Kokain, da wissen Sie auch nichts davon?"

Der Direktor blickte mich fragend aus seinen vom Weinen geröteten Augen an: „Wie kommen Sie denn die ganze Zeit auf Drogen? Gibt es da etwas, das ich wissen sollte?", fragte er.

„Ach, öh, nein", suchte ich eine Ausflucht. Ich musste den armen Mann nicht auch noch mit weiteren verrückten Vermutungen von mir belasten. „Da ist wohl meine Autorenfantasie mit mir durchgegangen, sorry!"

Als ich zurück in Richtung unserer Suite ging, überraschte mich Marcella an der Treppe zum Strand: „Was war denn da eben mit dir und dem Direktor los? Habt ihr geweint?", fragte sie mich völlig entgeistert.

„Oh, du hast uns gesehen?", fragte ich.

„Nachdem du ewig nicht wiedergekommen bist, wollte ich nach dem Rechten sehen, schließlich passieren hier nachts Morde!", entgegnete sie mir. „Also, was war da los? Und wo sind unsere Sandwiches?"

Die hatte ich doch glatt vergessen, deshalb meinte ich nur: „Das ist eine lange Geschichte. Komm, wir essen einfach direkt in der Snackbar, dann erzähle ich dir dort alles."

Kapitel 15

Am nächsten Tag lagen Marcella und ich auf zwei Luftmatratzen im Pool und starrten in den wolkenlos blauen Himmel über uns. Vom Nachbarhotel schallte laute Musik zu uns herüber und störte uns beim Nachdenken. Wir diskutierten schon eine Weile darüber, wie wir weiter vorgehen sollten. Es schien so, als müssten wir die Sache auf sich beruhen lassen. Der Gedanke war genauso bedrückend, wie die Hitze.

Für mich schied der Direktor als Mörder aus. Ihm ging es nur darum, sein Hotel zu retten. Dafür wäre er aber nicht über Leichen gegangen. Was uns blieb, war nur die Drogenspur, eine verrückte Braut und leider auch der Verdacht gegen Ricardo. Diesen hatte ich seit seiner Verhaftung nicht mehr gesehen, nicht einmal auf der Beerdigung. Vermutlich vermied er es, sich im Hotel blicken zu lassen, da ihm ja die Schuld an dem vermeintlichen Unfall gegeben wurde. Oder hatte er sogar Hausverbot? Jedenfalls entschlossen wir uns, in diese Richtung erst einmal nicht zu ermitteln. Wenn es eine Spur gegen Ricardo gegeben hätte, hätte die Polizei sie bestimmt gefunden, redete ich mir ein. Somit blieben nur noch die Drogen, insofern es denn welche waren.

Ich wollte mich in etwas mehr als einer Stunde mit Erik treffen, um ihm die Perle, oder das, was von ihr übrig war, zu geben. Er konnte mit Sicherheit herausfinden, woraus sie bestand. Sollte es wirklich Kokain sein, würde sicherlich auch die Polizei wieder ermitteln, hoffte ich. Aber vermutlich wäre das ohnehin viel zu spät, denn der Huskymann, den ich noch immer für den Drogenkontaktmann hielt, schien ja bereits abgereist zu sein.

Beim Mittagessen hatten wir erneut Ausschau nach ihm gehalten, er war aber nicht unter den anwesenden Gästen. So konnten wir erst mal nichts anderes tun, als uns an unser Urlaubsmotto „Mach es wie die Geckos" zu halten und die warme, kubanische Sonne auf unserer Haut zu genießen, auch wenn sie heute sehr stark auf uns herunterbrannte.

Ich ließ meinen Blick über die Palmen um den Pool streifen. Wer sich wohl nun darum kümmerte, dass nicht noch jemandem eine Kokosnuss auf den Kopf fiel? Ich hatte seit dem Vorfall niemanden mehr hier auf die Palmen klettern sehen. Aber irgendjemand musste es ja sicherlich machen, das Hotel konnte sich keinen weiteren Unfall leisten.

Es schien mir ohnehin so, als seien nach dem Tod des Restaurantleiters einige Gäste abgereist, denn obwohl wir relativ spät aufstanden, waren kaum Plätze an den Pools belegt. Oder lag es eher daran, dass bald die Regenzeit beginnen sollte und daher nicht mehr so viele neue Gäste anreisten?

Aber Moment Mal! Ich hatte einen Geistesblitz. Durch den Tod von Giuseppe und den Verdacht gegen Ricardo ist hier im Gärtnerteam eine wichtige Stelle freigeworden. Konnte es sein, dass jemand Ricardos Job unbedingt haben wollte und deshalb für einen *Unfall* gesorgt hat? Vielleicht sollte Giuseppe ja gar nicht sterben, sondern nur leicht verletzt werden? Wenn jemand die Kokosnuss direkt an der Palme präpariert hatte, so musste er sich mit Palmenklettern gut auskennen. Es kam somit auf jeden Fall jemand aus dem Gärtnerteam infrage. Andererseits, wer würde schon für einen Gärtnerjob in einem Hotel morden? Soweit ich wusste, war die Bezahlung hier auf Kuba ohnehin nicht so gut. Am meisten verdienten die Angestellten durch das Trinkgeld der Gäste. Abe durch nichts konnte man sich als Gärtner mehr Trinkgeld verschaffen, als durch das Verschenken der Kokosnüsse an die Gäste. Das wiederum wäre ja dann doch ein gutes Motiv für einen der anderen Gärtner gewesen, Ricardo loszuwerden. Hatte ich soeben eine neue Spur gefunden?

Ich wollte meine Idee Marcella unterbreiten, als diese scharf die Luft einzog und mir zuflüsterte: „Sieh nicht hin, aber da ist er! Der Mann mit den blauen Augen von der Beerdigung, er läuft gerade am Pool vorbei! Wow, der ist ja ganz schön athletisch gebaut, meinst du nicht?"

Wie um alles in der Welt hätte ich in dem Moment *nicht* hinsehen können? Natürlich musste ich sofort wissen, ob der Huskymann tatsächlich wieder aufgetaucht war. Selbst falls Marcella sich irrte, so lief dort gerade anscheinend ein sehr ansehnliches Exemplar von einem Mann an uns vorbei.

Wieder einmal gefror mir das Blut in den Adern bei seinem Anblick, ohne dass ich wusste, warum eigentlich. Marcella hatte Recht! Der Huskymann war zurück. Er lief schnellen Schrittes am Pool vorbei, in Richtung der Restaurants. Obwohl die Sonne heiß auf uns herunterbrannte, war er wieder vollkommen in schwarz gekleidet. Er trug ein sehr eng anliegendes, schwarzes Shirt, das tatsächlich einen Sixpack darunter vermuten ließ. Dazu hatte er eine lange, schwarze Stoffhose und schwarze Lackschuhe an. Eine ebenso dunkle Sonnenbrille hatte er sich in seinen Shirtausschnitt gehängt. In der Hand trug er irgendwelche Ausdrucke oder Unterlagen. Die Unterlagen und seine grauen Schläfen stachen durch seine dunkle Kleidung besonders hervor und natürlich seine Augen. Ich hatte nur ein paar Millisekunden die Chance gehabt, das eiskalte Blau darin zu sehen, doch das genügte mir auch schon.

Ängstlich blickte ich weg und sah zu Marcella. Diese schien jedoch nicht genug von dem Anblick zu bekommen. Sie verfolgte mit den Augen genau, wo der Huskymann hinging. „Steuert er etwa das *El Bogavante* an?", fragte sie mich interessiert.

Ich blickte in die Richtung, in die der Huskymann gegangen war. Ja, tatsächlich! Er schien in das Hummerlokal zu gehen. Aber warum mitten am Nachmittag und mit irgendwelchen Ausdrucken bepackt? Die machten doch frühestens in zwei Stunden auf. Noch ehe ich weiter darüber nachdenken konnte, war Marcella auch schon von ihrer Matratze gesprungen und aus dem Pool gehetzt.

„Was hast du vor?", fragte ich sie entsetzt, denn ich ahnte schon, was in ihrem Kopf vor sich ging.

„Na was schon, ich folge ihm", antwortete sie mir mit auffälliger Leichtigkeit.

Wo war die Marcella geblieben, die sich beim Anblick der Leiche übergeben musste? Sie schien komplett verschwunden zu sein, denn vor mir stand eine neugierige, mutige Version von ihr.

„Bist du verrückt? Der Typ ist gefährlich!", raunte ich ihr zu, in der Hoffnung niemand sonst am Pool würde es hören.

„Keine Sorge, ich bin vorsichtig", meinte Marcella und zog sich schnell T-Shirt und Hose über ihren noch nassen Bikini.

Mit einem Handtuch rubbelte sie kurz ihr Haar halbwegs trocken, kämmte es durch und wollte sofort loseilen.

„Warte, ich komme mit!", rief ich ihr zu. „Ich lass dich auf keinen Fall alleine gehen."

„Nein, du bleibst hier und triffst dich gleich mit deinem Kommissar", sagte Marcella mit einer abwehrenden Geste zu mir. „Du bist dem Typen bestimmt schon aufgefallen, spätestens seit du ihm auf dem Friedhof hinterhergerannt bist. Bei mir ist die Wahrscheinlichkeit höher, dass er mich für eine normale Urlauberin hält. Keine Sorge, ich werde ihn nur aus einer sicheren Entfernung beobachten. Wir treffen uns dann heute Abend in der Tanzvorführung. Heute soll es Tango geben, hab ich vorhin gelesen. Dann berichten wir uns gegenseitig von unseren Ermittlungsergebnissen."

Noch ehe ich selbst aus dem Wasser steigen konnte, war Marcella auch schon verschwunden.

Die Sache gefiel mir gar nicht. Was, wenn der Huskymann Marcella doch bemerkte? Würde er ihr etwas antun? Konnte ich es wirklich riskieren, sie ihn alleine observieren zu lassen? Doch andererseits wirkte Marcella so siegessicher und voller Elan, sie wusste sicherlich selbst am besten, was sie tat.

Ich beschloss, den Pool zu verlassen und mich vor meinem Treffen mit Erik noch etwas frisch zu machen. Eigentlich brachte das Duschen nach dem Pool ja kaum etwas, weil in dem Duschwasser mindestens genauso viel Chlor war, wie im Becken. Trotz tollem Haarshampoo und einer Haarkur sahen meine Haare hier nach dem Duschen stets genauso zusammengeklatscht aus wie nach dem Pool. Dennoch fühlte ich mich frischer danach und nur darauf kam es an. Ich wollte mich ja schließlich nicht für den Kommissar hübsch machen oder so.

Ich musste schmunzeln, als ich an Eriks Schnauzbart dachte. Einem Kommissar aus den achtziger Jahren hätte dieser vorzüglich gestanden, aber wer trug denn heute noch Schnauzer? Andererseits fuhren sie auf Kuba auch noch mit Autos aus den 50er Jahren herum ... Hoffentlich war das Polizeilabor wenigstens moderner, so dass sie die Perle schnell analysieren konnten.

Ich zappte noch wahllos durch die spanischen TV-Sender, bis es an der Zeit war zur Rezeption zu gehen, wo ich mich mit Erik treffen wollte. Er war bereits dort und wartete auf einem der großen, roten Sofas auf mich. Als er mich kommen sah, stand er wie ein echter Gentleman auf und reichte mir die Hand.

„Hallo Frau Christie, schön Sie zu sehen", sagte er mit einem verschmitzten Lächeln.

„Sehr witzig", versuchte ich erbost zu sagen, was mir aber nicht gelang, ohne dass sich mir dabei ebenfalls ein Lächeln auf das Gesicht schlich.

Irgendwie tat es mir gut, Erik zu sehen. Durch ihn hatte der ganze Fall etwas Reales. Ich wusste, egal was passieren würde, ich musste nur um Hilfe rufen und Erik würde so schnell wie möglich hier sein, genauso wie jetzt.

„Wie geht es dir?", fragte mich Erik so, als würden wir uns aus privaten Gründen hier treffen.

„Mir geht es gut. Marcella und ich haben eine dreitägige Rundreise gemacht, das hat mir geholfen, den Kopf ein wenig freizubekommen."

„Du siehst aber nicht so aus, als wäre dein Kopf frei, eher so, als würdest du darin mit einer Million Gedanken gleichzeitig jonglieren", schaute mich der Kommissar leicht besorgt an.

„Naja, eine Million ist etwas übertrieben", schmunzelte ich. „Aber mir geht schon wieder einiges durch den Kopf, seit wir zurück sind."

„Hat sich denn ein konkreter Verdacht ergeben?", fragte mich Erik.

„Das wüsstest du gerne, hm? Du denkst, ich mache hier die ganze Polizeiarbeit für dich und du brauchst nur herkommen und ich präsentiere dir den Mörder?", sagte ich im Scherz.

„Ja, also so ähnlich hatte ich mir das vorgestellt, nachdem ich, wie du weißt, in dem Fall ja nicht mehr ermitteln darf", meinte Erik schon etwas ernster als ich.

Eine Bedienung von der Lobbybar kam und fragte uns, ob wir etwas bestellen wollten. Ich nahm eine Virgin Colada und Erik bestellte sich ein Wasser und einen Espresso. Nachdem wir unsere Getränke hatten, begann ich, von meinen Recherchen zu erzählen.

„Der Hoteldirektor ist unschuldig", begann ich. „In dem Streit mit Giuseppe ging es lediglich um die Frische des Hummers im Restaurant."

„Die Frische des Hummers?", warf Erik ein. „Was stimmt denn damit nicht?", fragte er sichtlich neugierig.

„Ach, das ist nicht so wichtig", meinte ich. „Es ist eine lange Geschichte und dem Direktor würde es sicher nicht gefallen, wenn ich sie weitererzählen würde. Jedenfalls war Giuseppe sowas wie ein Freund für ihn und er leidet sehr darunter, dass sie sich bei ihrer letzten Begegnung gestritten haben."

„Da muss ich deiner Einschätzung wohl trauen, obwohl mich das mit dem Hummer schon sehr interessieren würde."

„Keine Chance, aus mir kriegst du nichts raus", sagte ich. „Ich habe Herrn Bräuer mit meinen Recherchen hier schon genug geärgert."

„Tja, dann ist diese Spur wohl kalt", seufzte Erik. „Aber du musst doch was für mich haben, du hast mich doch extra herbestellt, damit ich etwas analysieren lasse. Erzähl schon, was ist es?"

„Du hast sicherlich gehört, was auf der Beerdigung von Giuseppe passiert ist, oder?", fragte ich ihn.

„Du warst auf der Beerdigung? Meine Leute haben mir davon gar nichts gesagt!", entfuhr es Erik.

„Du hattest Leute auf der Beerdigung?", entfuhr es nun wiederum mir.

„Die waren offiziell nur privat da, deshalb trugen sie auch zivil. Wäre ich selbst hingegangen, wäre meinen Vorgesetzten sofort aufgefallen, dass ich mich noch für den Fall interessiere."

„Und die hätten dir also von meiner Anwesenheit dort berichten sollen? Lässt du mich etwa überwachen?"

„Nein, Quatsch!", verteidigte sich Erik. „Die hätten mir von allen Leuten die dort waren berichten sollen. Aber sie haben mir mit keinem Wort von zwei Europäerinnen auf der Beerdigung erzählt. Die Sache mit der Braut, die ins Grab gesprungen ist, scheint meine Leute ein wenig aus dem Konzept gebracht zu haben. Sowas sieht man ja doch nicht alle Tage", nahm Erik seine Mitarbeiter in Schutz.

„Wie dem auch sei", fuhr ich fort. „Marcella und ich waren uns nach dem verrückten Auftritt der Zombiebraut …"

„Moment mal, Zombiebraut?", unterbrach mich Erik.

„Naja, sie trug ein Brautkleid und hatte verweinte, rot geränderte Augen mit verlaufener Schminke", verteidigte ich meine Äußerung.

„Oh, ihr Frauen könnt ja so bösartig sein", lachte Erik.

Fast schämte ich mich ein bisschen. Bösartig hatte ich nun wirklich nicht sein wollen. Und die arme Frau war ja sehr verzweifelt gewesen. Vielleicht sollte ich in Zukunft davon absehen, sie so zu nennen.

„Wie heißt sie eigentlich?", fragte ich deshalb geknickt.

„Wie heißt wer?"

„Na Ricardos Exfrau oder Giuseppes Beinahe-Frau. Ich kenne ihren Vornamen gar nicht", gestand ich.

„Sie heißt Morticia", antwortete der Kommissar.

Ich prustete los vor Lachen. „Das war ein guter Scherz. Und da sagst du, wir Frauen seien bösartig? Du kannst da aber locker mithalten."

Erik schaute mich verständnislos an. Offensichtlich verstand er nicht, was ich so lustig fand, was bedeutete, dass er keinen Scherz gemacht hatte.

„Sie, ähm, also du willst sagen, dass sie, also, nö, komm schon, sie heißt doch nicht wirklich Morticia?", stammelte ich.

„Ach, du meinst, weil der Name *mit dem Tod verbunden* bedeutet und ihr Verlobter ja nun Tod ist? Ich gebe zu, dass dies einer gewissen tragischen Komik nicht entbehrt, aber das ist nichts, worüber ich Witze machen würde. Sie heißt wirklich so", meinte Erik völlig nüchtern.

„Da ich kein Spanisch kann, war mir die Wortbedeutung nicht so klar. Aber das meinte ich auch gar nicht. Ich dachte du machst einen Witz, weil doch die Frau von der Adams Family so heißt, Morticia Addams."

Ich sah, wie Erik die Kinnlade herunterklappte. Dann brach auch er in Lachen aus: „Den Film hatte ich ja komplett vergessen. Das heißt, die Frau, die du als Zombie-Braut betitelst, heißt genauso wie die Mutter aus der Addams Family! Okay, das ist wirklich ein Brüller."

Erik schien sich gar nicht mehr einkriegen zu wollen, so dass die Leute in der Lobby schon in unsere Richtung starrten. Aber statt ihn zu beruhigen, konnte ich nicht anders, als mitzulachen, so lange, bis uns beiden die Tränen aus den Augen liefen und die Bauchmuskeln wehtaten. Es tat wirklich gut so herzhaft zu lachen, es war irgendwie befreiend.

Nur langsam kamen wir wieder zur Ruhe.

„Ich habe schon lange nicht mehr so gelacht", japste Erik. „In meinem Beruf gibt es eigentlich nicht so viel zu lachen."

„Und privat auch nicht?", rutschte mir die Frage raus, bevor ich darüber nachdenken konnte. Oje, warum interessierte ich mich denn jetzt plötzlich für sein Privatleben?

„Nicht wirklich", meinte Erik nun leicht betroffen. Er wirkte so, als wolle er nicht darüber reden und lenkte mit einem weiteren Witz davon ab. „Deshalb habe ich mir den Schnauzer wachsen lassen. Dann muss ich wenigstens immer lachen, wenn ich morgens in den Spiegel schaue."

Ich war begeistert. So viel Selbstironie hatte ich dem sonst so trocken wirkenden Kommissar nicht zugetraut.

„Wo war ich jetzt nochmal stehengeblieben?", fragte ich, um wieder auf das eigentliche Thema zurückzukommen.

„Na, bei der Zombiebraut", meinte Erik, dem dieser Begriff nun mehr und mehr zu gefallen schien, während ich ihn eigentlich nie mehr verwenden wollte.

„Okay. Die Zombie… ach, ich meine Morticia war total durchgeknallt und wurde mit einer Zwangsjacke abgeholt. Nach diesem Auftritt waren Marcella und ich uns sicher, dass sie ihrem Giuseppe niemals etwas angetan hätte. Wenn sie von einem möglichen Verhältnis mit einer anderen Frau etwas gewusst hätte, dann hätte sie vielleicht die Frau umgebracht, nicht aber Giuseppe. Ihr Leid war nicht gespielt, sie wollte wirklich mit ihrem Liebsten beerdigt werden", erzählte ich.

„Und was sagt euch, dass das nicht doch alles gespielt war?"

„Weibliche Intuition", lächelte ich.

„Immer diese weibliche Intuition. Die sagt dir ja auch, dass Ricardo unschuldig ist. Wenn diese Intuition wirklich so treffsicher ist, warum verwenden wir Polizisten dann überhaupt noch Spürhunde? Wir müssen einfach immer nur eine Frau mit zu unseren Verdächtigen bringen und die sagt uns dann, ob er es war oder nicht", witzelte Erik.

Ein klein wenig fühlte ich mich gekränkt. „In dem Fall geht es ja nicht um die Intuition irgendeiner Frau, sondern der einer echten Krimiautorin. Es ist quasi mein Beruf, mich in Verbrecher hineinzudenken. Ich glaube, dass du auf meine Meinung schon was geben kannst." Das klang dann doch ein wenig beleidigter, als es sollte.

„Ist ja okay. Ich glaube dir. Und schließlich wäre es ja auch selten dämlich von der guten Frau, sich nur zur Ablenkung in die Klapse einweisen zu lassen. Denn da kommt man in Kuba nicht so schnell wieder raus", meinte Erik besänftigend.

„Aber um nochmal darauf zurückzukommen, warum ich dich herbestellt habe", erzählte ich weiter. „Ich habe, nachdem Mortica abtransportiert und die Beerdigung zu Ende war, eine Perle von ihrem Kleid gefunden. Durch ihren Sturz ins Grab hat sie ihr teures Versacekleid total ruiniert. Eine der Perlen lag auf dem Boden und ich hab sie aufgehoben und gedankenlos eingesteckt."

„Und die Perle möchtest du nun zurückgeben? Ich dachte, ich soll etwas analysieren lassen", warf der Kommissar ein.

„Wenn du mich ausreden lassen würdest, dann wäre ich zu diesem Punkt jetzt auch gekommen", sagte ich streng.

Wer uns hier sah, dachte bestimmt, wir wären ein altes Ehepaar, zumindest kam es mir fast so vor.

„Also jedenfalls war es so, dass die Perle, als ich sie wieder in meiner Handtasche gefunden habe, zu Bruch gegangen ist", sagte ich und holte dabei die Perlenhälften heraus, die ich in ein Taschentuch gewickelt hatte. „Es ist somit keinesfalls eine echte Perle. Stattdessen scheint sie aus einer Art gepresstem Puder zu bestehen. Ich hätte gerne, dass du das untersuchen lässt."

„Du glaubst, es ist Kokain, oder?", folgerte Erik schnell.

Er nahm mir die Perlenhälften aus der Hand und verstaute sie in einem durchsichtigen Plastikbeutel. Ich hatte erwartet, dass er einmal daran lecken oder zumindest riechen würde, wie es die Polizisten in den Filmen immer taten. Aber er hielt das Tütchen mit den Hälften nur ins Licht, schaute es kurz an und steckte es dann ein.

„Ich habe leider keine Ahnung, wie Kokain aussieht, aber es könnte doch sein, oder?", fragte ich.

„Ja, so auf den ersten Blick wäre das möglich. Es könnte aber auch etwas anderes sein. Ich werde das für dich herausfinden", meinte Erik.

„Danke!"

„Das heißt, dein Verdacht geht dahin, Giuseppe könnte mit Drogen zu tun gehabt haben und dass er deshalb sterben musste?"

Ich nickte. „Es gibt da noch so einen seltsamen Hotelgast. Ich glaube, er steckt da mit drin."

„Ist er Brautmodendesigner?", scherzte Erik.

Was er für einen Witz hielt, machte für mich durchaus Sinn. Vielleicht war das die Tarnung des Huskymanns? Und als solcher brachte er angeblich Brautkleider zu seinen Kunden in der ganzen Welt. Doch in den Perlen der Kleider versteckt, transportierte er Drogen!

Als ich Erik meine Vermutung mitteilte, kam er ins Grübeln: „Vielleicht ist ja doch was dran an deiner Intuition", sagte er versöhnlich. „Ich werde überprüfen, unter welchen Bedingungen Hochzeitskleider nach Kuba eingeführt werden dürfen und wie stark sie kontrolliert werden. Außerdem lasse ich checken, ob hier ein angeblicher Brautmodendesigner abgestiegen ist. So lange haltet ihr euch von dem Mann fern, er könnte gefährlich sein."

Peinlich berührt verschwieg ich dem Kommissar, wo Marcella gerade war. Voller Elan sprang Erik auf, als wolle er sofort mit der Arbeit loslegen, doch ich hielt ihn zurück.

„Warte, da ist noch etwas!"

Ich erzählte ihm von meinem neuen Verdacht, einer der Gärtner könnte scharf auf Ricardos Job gewesen sein.

„An dir ist wirklich eine super Kommissarin verloren gegangen", sagte Erik mit einem seltsamen Lächeln auf dem Gesicht. „Das war eines der ersten Dinge, die ich überprüft habe."

„Du hast das schon überprüft? Und was kam dabei heraus?", fragte ich neugierig.

„Ricardos Job ist gar nicht so beliebt, wie du denkst. Er gilt hier als sehr gefährlich. Ricardos Vorgänger ist von einer Palme gefallen. Da das Gesundheitssystem hier einen nicht so gut auffängt wie in Deutschland ... Kurz gesagt, sein Vorgänger ist seitdem auf den Rollstuhl angewiesen und völlig verarmt, weil er für den Großteil der Behanldlungskosten selbst aufkommen musste. Das Hotel hat zwar ein bisschen geholfen, aber nicht genug. Solche Kosten wiegt kein Trinkgeld der Welt wieder auf. Außerdem stehen Ricardos Kollegen voll hinter ihm. Sie haben deinem tollen Herrn Bräuer sogar mit einem Streik gedroht, sollte er ihn nicht wieder einstellen."

„Er ist nicht mein toller Herr Bräuer. Ich mag ihn ebenso wenig wie du. Ich habe nur gesagt, dass ich ihn für unschuldig halte", wehrte ich mich.

„Schon gut, ich sag ja nichts mehr", lachte Erik. „Aber du siehst, diese Spur ist auch bereits kalt."

Dann verabschiedete der Kommissar sich mit einem kurzen „Ich melde mich" von mir und ließ mich alleine in der Lobby zurück.

Meine Virgin Colada stand noch völlig unangetastet vor mir. Es blieb also nur noch die Drogenspur oder ich musste ernsthaft in Betracht ziehen, dass Ricardo tatsächlich der Täter war. Ich war irre gespannt darauf, was Marcella herausgefunden hatte, und machte mich auf den Weg in Richtung Theater.

Kapitel 16

Marcella hatte Recht. An diesem Abend war Tango im Theater angesagt. Schon beim Hereinkommen wurde man von eifrigen Animateuren begrüßt. Die Frauen waren alle in lange, rot-schwarze Kleider gehüllt, die fast bis zum Boden gingen. Diese erinnerten mich allerdings mehr an Flamenco, als an Tango. Oder war Flamenco vielleicht eine Form des Tangos?

Die Männer sahen alle aus wie junge Toreros. Es fehlte nur noch, dass sie die Frauen mit einem roten Tuch anlocken wollten. Aber ich wollte ja nicht mehr so bissig sein, deshalb entschloss ich mich, unvoreingenommen an den Abend heranzugehen.

Ich schaute mich überall um, ob Marcella schon da war, aber von ihr war weit und breit nichts zu sehen. Wo sie wohl so lang blieb? Vielleicht war sie ja noch zurück ins Zimmer gegangen, um sich frisch zu machen. Schließlich war sie direkt aus dem Pool zu ihrer Observation aufgebrochen.

Ich setzte mich und hielt neben mir einen Platz für Marcella frei. Doch bis zum Beginn der Vorstellung war sie noch immer nicht da. Langsam machte ich mir Sorgen. Ich versuchte, mich dadurch abzulenken, dass ich mich ganz auf die Bühnenshow konzentrierte.

Die Tänzer schienen es mit dem Wort Tango wirklich nicht allzu ernstzunehmen. Begonnen wurde die Show mit einem Stepptanz. Fünf Frauen und fünf Männer standen auf der Bühne. Die Frauen hatten alle dieselbe lange, braun gelockte Perücke auf, so dass sie sich wie ein Ei dem anderen glichen. Die Männer trugen alle denselben schwarzen Hut, der ein wenig an Napoleon erinnerte.

Ich glaube, der eigentliche Plan war, dass sie mit ihren Steppschuhen möglichst gleichmäßig tanzten. Der Rhythmus ihrer Steppschritte sollte den Takt für ein Tanzpaar vorgeben, das nun zu ihnen auf die Bühne kam. Wie um sich von den anderen abzuheben, trugen sie zwar das gleiche Kostüm wie ihre Mittänzer, jedoch nicht in Rot, sondern in Grün. Sie versuchten, zu dem vorgesteppten Takt einen Tango zu tanzen. Das wäre ihnen vielleicht auch gelungen, wenn von den Stepptänzern nicht einer, im wahrsten Sinne des Wortes, immer aus der Reihe getanzt hätte.

Ich brauchte wegen seines Hutes etwas länger, um ihn zu erkennen, aber der aus dem Takt geratene Tänzer war der Animateur, der sich um uns gekümmert hatte, als wir die Leiche gefunden hatten. Ich schämte mich, als mir auffiel, dass ich auch von ihm den Namen nicht kannte. Ich musste wirklich anfangen, mich mehr für die Menschen um mich herum zu interessieren. Der junge Mann hatte uns in einer schlimmen Zeit geholfen und ich hatte ihn als Dank bis eben total aus meinem Gedächtnis gestrichen. Aber nach der Tanzeinlage jetzt würde ich ihn wohl nie wieder vergessen. Ständig verwechselte er das rechte und das linke Bein, verpasste Drehungen und kam aus dem Takt. Als die Backgroundtänzer sich ebenfalls zu Paaren zusammenfanden, schaffte er es sogar, seine Tanzpartnerin mit sich umzureißen. Das Gelächter im Publikum war groß. Nur die Animateure konnten sich nicht so recht über die Tollpatschigkeit ihres Kollegen amüsieren.

Mir reichte es. Marcella war immer noch nicht gekommen, ich machte mir wirklich Sorgen um sie. Ich wollte mir diese missglückte Tanzeinlage nicht länger ansehen. Ich musste wissen, ob mit meiner Freundin alles in Ordnung war.

Ich sprang auf und verließ das Theater. Ich wollte zuerst in unserer Suite nach Marcella suchen, als sie mir vor dem Theater abgehetzt entgegenlief.

„Oh Gott, Marcella, was ist passiert?", rief ich erschrocken aus, denn sie wirkte, als sei der Teufel hinter ihr her. Sie trug noch immer die Kleidung, die sie sich am Pool schnell übergeworfen hatte.

„Passiert?", hechelte Marcella. „Was soll passiert sein?"

Wieder holte sie Luft.

„Du bist viel zu spät und offensichtlich schnell gerannt. Was ist los?", drängte ich sie.

„Lass mich erst mal kurz durchatmen!", bat sie mich.

Als sich ihr Puls beruhigt hatte, zog sie mich auf eine Parkbank nur unweit des Theaters: „Ich bin gerannt, weil ich zu spät dran war für die Tanzshow. Wir waren doch verabredet und ich habe total die Zeit vergessen", erklärte sie mir.

Ich war erleichtert. Ich hatte schon befürchtet, der Huskymann wäre ihr auf die Schliche gekommen und sie musste um ihr Leben rennen. Ich sollte wirklich meine Fantasie ein wenig runterfahren, das war echt nicht mehr schön, was ich mir alles ausmalte.

„Hast du wegen mir die Show verlassen? Sollen wir wieder reingehen?", fragte mich Marcella.

„Auf keinen Fall!", antwortete ich ein wenig zu entsetzt.

Nun war es Marcella, die mich fragend anblickte.

„Weißt du noch der Typ, der uns betreut hat, direkt nachdem wir die Leiche gefunden haben? Der mit den strubbeligen Haaren aus dem Animationsteam?"

„Du meinst Victor? Ja klar erinnere ich mich. Wieso?"

Ich war überrascht. Marcella stand am Tag des Leichenfunds aus meiner Sicht total neben sich und trotzdem kannte sie den Namen von unserem Betreuer. Vielleicht war ich ja diejenige gewesen, die mehr geschockt war von uns beiden, nur dass ich das irgendwie gut überspielt hatte?

„Ja, äh, genau, Victor, mir war nur eben sein Name entfallen", log ich.

„Was ist mit ihm?"

„Er gehört zu der Tanzgruppe und er ist wirklich, wirklich schlecht. Er tanzt ständig aus der Reihe und gerade hat er seine Tanzpartnerin umgeworfen. Ich konnte mir das nicht länger ansehen ... Und ich habe mir Sorgen gemacht, weil du nicht gekommen bist", gestand ich.

„Es tut mir wirklich leid!", entschuldigte sich Marcella. „Aber jetzt erzähl mal. Was hast du herausgefunden? Wie war dein Treffen mit Erik?"

Obwohl ich darauf brannte zu hören, was Marcella alles erlebt hatte, berichtete ich ihr erst von meinem Gespräch mit dem Kommissar. Marcella wirkte nach meiner Erzählung leicht bedrückt, als sie fragte: „Also bleibt nur die Theorie mit dem Drogenkartell, um Ricardo zu entlasten?"

„Ich fürchte ja", antwortete ich. „Aber ich denke, sie ist vielversprechend, Erik war ganz heiß darauf, gleich in diese Richtung zu ermitteln. Ich wette, morgen oder spätestens übermorgen steht er schon mit den ersten Ergebnissen bei mir auf der Matte."

Seltsamerweise machte mein Herz einen Sprung, als ich daran dachte, Erik bald wiederzusehen. Was war nur mit mir los? Ich hatte keine Zeit, in mich hineinzuhorchen. Ich musste erfahren, was Marcella über den Huskymann herausgefunden hatte. Doch noch ehe ich sie danach fragen konnte, kam sie mir zuvor.

„Tina, es tut mir leid, aber ich fürchte, mit der Drogengeschichte haben wir uns in was verrannt. Zumindest was Patrick betrifft, da bin ich mir sicher."

„Patrick? Wer um alles in der Welt ist denn jetzt schon wieder Patrick?"

Marcella schien peinlich berührt, denn ihre Wangen liefen rot an, was ich bei ihr noch nie gesehen hatte.

„Du kennst Patrick wohl eher als den Huskymann", gestand sie mir kleinlaut.

„Du kennst seinen Namen?", schrie ich sie an. Ruhiger fügte ich hinzu: „Du wolltest ihn doch nur aus der Ferne beobachten. Was, wenn dir etwas passiert wäre?"

„Patrick würde keiner Fliege was zuleide tun!", meinte Marcella mit verklärtem Blick.

Was hatte das denn zu bedeuten? Stand sie etwa auf den Kerl mit den eiskalten Augen?

„Aber seine Augen ... und sein Verhalten ... und dass er nur schwarz trägt. Marcella, er ist doch mehr als verdächtig. Mach mich jetzt nicht schwach. Er muss der Mörder sein, sonst bleibt doch nur Ricardo übrig", jammerte ich.

„Tina, hör erst mal zu, dann kannst du dir ja selbst ein Bild machen, okay?"

„Okay", resignierte ich.

„Ich bin Patrick, dem Huskymann, gefolgt. Er ist direkt zum *El Bogavante* gelaufen. Dort stand er vor verschlossenen Türen. Er erschien mir total frustriert, er rüttelte an den Türen und rief irgendetwas auf Spanisch."

„Siehst du, er hat sich aggressiv verhalten, da haben wir es!", unterbrach ich Marcella.

„Tina, bitte, lass mich erzählen", bat mich Marcella.

Ich hob nur entschuldigend die Hände.

„Von innen öffnete ihm dann doch jemand die Tür. Patrick ging aber nicht hinein, sondern stritt sich gleich vor der Tür mit dem Mann, der ihm geöffnet hatte. Dieser fuchtelte hilflos mit den Händen, als er versuchte, Patrick zu beruhigen, aber er wollte sich nicht beruhigen lassen. Er hat immer wieder auf seine Unterlagen gedeutet, aber was genau er damit wollte, konnte ich nicht ausmachen."

Marcella stockte in ihrer Erzählung kurz, ehe sie fortfuhr.

„Irgendwie wusste ich da schon, dass der Mann kein eiskalter Killer oder Drogendealer sein kann. Hätte er sich denn dann so auffällig benommen?"

Das war eine rhetorische Frage, auf die sie von mir keine Antwort wollte. Dennoch antwortete ich: „Vielleicht ist irgendwas Wichtiges schiefgelaufen. Vielleicht hat er eine Tüte Drogen oder sowas im Restaurant liegen lassen und wollte deshalb so unbedingt da hinein? Oder ihm ist aufgefallen, dass es einen Beweis für seine Tat gibt, und er wollte diesen dringend beseitigen?", mutmaßte ich.

„Du und deine Fantasie", lächelte Marcella mich amüsiert an. „Aber du hast Recht, es ist wirklich etwas schiefgelaufen, was ihn so aus der Bahn geworfen hat", bestätigte Marcella meine Vermutung.

Hatte ich es doch gewusst, triumphierte ich innerlich.

„Ich weiß auch nicht, warum ich das gemacht habe, zumal wir ihn ja für einen Mörder hielten, aber als ich ihn so hilflos mit dem Kellner diskutieren sah, da konnte ich nicht anders, als mich einzumischen", gestand mir Marcella.

„Du bist hingegangen?", fragte ich entsetzt. „Aber wenn er dich von der Beerdigung erkannt hätte! Marcella, das war irre gefährlich!"

„Ich weiß", stimmte sie mir zu, „Aber in diesem Moment kam es mir nicht gefährlich vor. Es schien mir das Richtige zu sein. Irgendwas war da mit seinen Augen. Ich hatte erkannt, dass sie nicht eiskalt waren, sondern nur verzweifelt und tieftraurig."

Verzweifelt und tieftraurig? Hatte ich da richtig gehört? Diese eisblauen, kalt dreinblickenden Augen waren für Marcella plötzlich verzweifelt und tieftraurig? Doch als ich darüber nachdachte, wurde mir klar, dass man nur aufgrund einer Augenfarbe einen Menschen nicht beurteilen konnte. Marcella hatte scheinbar mehr als nur das Blau in seinen Augen gesehen. Sie fuhr fort.

„Ich bin zu ihm hin und habe gefragt, was los sei. Sowohl Patrick als auch der Kellner hatten mich daraufhin so angesehen, als wollten sie fragen, warum ich mich da einmische. Doch ich ließ nicht locker, und meinte nur, sie würden mit dem Geschrei ja das ganze Hotel auf sich aufmerksam machen. Daraufhin fragte ich in meinem nettesten Tonfall, ob ich denn helfen konnte und blickte Patrick dabei tief in die Augen. Und da, ganz ehrlich Tina, da hatte ich keine Angst mehr vor ihm. In diesen Augen lag eine so unergründliche Tiefe, ich konnte erkennen, dass Patrick ein Mann ist, der viel Schlimmes erlebt hat."

Ob Marcella das wirklich in diesem Moment erkannt hatte oder jetzt nur im Nachhinein meinte, sie hätte es da schon in seinen Augen gesehen, blieb fraglich.

„Der Kellner hatte natürlich kein Wort von dem verstanden, was ich gesagt hatte. Aber dafür Patrick."

Langsam nervte es mich, wie sie den Namen immer liebevoller aussprach. Ich ahnte, dass der Rest der Geschichte mir nicht gefallen würde.

„Er hat mir seine komplette Geschichte erzählt", fuhr Marcella fort.

Was sie mir dann erzählte, passte leider zu perfekt zu allem, was ich am Huskymann beobachtet hatte, um nicht wahr zu sein.

Patrick hatte schon sehr früh geheiratet. Obwohl sie es immer wieder versuchten, blieb die Ehe jedoch kinderlos. Er und seine Frau verdienten gut und da sie keine Kinder hatten, konnten sie das Geld für etwas Luxus, zum Beispiel regelmäßige Urlaube, ausgeben. Schon bei ihrer Hochzeitsreise hatten sie sich in das Hotel *Playa las Palmas* in Varadero verliebt. Von da an kamen sie regelmäßig zu ihrem Hochzeitstag hierher. Und immer exakt an ihrem Hochzeitstag arrangierte das Hotel ihnen ein romantisches Hochzeitsdinner in einem der Pavillons, in denen Marcella und ich am Morgen des Mordes frühstücken wollten. Patrick und seine Frau bekamen dann immer ein erlesenes Hummermenü aufgetischt. Das erklärte, warum er von Giuseppe so freundlich begrüßt wurde, er war schließlich immer ein ganz besonderer Gast und sparte sicher nicht am Trinkgeld.

Im vergangenen Jahr war Patricks Frau aber leider an Brustkrebs verstorben. Dies erklärte, warum er ständig in Schwarz gekleidet herumlief. Ihr zu Ehren wollte er aber trotzdem die Reise nach Kuba antreten und an ihrem Hochzeitstag, der heute war, wieder im Pavillon speisen. Er hatte mit Giuseppe bereits alles vereinbart und schriftlich festgehalten, daher die Ausdrucke. Nach dessen Tod schien jedoch niemand mehr an das spezielle Arrangement gedacht zu haben. Als Patrick heute sehen wollte, ob der Pavillon schon eingedeckt war und herausfand, dass nichts vorbereitet war, da wurde er wütend und wollte bei dem Kellner sein Romantikdinner einfordern.

Marcella war von dieser romantischen Geschichte natürlich unglaublich gerührt. Plötzlich war es sie gewesen, die auf den armen Kellner einredete, so lange, bis dieser blitzschnell dafür sorgte, dass der Pavillon eingedeckt wurde. Und da sie um die momentane Qualität des Hummers wusste, sorgte sie auch gleich noch dafür, dass jemand losfuhr, um wirklich frische Hummer zu besorgen.

Ja, so war Marcella, sie konnte sehr überzeugend sein. Vielleicht war sie in ihrem Job in der Werbebranche deshalb so erfolgreich. Es gab kaum eine Kampagne von ihr, die vom Kunden nicht sofort mit Kusshand genommen wurde.

Patrick war Marcella so dankbar, dass er sie einlud, mit ihm in dem Pavillon zu speisen. Da konnte sie natürlich nicht nein sagen. Was wohl Patricks Frau dazu gesagt hätte, dass er weniger als ein Jahr nach ihrem Tod schon mit einer anderen Frau dort Hummer aß? Naja, ich wollte mal nicht so griesgrämig sein und Marcella ihr Glück gönnen. Deren Strahlen auf dem Gesicht verstärkte sich während sie erzählte immer mehr, so dass sie mich beinahe damit blendete.

Okay, ich gebe es zu, ich war eifersüchtig. Marcella und Patrick hatten sich offenbar so gut bei ihrem Dinner verstanden, dass sie komplett die Zeit und somit auch mich vergessen hatte. Sie freute sich riesig, als sie erzählte, dass Patrick als Firmenberater tätig war und deshalb auch öfter beruflich nach Berlin musste. Die beiden hatten sich schon dazu verabredet, bei seinem nächsten Besuch dort gemeinsam essen zu gehen. Und sicherlich würden sie sich ganz zufällig auch hier im Hotel noch das ein oder andere Mal über den Weg laufen.

Mir schwante, dass ich die letzten Urlaubstage recht wenig von Marcella zu Gesicht bekommen würde. Es freute mich wirklich für sie, aber wenn der Huskymann nur ein harmloser Witwer war, dann hatte ich somit meinen letzten Verdächtigen verloren. Das hieß, dass entweder Ricardo tatsächlich der Täter war, oder dass die ganze Sache nur ein tragisches Unglück war. In beiden Fällen hatte Ricardo einen sehr schlechten Stand. Seinen Job im Hotel würde er wohl nie mehr zurückbekommen und somit würde ich ihn vermutlich auch nie mehr wiedersehen. Obwohl das zwischen ihm und mir bisher nicht mehr als ein kleiner Flirt gewesen war, so machte mich der Gedanke daran, meinem Tarzan nie mehr zu begegnen, traurig.

Vielleicht konnte ich seine Adresse herausfinden und ihn besuchen? Aber nein, er hatte ja auf dem Hotelgelände gewohnt und von dort werden sie ihn sicherlich auch rausgeschmissen haben. Wo er jetzt wohl lebte? Bei einem Freund oder einem Verwandten?

Aber Moment, da war ja noch die ominöse Hochzeitskleidperle! Wenn sie tatsächlich aus Kokain bestand, dann war die Drogenkartelltheorie noch nicht gestorben. Vielleicht hatte ich mit Patrick nur die falsche Person im Blick. Das Kleid hätte auch jemand anderes im Gepäck haben können, jemand, der mir bisher nur noch nicht aufgefallen war. Das war sogar logisch, denn wenn hier ein Profi am Werk war, dann würde er sich sehr unauffällig verhalten. Doch ehe ich loszog und vielleicht irgendwelche unschuldigen Hotelgäste des Drogenhandels bezichtigte, wollte ich die Laborergebnisse abwarten.

Kapitel 17

Der nächste Tag gestaltete sich genauso, wie man sich einen perfekten Urlaubstag vorstellt, nur dass er mir irgendwie unglaublich langweilig vorkam. Es gab keine Mordverdächtigen mehr, keine neuen Opfer und solange Erik nicht die Laborergebnisse hatte, gab es nichts zu ermitteln. Wenn das hier ein Krimi wäre, wäre er verdammt öde.

Wir schliefen lange aus, so dass wir es gerade noch vor Frühstücksschluss ins Buffetrestaurant schafften. Dort wurde extra wegen uns nochmal eine frische Portion Speck gemacht, auf den wir uns begierig stürzten. Ich wusste zwar, dass ich es zuhause auf der Waage bereuen würde, doch jetzt war ich im Urlaub und den wollte ich mit allen Sinnen genießen. Allerdings war ich etwas ernüchtert, als ich meinen Teller mit dem von Marcella verglich. Während ich acht Speckstreifen, Rührei und Baked Beans aufgetürmt hatte, hatte sie sich nur zwei Speckstreifen, etwas Ei und eine Scheibe Vollkornbrot mit Käse und einer Gurkenscheibe darauf genommen.

„Was ist denn mit dir los? Die letzten Tage hast du doch fleißig mitgeschlemmt. Du willst doch nicht etwa für Patrick mitten im Urlaub damit anfangen, auf deine Figur zu achten?", triezte ich Marcella.

Meine Freundin war offensichtlich nicht in der Stimmung für schlechte Witze, weshalb sie etwas mürrisch antwortete: „Wir sind nicht mehr mitten im Urlaub. Bald schon geht es wieder nach Deutschland. Ich mache das immer so, dass ich mich kurz vor Urlaubsende mit dem Essen zurückhalte, dann ist nachher der Schock auf der Waage nicht so groß."

Bei diesen Worten blickte sie mit hochgezogenen Augenbrauen auf meinen Teller. Das hatte gesessen. Ich aß mein Frühstück zwar aus Prinzip vollständig auf, aber die Freude an dem frischen Speck war mir komplett vergangen. Na schönen Dank auch Marcella!

Als endlich das Koffein des unglaublich guten kubanischen Kaffees in unseren Venen angekommen war, verbesserte sich unsere Stimmung zusehends. Wir waren mit einem Mal voller Tatendrang.

„Lass und heute nicht nur am Pool liegen und warten ob und wann Erik mit den Ergebnissen vorbeikommt. Lass uns etwas von dem Unterhaltungsprogramm hier mitmachen", schlug ich wagemutig vor.

Marcella war auch gleich mit vollem Eifer dabei: „Unten am Strand kann man doch Katamaran fahren. Wollen wir das mal ausprobieren?"

Ich stimmte zu. So gingen wir erst in unsere Zimmer zurück und packten unsere Sachen für den Strand. Wie durch ein Wunder bekamen wir, obwohl es schon nach elf war, noch zwei freie Liegen unter einem Schirm. Wir platzierten unsere Sachen dort und gingen zu den Leuten, die die Schiffe ausgaben. Wie sich herausstellte, durfte man zwar alleine mit den Tretbooten rausfahren, aber für den Katamaran brauchte man eine Begleitperson. So schlüpften wir mal wieder in viel zu große Schwimmwesten und ließen uns von Pascal, einem Animateur, der definitiv kein Einheimischer war, auf das Meer hinaussteuern.

Zum Glück war kaum Wellengang. Wir waren zwar in wagemutiger Stimmung, aber allzu großes Geschaukel hätte mein Magen nach der Menge an Speck nicht vertragen. Leider war auch kein richtiger Wind da, so dass wir uns recht langsam bewegten. So hatten wir aber mehr Zeit, den Blick auf das Wasser zu genießen. Es war unglaublich blau und klar. Wenn wir vom Schiff herabschauten, konnten wir bis auf den Boden blicken. Ich hatte noch nie ein so sauberes Meer gesehen.

Pascal, der höchstens halb so alt war wie wir, erklärte uns ein bisschen etwas über den Katamaran. So ist ein Kat, wie das Boot auch kurz genannt wird, ein Schiff mit zwei Rümpfen, die miteinander verbunden sind. In unserem Fall erinnerte mich die Verbindung der Rümpfe, auf der wir saßen, an die Bespannung von einem Trampolin. Ich bezweifelte aber, dass es Pascal gut gefunden hätte, wenn wir jetzt wie wild das Hüpfen angefangen hätten. So blieben wir ruhig und lauschten brav seinen weiteren Erklärungen. Diese waren gespickt mit nützlichem Wissen über das

Segeln, Taue, Knoten, Wolkenformationen und dergleichen. Segeln war offenbar Pascals große Leidenschaft.

Wir waren gerade mal 100 Meter auf das Meer rausgefahren, als Pascal an einer Boje wendete. Nun blickten wir nicht mehr auf das offene Meer, sondern hatten einen sagenhaften Ausblick auf die Hotelanlage. Sie lag da wie gemalt, mit dem weißen Sandstrand, den Palmen und den dahinter aufragenden Hotelgebäuden. Doch irgendetwas fehlte.

Es gab Menschen, die sich auf den Liegen sonnten, es gab Tretbootfahrer, Volleyballspieler, Menschen mit Cocktails und ohne, schwimmende Hotelgäste, Jogger, … aber niemand baute eine Sandburg! Das war ja klar, denn im Hotel waren keine Kinder erlaubt, man durfte dort erst ab 18 Jahren unterkommen. Dies war einer der Gründe gewesen, warum, wir uns für das Hotel entschieden hatten. Wer kann in seinem Urlaub schon lautes Kindergeschrei ausstehen? Doch als ich jetzt auf den Strand blickte fehlten mir die Kinder. Spielende Kinder gehörten zum optimalen Strandbild dazu.

Als wir zurück an Land waren und uns bei Pascal mit einem kleinen Trinkgeld für die Katamaranfahrt bedankt hatten, schnappte ich mir Marcella und zog sie mit mir.

„Was ist denn jetzt los? Wohin verschleppst du mich?"

„Moment, warte, hm, ja, da ist eine gute Stelle", sagte ich und zog Marcella an die Grenze zwischen Sand und Wasser an einen Platz, der nicht von anderen Urlaubern frequentiert war.

„Eine gute Stelle für was?"

„Für eine Sandburg!"

„Du willst jetzt ehrlich eine Sandburg bauen?", fragte sie mich zweifelnd, doch ich konnte dem Leuchten in ihren Augen ansehen, dass sie die Idee spaßig fand.

Ich hatte jede Menge vernünftige Gegenargumente von ihr erwartet, in der Art „Wir können als Erwachsene doch keine Sandburg bauen", doch Marcella sagte:

„Und wie wollen wir das machen, so ganz ohne Schaufel und Eimer?"

Ich lachte. „Wir sind zwei erwachsene Frauen. Wir schaffen das alleine mit unseren Händen und unserem Erwachsenenwissen!"

Wie zwei kleine Kinder stürzten wir uns auf den Sand. Wir gruben mit unseren Händen einen Burggraben. Den ausgegrabenen Sand häuften wir zu Türmen an, die wir mit unseren Fingern formten. Schon nach kurzer Zeit hatte ich Unmengen an Sand unter den Fingernägeln, doch das störte mich nicht. Wir bauten eine Mauer zwischen unsere Türme und um die Mauer herum einen Wall, um die Burg vor den Wellen zu schützen. Marcella sammelte ein paar Muscheln, die wir als Deko benutzten. So entstand nach ungefähr einer Stunde eine sehr ansehnliche Festung, die jedoch nach einer weiteren Stunde von der Flut bereits wieder fortgespült war. Wir hätten mit unserem Erwachsenenwissen eigentlich vorhersehen können, dass eine bei Ebbe am Wasserrand gebaute Burg nicht allzu lang Bestand haben würde. Aber das war uns egal. Wir hatten jede Menge Spaß gehabt, vor allem wegen der Blicke, die uns die anderen Hotelgäste zuwarfen. Wir waren uns sicher, dass sie nur neidisch waren, weil sie nicht auf diese tolle Idee gekommen waren. Tatsächlich entdeckten wir am nächsten Tag gleich zwei weitere Burgen am Strand, die unsere total in den Schatten stellten. Wir hatten nie herausbekommen, wer die gebaut hatte. Susanne und Stefan, das Paar, das hier seine Flitterwochen machte? Vielleicht hatten sie ja schon ein wenig Burgenbauen geübt, für ihren Nachwuchs.

Nachdem wir unsere Hände gründlich vom Sand befreit hatten, standen wir schon wieder vor der Frage, was wir tun sollten. Wir entschieden uns dafür, eine Runde Billard zu spielen, da direkt an der Strandbar ein entsprechender Tisch aufgestellt war. Es war aber leider ein sehr billig wirkender Billardtisch, auf dem die Kugeln nicht anständig rollten und der noch dazu schief war.

„Irgendwie macht das keinen Spaß hier, wenn die blöden Kugeln immer ganz woanders hinkullern, als sie sollten und ich bin mir sicher, das liegt nicht an meiner Technik", seufzte Marcella.

Während des Studiums hatten wir uns sehr oft zu einer Runde Billard getroffen, allzu schlecht waren wir also nicht. Es musste wirklich am Tisch liegen.

„Nein, das liegt nicht an uns, es ist der Tisch. Der Stoffbezug ist viel zu dick, da können die nicht richtig rollen. Aber was sollen wir sonst tun?", fragte ich sie.

Scheinbar wurden wir schon die ganze Zeit belauscht, denn hinter mir ertönte eine Männerstimme, die fast so schief war wie der Billardtisch.

„Meine Damen, schön dass ick kann ihne helfe. Hier ich gebe jetzt die Salsastunde und ick brauche nock zwei Fraue, die mitmache."

Ich drehte mich um und war baff. Ich war mir sicher, dass der Typ, der hinter mir stand, natürlich mit einem roten Shirt als Animateur gekennzeichnet, Bruce Darnell war. Die Art wie er sprach, sein Aussehen ... Es musste Bruce sein. Doch andererseits wäre er dann wie durch ein Wunder um einige Jahre oder gar Jahrzehnte jünger geworden. Gab es auf der Welt Schönheitschirurgen, die sowas vollbringen konnten? Wohl eher nicht. Vielleicht war es ja der Sohn von Bruce?

„Äh, das ist lieb, aber wir tanzen nicht!", antwortete Marcella für uns beide. „Wir würden den Herren nur auf die Füße treten."

„Aber deshalp ick gebe dock die Tanzstunde, danack you kann tanze wie eine Göttin!", antwortete der falsche Bruce.

Er nahm uns, ohne auf unseren Widerspruch auch nur im Geringsten einzugehen, bei der Hand und zog uns auf eine hölzerne Fläche am Strand. Ich hatte mich schon seit unserer Ankunft gefragt, wozu diese Fläche gut war, aber jetzt wusste ich es. Darauf standen bereits drei tanzwillige Paare und zwei einsame Männer, denen man deutlich ansehen konnte, warum sie einsam waren.

Die beiden waren Mitte zwanzig und Pickel verunstalteten ihre Gesichter so wie die von Teenagern. Sie waren groß gewachsen, über 1,80m schätze ich, aber hielten sich so krumm, dass man unschwer erkennen konnte, dass sie ihre Zeit sonst wohl nur vor dem Computer verbrachten. Als sie sahen, was ihnen Bruce da für Tanzpartnerinnen brachte, konnten sie sich ein schräges Grinsen nicht verkneifen.

Ich glaubte meinen Augen kaum, als sich bei einem von beiden dabei eine Zahnspange zeigte. Meine Güte, die Typen waren ja wie aus dem Klischeebuch entsprungen. Ich hätte meine Hand darauf verwettet, dass einer von ihnen Klaus hieß.

„So, dat sind eure Tanzpartner, dat ist Peter und das Joackim, se send auck aus Deutschland", stellte der Tanzlehrer sie uns vor und stellte mich ausgerechnet neben Joachim, den Typen mit der Zahnspange.

Da wir nicht das bisschen Selbstbewusstsein zerstören wollten, das die beiden vielleicht hatten, machten wir gute Miene zum bösen Spiel und stellten und den jungen Herren vor. Marcella machte sich einen Spaß daraus, unser alter etwas zu beschönigen. Für Joachim und Peter waren wir jetzt zwei 26-jährige Singlefrauen aus Berlin. Das hätte sie nicht sagen sollen, denn die zwei, die sich als Brüder entpuppten, fingen nun an noch mehr zu schwitzen, als sie es ohnehin schon taten. Ich erschauderte, als mir Joachim seine schweißnasse Hand auf den Rücken legte, aber es galt Augen zu und durch.

Bruce, dessen richtiger Namen Henry war, natürlich französisch ausgesprochen, zeigte uns den Grundschritt. Den durften wir dann eine geschlagene halbe Stunde in der glühenden Sonne einüben.

„Links, rechts, links, rechts, links, rechts", skandierte Henry, den Marcella und ich doch lieber weiterhin Bruce nennen wollten, ohne Pause.

Unser tanzendes Brüderpaar bekam zusätzlich zu den Pickeln von Minute zu Minute auch noch lauter rote Flecken auf dem ganzen Körper. Ich fragte Joachim höflich, ob er eine Pause brauchte, doch er japste, er sei fit und könnte ewig mit mir weitertanzen. Ich hingegen hoffte, dass es nicht wirklich noch ewig so weiterging und Bruce uns bald erlösen würde.

„Wir machen uns doch ganz gut", scherzte Marcella zu mir herüber. Wie sie noch immer so blendender Laune sein konnte, verstand ich nicht. Ich wollte sie nicht mit meiner schlechten Laune anstecken und versuchte deshalb auch, etwas fröhlicher zu sein: „Wenigstens sind wir besser, als die Tanzaufführung gestern. Vielleicht sollten wir ja heute Abend statt den Animateuren auftreten."

Ich hatte total vergessen, dass Bruce ja leidliches Deutsch sprach und somit verstanden hatte, was ich Marcella zugerufen hatte. Er blickte so böse, wie der echte Bruce Darnell niemals hätte blicken können. Vor lauter Schreck kam ich aus dem Takt und trat meinem Tanzpartner auf die Füße. Dieser hatte wohl, bestärkt dadurch, dass ich ihm bis jetzt noch nicht weggelaufen war, einiges an Selbstvertrauen hinzugewonnen, denn er sagte: „Ho, ho, meine Stute, immer langsam mit den jungen Pferden. Stürmisch können wir es nach der Tanzstunde angehen lassen." Dabei schenkte er mir das widerlichste Grinsen, das ich seit langem gesehen hatte.

Verzweifelt blickte ich zu Marcella, die so lachen musste, dass nun auch sie aus dem Takt war und ihren Tanzpartner gleich mit rausbrachte. So standen wir alle vier mitten auf der Tanzfläche herum und behinderten die anderen, begabteren Tanzpaare.

Bruce unterbrach die Übung: „Meine Damen ick sehe, erst große Töne spucke und nun dat. Da seht ihr, dat kann jede Mal passieren, auch de überaus gute Tänzer von Show gestern Abend."

Wusste ich es doch, dass er beleidigt wegen meiner Bemerkung war. Dabei hatte er an dem Abend doch gar nicht mitgetanzt, zumindest nicht, so lange ich noch zugesehen hatte.

„Überaus gute Tänzer? Hast du die Show überhaupt gesehen? Dieser Victor ist ständig aus der Reihe getanzt, er hat die ganze Show vermasselt!", konnte ich mir nicht verkneifen, meinen Kommentar dazu abzugeben. Vielleicht gab Bruce die Kritik ja weiter und ich konnte so verhindern, dass uns noch weitere Shows mit Victor bevorstanden.

„Ick weiß, Victor war nicht gut gestern. Ick habe auch nicht verstanden das, normal er ist eines von unsere beste Tänzer. Aber er war gestern einfack nickt bei der Sache. Ick glaube er war durck die Wind, wegen der große Abschlussshow."

Ach ja, es sollte ja eine große Abschlussshow geben. Aber wieso sollte Victor deshalb schon Tage vorher durch den Wind sein und eine andere Show deshalb vermasseln?

„Was hat er denn für ein Problem mit der Abschlussshow?", kam mir Marcella mit ihrer Frage zuvor.

„Is jetzt hier nickt de richtige Zeitpunkt für Kaffekränzchen. Sind wir hier zu tanzen. De andere Paare wollen noch de Drehung lernen", meinte Bruce und wollte sich wieder der Übungsstunde zuwenden.

Doch wie es aussah, hatten einige der Paare die Chance genutzt und waren während der Unterbrechung zur Strandbar getürmt. Neben Marcella, mir und unseren Tanzpartnern war nur noch ein einziges Pärchen übrig und die sahen auch alles andere als willig aus, in der Hitze weiter zu üben. So wurde schließlich das Ende der Tanzstunde verkündet. Der Bruceverschnitt wollte seine Sachen packen und gehen, aber wir hielten ihn zurück.

„Was ist denn jetzt mit Victor und der Abschlussshow?", fragten wir neugierig.

Bruce konnte unseren Augen ansehen, dass er keine Chance hatte, aus der Sache rauszukommen. Er wollte uns zwar klarmachen, dass uns das als Hotelgäste nichts anginge, aber das interessierte uns wenig. Schließlich gab er sich geschlagen.

„Victor had so geübt jedes Jahr, um Haupttänzer bei der großen Abschlussshow zu sein. Ihr müsst wissen, da komme immer Talentscouts. Kann man so haben die Chance sogar zu werden Tänzer in Fernsehshows oder zu kommen zu Tanzgruppen die touren durch ganze Welt. Aber Victor hat wieder nicht schafft ‚zu werden Haupttänzer. Ist wieder Carlos geworden der Haupttänzer, obwohl Carlos gar nicht will entdeckt werden von den Talentscouts. Er hat schon viele Angebote bekomme, aber keine hat er angenommen. Will wohl für immer hier Haupttänzer bleiben, auch wenn andere so haben keine Chance."

Das war natürlich sehr schade für den sympathischen Victor. Da hätte ich auch keine Lust mehr gehabt, noch fröhlich Tango zu tanzen. Jetzt tat es mir leid, dass ich mich über ihn lustig gemacht hatte.

„Und du sagst, er ist sonst ein sehr guter Tänzer? Können wir ihn denn irgendwann nochmal tanzen sehen?", fragte ich versöhnlich.

„Er tanzt nur noch in der Abschlussshow im Background. Aber auch das wird sein sehr sehenswert. Könnt ihr kommen zu Abschlussshow und euch überzeugen, dass er ist gutes Tänzer. Ick bin übrigens auch in der Show mit eine Salsanummer und auch in de Background."

Wir versprachen Henry alias Bruce, uns die Show ganz bestimmt anzusehen, und verabschiedeten uns von ihm. Unsere Tanzpartner wagten es doch tatsächlich noch, uns zu fragen, ob sie uns einen Cocktail spendieren dürften.

„Äh, Jungs, die sind hier ohnehin kostenlos!", belehrte ich sie.

„Okay, voll vergessen. Aber wir können euch welche holen, wenn ihr Chickas noch lustig seid", meinte Peter.

Lustig waren wir spätestens jetzt nicht mehr. Chickas … Meine Güte, wo hatten diese Nerds denn plötzlich so viel Selbstvertrauen her? Wir bedankten uns höflich für das Angebot, meinten aber, dass wir noch was Dringendes vorhätten. Und die Jungs hatten es uns doch tatsächlich abgekauft. Was sollte man denn im Urlaub dringendes vorhaben? Egal, Hauptsache wir waren sie los und konnte nun zum wichtigsten Teil des Tagesprogramms kommen, zumindest für Marcella.

Meine Freundin wollte sich noch mit Patrick zum Volleyball treffen. Sie bot mir zwar an mitzukommen, aber da hätte ich ja freiwillig Sport machen müssen. Zudem wäre ich mir vorgekommen, wie das fünfte Rad am Wagen. Deshalb beschoss ich, den Rest des Tages am Bungalowpool zu verbringen und die Cocktailkarte rauf und runter zu bestellen. Gute Vorsätze waren etwas Gutes, solange man nicht vorhatte, sie wirklich einzuhalten, sagte ich mir und steuerte direkt auf meinen nächsten Kater zu.

Kapitel 18

Marcella war mir nicht böse, als ich am nächsten Morgen lieber auf ein Frühstück verzichten wollte. Sie hatte sich ohnehin schon mit Patrick dazu verabredet. Sie brachte mir ein Glas Wasser und Kopfschmerztabletten ans Bett und verließ dann gut gelaunt die Suite. Der Abend vorher schien bei ihr auch außerordentlich gut gelaufen zu sein. Ich konnte mich zwar nicht mehr so gut an alles erinnern, was sie mir berichtet hatte, aber das breite Grinsen auf Marcellas Gesicht, das hatte ich noch vor Augen.

Irgendwie hatte ich das Gefühl, dass sich zwischen ihr und dem Huskymann etwas Ernsthaftes anbahnte. Ob ich bei ihr dann wohl abgeschrieben war? Das wusste doch jeder, dass Freundinnen, die den Mann fürs Leben gefunden hatten, sich erst immer seltener und dann gar nicht mehr meldeten. Aber vielleicht malte ich auch schon wieder alles schwärzer, als es war. Schließlich würden die beiden, wenn sie überhaupt ein Paar wurden, eine Fernbeziehung führen und das würde keinesfalls gut enden.

Was war ich nur für eine Freundin. Statt darauf zu spekulieren, dass Marcellas Beziehung zu Patrick scheiterte, sollte ich ihr doch alles Glück der Welt wünschen. Es war egoistisch von mir, sie für mich allein haben zu wollen. Marcella hatte es verdient, glücklich zu sein. Und wenn es ein Mann war, der sie glücklich machte, statt ihre langjährige beste Freundin, dann musste ich das akzeptieren.

Ich schlief noch ein paar Stunden und stellte mich dann unter die Chlordusche. Langsam war ich so weit, dass ich mich auf die Rückkehr nach Deutschland freute. Endlich keine angechlorten Haare mehr, die lustlos und ohne Fülle an meinem Kopf klebten. Meine Haut hingegen würde das Meeresklima vermissen. Sie war in den vergangenen Tagen angenehm weich geworden und ich hätte schwören können, dass auch meine Poren kleiner und zarter geworden waren.

Ob es eine Möglichkeit gab, sich in der eigenen Wohnung ein Meerluftklima zu erschaffen? Vielleicht sollte ich immer einen Topf mit Salzwasser auf dem Herd kochen haben. Aber vermutlich würde das nur für Schimmel an den Wänden sorgen.

Schon unter der Dusche bemerkte ich, wie sich mein Magen zusammenzog. Zum Glück nicht aus Übelkeit, sondern weil ich Hunger hatte. Es war ja schon längst Zeit für ein Mittagessen. Da Marcella nicht zurückgekommen war, beschloss ich, alleine ins Buffetrestaurant zu gehen. Ich versuchte, mich so herzurichten, dass man mir nicht ansah, wie viel ich gestern getrunken hatte. Leider half alles Make-up der Welt nicht, um meine tiefdunklen Augenringe zu überdecken.

Im Restaurant angekommen wollte ich mich gleich in Richtung Buffet wenden, als hinter mir Marcellas Stimme ertönte.

„Tina, hallo, hier sind wir!"

Wir? Das sollte doch nicht heißen … Tatsächlich! Als ich mich umdrehte, sah ich, wie sie mir von einem Tisch aus zuwinkte, an dem sie gemeinsam mit dem Huskymann saß. Waren die beiden etwa seit dem Frühstück hier?

„Hi Marcella! Schön dich hier zu treffen. Möchtest du mich nicht vorstellen?", fragte ich sie. Ich zwinkerte ihr leicht zu, da ich ja durchaus wusste, mit wem sie am Tisch saß.

„Das ist Patrick, von dem ich dir ja schon erzählt habe", meinte Marcella zu mir. An Patrick gewandt sagte sie: „Das ist meine beste Freundin Tina, von der ich dir ja schon erzählt habe."

Was sollte das denn nun heißen? Sie hatte dem Huskymann von mir erzählt? Was denn? Am Ende vielleicht, dass ich ihn bis vor kurzem für einen Drogendealer und Mörder gehalten hatte?

„Hallo Marcella", sagte Patrick mit seiner tiefen, sanften Stimme, die ich nun zum ersten Mal wahrnahm. Diese Stimme war so herzlich und angenehm, dass sie im krassen Kontrast zu seinen eisblauen Augen stand. Und das, musste ich zugeben, machte ihn als Mann irgendwie interessant.

„Du kommst mir so bekannt vor! Haben wir uns am Ende vielleicht sogar schon einmal gesehen?", fragte mich Patrick.

Ich war mir sicher, dass ich in diesem Moment rot anlief. Ich wusste ja nicht, was Marcella ihm schon von mir erzählt hatte, aber ich entschloss mich für die unverfänglichste Variante: „Ich glaube, wir waren im selben Flugzeug, kann das sein?"

„Seid ihr etwa auch von Frankfurt aus hierher geflogen?", fragte er mich überrascht. Anscheinend war ihm mein neugieriges Starren im Flieger doch nicht aufgefallen. Glück gehabt.

„Ja, das war der billigste Onewayflug, den es gab, nachdem wir schon so viel für das Hotel ausgegeben haben...", klinkte sich Marcella wieder in das Gespräch mit ein. „Tina, warum packst du dir nicht einen Teller mit Essen voll und setzt dich zu uns?"

Genau das hatte ich befürchtet. Jetzt konnte ich das Mittagessen damit verbringen, den beiden beim Flirten zuzusehen.

Ich verabschiedete mich kurz, um ans Buffet zu gehen. Nach Marcellas Kommentar packte ich mir den Teller natürlich alles andere als voll und legte auch nur gesund wirkende Dinge darauf. Dabei sehnte sich mein Magen in diesem Moment eher nach vor Fett triefenden Speisen.

Mit meinem Salat-Gemüse-Mix-Teller setzte ich mich wieder zu den beiden. Sie hatten wohl gerade Händchen gehalten, denn sie zogen beide blitzschnell ihre Hände vom Tisch, als sie mich kommen sahen, so als hätte ich sie bei etwas Verbotenem erwischt.

„Das sieht aber gesund aus", witzelte Marcella, als ich meinen Teller abstellte und mich setzte.

Zum Dank dafür bekam sie von mir einen leichten Tritt gegen das Schienbein und einen bösen Blick. Doch das konnte ihre gute Laune nicht trüben. Und auch ich wurde im Laufe des Gespräches immer besser gelaunt.

Patrick erwies sich als eloquenter und charmanter Mann im mittleren Alter. Er hatte wohl öfter geschäftlich in Frankfurt zu tun, weshalb er von dort aus geflogen war. Auch er beschwerte sich über die Qualität des Fluges und das, obwohl er doch in der Premium Class gesessen hatte.

Ohne dass ich nachfragen musste, erklärte sich dann auch sein Gang auf die Toilette in unserem Flugzeugabteil. Er wollte sehen, ob die WC-Kabinen dort auch so eng und eklig waren. Er hatte die Toilette also nur inspiziert und nicht benutzt, was die fehlenden Geräusche erklärte. Als er das erzählte, schwor ich mir, nie wieder meine Fantasie so sehr Herr meiner Sinne werden zu lassen. Ich hatte einen traurigen Witwer, der sich die Zeit damit vertrieb das Flugzeug näher zu betrachten, sofort verdächtigt, krumme Geschäfte am Laufen zu haben. Ich sollte dringend wieder ein Buch schreiben, damit meine Fantasie was zu tun hatte und sich aus meinem realen Leben raushielt.

Marcella, Patrick und ich unterhielten uns so gut, dass die Zeit wie im Flug verging. Ehe wir uns versahen, saßen wir zwei Stunden später bei Kaffee und Kuchen noch immer im Buffetrestaurant. Wir wussten nun von ihm, dass er musikalisch war und in seiner Freizeit in einer Kellerband den Bass spielte. Außerdem war er scheinbar auch schlau, denn er war in einem Schachclub. An den Wochenenden vertrieb er sich seine Zeit gerne mit Golf, das aber erst, seit seine Frau gestorben war. Sonst hatten sie an den Wochenenden gemeinsame Ausflüge unternommen.

Wäre Marcella nicht so hoffnungslos in Patrick verschossen gewesen, ich hätte mir spätestens jetzt überlegt, ihn mir selbst zu angeln. Seine Augen machten mir keine Angst mehr, jetzt, da ich die traurige Geschichte dahinter kannte.

Fast fünf Jahre hatte seine Frau Edith gegen den Brustkrebs angekämpft. Einmal hatte sie sogar eine komplette Remission erreicht, doch der Krebs kehrte zurück, obwohl ihr da ihre Brüste schon amputiert worden waren. Chemotherapie,

Homöopathie, Bestrahlung, nichts half. Am Ende mussten sie einsehen, dass ein Abschied für immer bevorstand. Edith hatte bis zuletzt gehofft, wenigstens noch einmal mit ihrem Mann nach Kuba fliegen zu können. Doch sie wurde nie mehr gesund genug für so einen langen Flug. Deshalb hatte ihr Patrick versprochen, die Reise für sie beide zu machen. Als er davon erzählte, standen ihm die Tränen in den Augen. Marcella ergriff seine Hand und tätschelte sie. Auch ich war kurz davor loszuheulen.

Ich hielt diese bedrückte Stimmung nicht mehr länger aus und sprang auf.

„So, also ich möchte euch beide ja nicht auseinanderreißen, aber heute Abend ist die große Abschlussshow und Marcella und ich haben jemandem versprochen, dass wir uns dort sehen lassen. Ich will mich vorher nochmal frisch machen, in dem Land hier schwitzt man alles so schnell durch."

Oje, wie gut, dass Patrick nur Augen für Marcella hatte. Ich erzählte hier doch tatsächlich, ich würde viel schwitzen. Wie eklig war das denn? Wenn die beiden einmal heiraten würden, wäre ich für ihn immer Marcellas schwitzende Freundin. Das hatte ich ja wieder ganz toll hingekriegt. Doch Marcella rettete mich.

„Ich könnte, um ehrlich zu sein, auch noch eine Dusche vorher vertragen."

Marcella stand auf, um mich zu begleiten, nicht aber, ohne Patrick noch einen Kuss auf die Stirn zu drücken und ihn einzuladen.

„Ich würde mich freuen, wenn du uns zu der Abschlussshow begleitest. Du doch auch Tina, oder?"

„Ich, äh, ja, klar, das wäre super. Aber ich muss dich warnen, wir sind zwei richtige Lästermäuler, wenn uns nicht gefällt, was wir sehen", meinte ich.

„Da mache ich mir keine Sorgen", sagte Patrick, während auch er aufstand. „Ich gehe immer in die Abschlussshow und sie ist stets großartig. Es ist unglaublich, was die Tänzer da auf die Beine stellen. Ich begleite euch gerne. Wollen wir uns kurz vor acht am Eingang treffen?"

Wir stimmten zu und Marcella und ich gingen dann in Richtung unserer Suite.

„Ist er nicht supersüß!", jauchzte Marcella, als wir noch keine zehn Meter von Patrick entfernt waren.

„Ja, er ist toll", lächelte ich sie an.

„Ich weiß auch nicht, aber immer wenn ich in seine traurigen Augen sehe, da bekomme ich richtiges Herzrasen. Ich habe noch nie so stark für einen Mann empfunden", gestand sie mir.

„Das habe ich bemerkt", offenbarte ich ihr. „Aber ist er denn schon wieder bereit für eine neue Beziehung? Er hing doch sehr an Edith. Kann er dir sein Herz nach so kurzer Zeit schon voll und ganz öffnen?"

Dies schien Marcella zum Nachdenken zu bringen.

„Ich lasse ihm alle Zeit der Welt", sagte sie schließlich. „Er ist es wert zu warten und ich werde ihn zu nichts drängen."

So hoffnungslos romantisch hatte ich Marcella noch nie erlebt. Gut, sie stand schon immer mehr auf Liebesschnulzen als ich, aber im echten Leben hatte sie nie allzu romantische Beziehungen gehabt. Sie war schon mit vielen Männern für längere Zeit zusammen gewesen, aber stets kam es mir wie reine Zweckbeziehungen vor. Da war der Typ, der dieselben Hobbies hatte wie sie und deshalb ja sooo gut zu ihr passte. Die beiden waren heute noch gute Freunde, mehr aber nicht. Dann war da der Eishockeyspieler, der uns immer kostenlosen Eintritt zu den Spielen verschafft hatte. In dem Fall hatte ihre Beziehung sogar für mich einen guten Zweck. Doch als Marcella merkte, dass er außer seinem Sport nichts im Kopf hatte, war das schnell wieder vorbei. Dann waren da Liaisons mit dem einen oder andern Unidozenten gewesen, was wohl Marcellas tollen Notenschnitt erklärte und zudem noch zig weitere kurzzeitige Affären. Einmal war da ein Typ namens Gustav gewesen, mit dem hatte sich Marcella sogar verlobt. Auch ich glaubte, die beiden würden gut zusammenpassen. Als sie ihm jedoch erklärte, dass sie auch als verheiratete Frau arbeiten und ihr eigenes Geld verdienen wollte, hatte Gustav die Verlobung schneller aufgelöst, als Marcella bis zehn zählen konnte. Aber das jetzt mit Patrick war anders, das konnte selbst ich sehen. In Gedanken sah ich die beiden schon vor dem Traualtar. Wobei, durfte Patrick nochmal kirchlich heiraten? Er war ja schließlich Witwer und nicht geschieden, da würde doch die Kirche sicherlich nichts dagegen haben.

Wir näherten uns unserer Suite und stöhnten auf. Nicht schon wieder! Wir hatten in letzter Zeit stets das untrügliche Timing, immer dann in unser Zimmer zu wollen, wenn gerade die Putzfrau darin agierte. Schon von weitem konnten wir ihren Putzwagen direkt vor unserer Tür stehen sehen. Aber heute war sie echt spät dran. Normalerweise musste man nach dem Mittagessen nicht befürchten, dass sie noch drin sein könnte und jetzt war es später Nachmittag.

Wir beschlossen, diesmal nicht zu warten, bis sie fertig war, sondern sie zu bitten, es für heute gut sein zu lassen. Zuhause putzte auch keine von uns jeden Tag ihre Wohnung, wir würden das schon einen Tag mal ohne ihre Hilfe aushalten.

Als wir in die Suite kamen, vernahmen wir eine Männerstimme aus dem Schlafzimmer, die laut schrie und eine schluchzende Frauenstimme. Was war denn da los? War der Hausmeister mit im Zimmer und schimpfte das Zimmermädchen nun wegen irgendetwas? Hatte sie beim Putzen etwas kaputtgemacht? Aber das war doch kein Grund, die arme Frau gleich so anzufahren! Ich musste dazwischen gehen. Marcella wollte mich zwar zurückhalten, doch ich stürmte in das Schlafzimmer und ... war vollkommen überrascht.

Es war nicht der Hausmeister, der sich mit dem Zimmermädchen stritt, sondern Victor, der schlechte Tänzer aus der Tangoshow. Als er uns sah, schnaubte er kurz verächtlich, rannte aus dem Zimmer und der Suite und ließ eine völlig aufgelöste Frau zurück.

„Perdón! Perdón!", schluchzte sie unentwegt und machte sich daran die Betten, die sie noch nicht fertig gemacht hatte, frisch zu beziehen. Vor lauter Tränen in den Augen sah sie aber nicht richtig, was sie tat und schmiss nun auch noch eine

Nachttischlampe herunter, als sie zu fest am Laken zog. Das machte ihr Schluchzen nur noch schlimmer.

Ich konnte das Elend nicht länger mit ansehen, ging zu ihr und legte ihr beruhigend eine Hand auf die Schulter.

„Do you speak English or German?", fragte ich sie.

"A li... a li... a little bit English", schluchzte sie.

Auch Marcella kam jetzt näher zu der jungen Frau und deutete ihr an, dass sie sich hinsetzten sollte. Wir unterhielten uns mit ihr ein wenig auf Englisch.

„Es ist alles okay, es gibt nichts, für das Sie sich entschuldigen müssten", sagte Marcella zum Zimmermädchen.

„Wie heißen Sie?", fragte ich freundlich.

„Carla ... ich heiße Carla", bot sie uns indirekt das Du an.

Endlich gab sie den Versuch auf, das Bett noch neu zu beziehen, und setzte sich an die Bettkante. Noch immer wurde sie von Weinkrämpfen geschüttelt.

„Hi Carla. Das ist meine Freundin Marcella und ich heiße Tina. Wir hatten auch schon öfter mal Männerprobleme. Willst du uns vielleicht erzählen, was passiert ist? Wir sind gute Zuhörerinnen", fragte ich sie, während ich mich neben sie setzte und mit meiner Hand sachte ihren Rücken streichelte.

„Ich darf mit Gästen nicht über mein Privatleben reden, das ist nicht erlaubt", beruhigte Carla sich langsam.

„Du kannst uns vertrauen, wir werden es niemandem erzählen", versuchte ich nicht allzu neugierig zu klingen, obwohl ich schier platzte vor Neugier. Was hatte Victor mit dem Zimmermädchen zu tun?

„Ist Victor dein Freund? Hat er mit dir schlussgemacht?", fragte Marcella.

Die Erwähnung von Victors Namen schien Carlas Skrupel mit uns zu sprechen aufzuheben: „Oh, ihr kennt Victor?"

„Ja, wir kennen ihn. Er hat us vor ein paar Tagen sehr geholfen", griff ich das Thema schnell auf. „Wir haben ihn als einen sehr sympathischen und hilfsbereiten Menschen kennengelernt. Ich verstehe einfach nicht, warum er dich zum Weinen bringt."

„Er ist wirklich sehr sympathisch", fing Carla an zu erzählen, „Aber wir sind nicht zusammen. Er ist nur ein guter Freund von mir. Wir reden oft über unser Leben, die Arbeit und solche Sachen. Aber er hat sich verändert in der letzten Zeit."

„Er hat sich verändert?", fragte Marcella nach.

„Ja, er ist schlecht drauf, seit sie ihm gesagt haben, dass er nicht der Haupttänze rin der großen Abschlussshow ist. Ihr müsst wisse, das war für ihn sehr wichtig."

„Aber das ist doch kein Grund, dich anzuschreien!", entfuhr es Marcella. „Du hattest mit dieser Entscheidung doch sicherlich nichts zu tun."

Carla seufzte: „Das ist auch nicht der Grund, warum wir uns gestritten haben."

„Wie hast du ihn denn dann gegen dich aufgebracht?", fragte ich nun etwas neugieriger.

„Ich habe gar nichts gemacht, aber ich wollte etwas tun", sprach Carla in Rätseln. „Ich wollte mit der Polizei über Giuseppe reden."

Bei mir begannen alle Alarmglocken zu schrillen. Was hatten Victor und Carla mit Giuseppe zu tun? Ich musste wissen, was da vor sich ging: „Über Giuseppe? Hast du etwas beobachtet? Weißt du, was in der Nacht geschehen ist, als er starb?"

Carla wirkte von meinen drängenden Fragen aufgeschreckt. Sie sprang auf: „Ich rede zu viel. Ich muss das Zimmer noch fertig machen. Es gibt noch drei weitere Suiten, die ich heute putzen muss. Vergesst einfach alles, was ich gesagt habe, es ist nicht so wichtig."

„Es tut uns leid. Wir wollten dich nicht aushorchen. Wir sind an diesem Thema nur so sehr interessiert, weil wir es waren, die Giuseppe tot am Strand gefunden haben. Diesen Anblick werden wir wohl nie wieder vergessen. Das war ein riesen Schock für uns", spielte Marcella die Mitleidskarte.

„Ihr habt ihn gefunden?" Diese Nachricht schien Carla zu erschüttern. Sie setzte sich wieder aufs Bett, und begann nun mir den Rücken zu streicheln. Es liefen ihr erneut einzelne Tränen über die Wangen.

„Wie sah er aus? Glaubt ihr, dass er schnell gestorben ist, oder musste er leiden?"

„Ich weiß es nicht", sagte ich offen und ehrlich. „Aber es war kein schöner Anblick. Da war sehr viel Blut."

Carla schien eine innerliche Entscheidung getroffen zu haben, denn sie begann, uns ihr ganzes Leid zu erzählen.

Sie stammte aus einer sehr armen Familie. Auch ihre Mutter und ihre Schwestern waren Dienstmädchen in verschiedenen Hotels. Das Geld war immer knapp, Luxus und gutes Essen konnten sie sich nicht leisten. Meistens gab es bei ihnen Reis mit schwarzen Bohnen und den konnte sie nach all den Jahren einfach nicht mehr sehen, gestand sie uns. Eines Tages wurde sie von Giuseppe angesprochen, der sie wohl schon länger beim Reinigen der Poolliegen beobachtet hatte. Er machte ihr Komplimente für ihre Figur und ihre schönen Augen. Carla wusste, was für einen Ruf Giuseppe im Hotel hatte. Er soll schon beinahe jedes Zimmermädchen rumgekriegt haben. Dennoch spürte sie, wie seine Worte ihr Herz berührten. Sie hatte noch nie im Leben von jemanden Komplimente für ihr Aussehen bekommen. Zudem lud Giuseppe sie zu einem Hummeressen ein. Da konnte sie einfach nicht nein sagen. Sie hatte schon so viel von dem guten Hummer im Hotel gehört, hatte aber zuvor noch nie davon kosten dürfen.

Nach einem romantischen Dinner mit Giuseppe, war sie diesem komplett verfallen. Sie wollte sich ihm hingeben, da sie dachte, das zwischen ihnen sei etwas Besonderes. So hatten sie sich in der Mordnacht nach Giuseppes Schicht am Strand verabredet. Er wollte ihr sogar ein paar Hummerreste aus der Küche mitbringen, weil es ihr bei ihrem Dinner so gut geschmeckt hatte. Doch Carla hatte an diesem Tag im Gespräch mit zwei Kolleginnen erfahren, dass Giuseppe in ein paar Tagen heiraten wollte. Das riss ihr vollkommen den Boden unter den Füßen weg. Ihr wurde klar, dass sie für Giuseppe nichts anderes als eine billige Affäre sein würde. Voller Liebeskummer meldete sie sich für den Rest des Tages krank, um Giuseppe nicht mehr über den Weg zu laufen. So verpasste sie es aber auch ihm zu sagen, dass sie nicht zu dem Treffen erscheinen würde.

„Er starb, während er auf mich gewartet hat. Es ist meine Schuld, dass er jetzt tot ist", beendete Carla ihre Erzählung und brach nun endgültig in Tränen aus.

Wir brauchten eine ganze Weile, um sie wieder zu beruhigen. Wir versicherten ihr, dass es ein tragisches Unglück gewesen sei und dass sie ja nicht ahnen konnte, dass Giuseppe eine Kokosnuss auf den Kopf fallen würde. Doch sie ließ nicht davon ab, sich die Schuld zu geben.

„Ich habe Victor alles über mich und Giuseppe erzählt", sprach Carla weiter. „Aber als ich ihm gesagt habe, dass ich mit der Polizei sprechen will, wurde er sehr zornig auf mich."

„Er wurde zornig? Warum? Du hast doch vollkommen recht. Du musst das der Polizei erzählen", stimmte ich ihr zu.

„Er meinte, es wäre schlecht für mich, wenn ich es erzähle, weil es doch meine Schud ist, dass Giuseppe tot ist. Jeder hier im Hotel hat Giuseppe geliebt. Alle würden mich hassen, wenn sie wüssten, dass er meinetwegen gestorben ist." Sie senkte den Kopf, wischte sich eine Träne aus dem Gesicht und sprach zaghaft weiter: „Er wollte doch heiraten. Was, wenn seine Braut erfährt, was zwischen ihm und mir war, oder was hätte sein können? Das wäre schrecklich. Sie leidet doch jetzt schon so. Ganz zu schweigen davon, dass mich jeder für eine Schlampe halten würde."

„Ich verstehe", warf Marcella ein. „Victor will dich also beschützen. Aber das ist doch kein Grund, um dich so anzuschreien. Du wolltest das Richtige tun. Du kannst das nicht vor der Polizei geheimhalten. Du kannst doch vertraulich mit dem Kommissar reden. Dann wird niemand hier im Hotel etwas von der ganzen Sache erfahren."

„Genau das habe eich ihm auch gesagt. Aber er wurde trotzdem wütend. Er hat mir verboten, mit dem Kommissar zu sprechen. Er sagt, er will nur das Beste für mich. Ich glaube, er ist nur so wütend und engstirnig geworden, wegen der Sache mit der Show und so. Ihr müsst wissen, er stammt auch aus einer sehr armen Familie. Er hatte gehoft, die Abschlussshow könnte für ihn der Sprung in ein besseres Leben sein. Doch Jahr für Jahr musste er immer wieder dabei zusehen, wie ihm die Chance dafür genommen wird. Dieses Jahr war er sich sicher, der beste Tänzer zu sein. Er hat doch so lange und viel trainiert. Und dann musste er erfahren, dass er wieder nur Backgroundtänzer ist."

Bei allem Mitgefühl für Victor, würde ich doch mal ein ernstes Wörtchen mit ihm reden, falls ich ihm nochmal über den Weg lief. Nur weil er selbst Probleme hatte, musste er Carla doch nicht so zur Schnecke machen. Und die Gute hatte auch noch größtes Verständnis dafür. Immerhin wollte er seine Freundin beschützen. Es hätte sich bestimmt im Hotel schnell rumgesprochen, wenn Carla verhört wurde. Die Leute arbeiteten hier eng an eng, da blieb nichts lange geheim, wie ich bei meinen Ermittlungen ja schon festgestellt hatte.

Dennoch hätte Victor Carla nicht davon abraten dürfen, zur Polizei zu gehen. Die Ermittler, mich eingeschlossen, waren die ganze Zeit im Dunklen darüber getappt, warum Giuseppe so spät und noch dazu im Anzug am Strand gewesen war. Das hätte alles erklärt. Er hat sich nicht mit einem ominösen Drogendealer oder einer anderen Person verabredet, die sein Mörder sein könnte. Er hatte nur ein Date mit Carla gehabt. Leider widerlegte dies all meine schönen Mordtheorien. Der Fall schien klar zu sein: Giuseppe starb bei einem tragischen Unfall.

„Wenn du willst, kann ich mit Erik, also ich meine, mit dem Kommissar sprechen", schlug ich Carla vor, um den Fall schnellabschließen zu können. „Ich erzähle ihm alles, was du uns gesagt hast und nehme ihm das Versprechen ab, mit niemandem aus dem Hotel darüber zu reden. So kann auch Victor nicht auf dich sauer sein, weil du hast es dann ja der Polizei nicht erzählt, sondern ich."

„Das würdest du für mich tun?", hellte sich Carlas Gesicht auf.

„Ja klar. Er wollte mich heute oder morgen ohnehin anrufen. Dann rede ich mit ihm."

„Oh, da fällt mir ein", schlug sich Carla mit der Hand an die Stirn, „du hast eine Nachricht vom Kommissar. Ich habe dir den Zettel auf den Küchentisch gelegt."

Ich rannte in die Küche. Tatsächlich, auf dem Tisch an die Obstschale gelehnt, war ein Briefumschlag. Ich riss ihn stürmisch auf. Ob darin etwas von den Laborergebnissen stand? Doch warum machte ich mir überhaupt so große Hoffnungen darauf, jetzt wo klar war, dass alles nur ein tragischer Unfall war? Stürmisch las ich den Text:

Meine liebe Tina Blume,

ich habe die Ergebnisse, auf die du

Bestimmt schon sehnsüchtig wartest.

Ich werde heute Abend bei der

Saisonabschlussshow sein. Wenn du

Auch dort bist, können wir uns darüber

unterhalten. Ich würde mich sehr

freuen!

Dein Erik

„Das sieht mir ganz nach einem Date aus", lachte Marcella, die mir beim Lesen über die Schulter geblickt hatte. „Was willst du denn anziehen?"

Ich lief rot an und erschrak gleichzeitig. Ich wusste wirklich nicht, was ich anziehen sollte. Ich hatte fast meine kompletten Urlaubsoutfits schon durch und hatte nichts davon in die Wäsche gegeben. Ob ich etwas davon trotzdem nochmal anziehen konnte? Moment! Warum machte ich mir jetzt plötzlich Gedanken über meine Garderobe, wo es mir vor fünf Minuten noch egal war, was ich bei der Show anziehen würde?

Marcella grinste: „Da ist der liebe Ricardo mal ein paar Tage nicht hier, und schon schwärmst du gleich für einen anderen."

Ich fühlte mich ertappt. Konnte das sein? Ich stand eigentlich definitiv nicht auf Männer mit Schnurrbärten. Und mein Herz schlug doch für Ricardo, oder? Warum sonst sollte ich mich so für ihn ins Zeug legen? Oder war ich enttäuscht, weil es offenbar doch sein Fehler war, dass Giuseppe tot war? Wollte ich deshalb nichts mehr von ihm? Doch als ich an meinen Tarzan dachte, wie ich ihn mit seiner Machete zum ersten Mal gesehen hatte, da schlug mein Herz auch für ihn. Stand ich etwa auf zwei Männer gleichzeitig? Ich wechselte ja durchaus oft meine Favoriten, aber in zwei auf einmal hatte ich mich noch nie verguckt. Das war Rekord.

Ach was, ich war nicht verliebt in den Kommissar, ganz bestimmt nicht. Ich achtete ihn nur für sein kriminalistisches Wissen und seine Ermittlungskompetenz, redete ich mir ein. Trotzdem begann ich, unruhig in meinen Klamotten zu wühlen.

„Ich habe noch ein schickes Abendkleid, das dir ausgezeichnet stehen würde. Wenn du willst, dann leihe ich es dir", meinte Marcella liebevoll.

„Aber du hast doch dein Date mit Patrick, du brauchst es selbst", warf ich ein. Außerdem zweifelte ich daran, dass mir ein Kleid von Marcella passen würde.

„Keine Sorge, ich selbst Plane meinen hautengen Minirock und das blaue Spaghettiträgertop zu tragen, das mir schon zu Unizeiten die Liebe der Männer garantiert hat. Das Kleid selbst ist etwas weiter geschnitten", zwinkerte sie mir zu.

„Den Minirock und das Top hast du ernsthaft noch? Das garantiert dir aber eher die Libido der Männer, als ihre Liebe!"

„Ich verstehe nicht, wo da der Unterschied sein soll", lachte Marcella.

Carla kam zu uns. Sie war fertig mit unserer Suite und bedankte sich noch einmal, dass wir ihr zugehört hatten und ihr helfen wollten. Ich garantierte ihr, Erik alles zu erzählen und dafür zu sorgen, dass niemand von ihren Absichten mit Giuseppe erfuhr.

Als Carla das Zimmer verlassen hatte, meinte Marcella zu mir:

„Weißt du, was mir an der ganzen Geschichte Spanisch vorkommt?"

Sie klopfte sich gedanklich bestimmt selbst auf die Schulter, für dieses gelungene Wortspiel.

„Nein, was?"

„Sie sagte, Giuseppe wollte ihr Hummerreste mitbringen. Hast du bei der Leiche irgendwo Hummerreste gesehen?"

Kapitel 19

Marcella und ich hatten uns richtig aufgetakelt. Endlich hatte es sich mal gelohnt, dass wir jeweils extra einen kleinen Make-up-Koffer mit in den Urlaub genommen hatten. Ich benutzte Make-up meist nur, um Augenringe oder Pickel zu überdecken, dennoch hatte ich eine komplette Farbpalette Lidschatten, jede Menge Rouge und Lippenstift mit in meinem Koffer, für unvorhergesehene Fälle wie heute Abend.

Obwohl ich Ricardo mit meinen Ermittlungen nicht entlasten konnte, freute ich mich richtig auf die Abschlussshow. Vielleicht war ich auch nur erleichtert, dass in meiner Hotelanlage doch kein Mord geschehen war. Doch Marcellas Kommentar von vorhin kam mir immer wieder in den Sinn. Wieso hatte der Tote keine Hummerreste bei sich? Hatte er diese vielleicht vergessen? Oder war an dem Abend im Lokal nicht viel übrig gewesen? Hatten Tiere die Reste weggeschleppt?

Es konnte viele verschiedene Erklärungen geben. Auch die, dass jemand die Hummerreste mitgenommen hatte, bevor wir die Leiche gefunden hatten. Doch wer würde das tun, einer Leiche Essen stehlen und den Toten dann nicht einmal jemandem melden? Nur ein Mörder würde so etwas machen!

Ich schüttelte den Kopf. Jetzt war kein Platz für solche Gedanken. Ich wollte den schönen Abend nicht verderben. Es reichte schon, dass ich Erik die Ergebnisse meiner Ermittlungen mitteilen musste. Aber abseits davon würden wir ja vielleicht noch schönere Gesprächsthemen finden.

Herrje, ich brauchte wirklich dringend mal eine ernsthafte Beziehung. Das ging einfach nicht mehr so weiter, dass ich sofort total auf jeden Mann flog, der mich nur mal eben nett anlächelte. Außerdem war Erik Kommissar in Kuba, das hatte keinerlei Zukunftsaussichten, genauso wenig wie die Sache mit Ricardo. Aber auch diese Gedanken wischte ich beiseite. Heute zählte nur das hier und jetzt.

Wir waren wie verabredet kurz vor acht am Theater. Patrick stand schon davor und hatte Marcella eine Blume mitgebracht.

„Die hast du doch von einem der Sträucher hier geklaut", grinste Marcella und steckte sich die Blüte dann trotzdem dankbar ins Haar.

Das erinnerte mich an meine erste Begegnung mit Ricardo. Was er wohl gerade machte? Ob er einen neuen Job gefunden hatte? Dachte er ab und zu an mich?

Das war mal wieder typisch ich, mit dem einen Mann war ich verabredet, dachte aber die ganze Zeit an einen anderen.

Apropos der eine Mann ... Wo war Erik überhaupt? Wurde er aufgehalten? Wusste er, wann die Show begann?

Wir beschlossen reinzugehen und Erik einen Platz freizuhalten. Das war genau die richtige Entscheidung, denn wie sich herausstellte, gab es gar nicht so viele freie Plätze. Die kompletten ersten fünf Reihen waren für irgendwelche wichtigen Menschen reserviert. Ob dort wohl auch die Talentscouts sitzen würden? Die drei Reihen dahinter waren bereits besetzt oder mit Jacken und Handtaschen belegt. In den Reihen dahinter gab es keine vier Plätze mehr nebeneinander, so dass wir fast ganz hinten, in der achtzehnten Reihe, saßen. Keine fünf Minuten später war der Theatersaal rappelvoll und die Leute standen bis zur Tür hinaus.

Ich blickte mich immer wieder um, ob ich Erik irgendwo erblicken konnte, doch er war nicht da. Hoffentlich ließ er sich von der Menschenmenge nicht davon abschrecken, mich hier im Saal zu suchen. Ein bisschen gespannt war ich ja doch noch auf die Laborergebnisse, auch wenn ich mir inzwischen sicher war, dass die Perle nicht aus Drogen bestand.

Die Show begann, ohne dass Erik aufgetaucht war. Ich beschloss, nicht länger sehnsüchtig zu warten und die Tanzeinlagen zu genießen, denn vielleicht war ihm ja ein neuer Fall dazwischen gekommen und dann würde ich wohl umsonst warten.

Die Vorstellung begann mit einem Flamencotanz, an dem ziemlich viele Tänzer beteiligt waren. Waren das alles Backgroundtänzer? Oder war der so viel gerühmte Haupttänzer schon unter ihnen?

Zuerst tanzten alle gemeinsam im Kreis. Die Röcke der Tänzerinnen schwangen hin und her und die Kastagnetten klapperten laut. Dann kam ein Gitarrensolo in der Musik, zu dem ein neues Paar die Bühne betrat. Die Frau hatte atemberaubende lange, dunkle und lockige Haare, die bei ihren wilden Drehungen in alle Richtungen flogen. Ihr rotes Kleid war bodenlang und erinnerte mich, wenn sie sich drehte, an das Feuerkleid von Katniss Everdeen aus *Die Tribute von Panem*.

Der Anblick ihres Tanzpartners Mann ließ Marcella und mich laut aufseufzen:

„Das ist ja wirklich Patrick Swayze!", sagten wir beinahe gleichzeitig.

Und das war wirklich, ganz ehrlich kein bisschen übertrieben. Vor uns tanzte der junge Patrick Swayze und das genauso gut, wie in *Dirty Dancing*. Der Patrick, den wir dabei hatten, lachte, als er uns dahinschmelzen sah.

„Typisch Frauen. Kaum kommt so ein flotter Tänzer daher, ist man bei ihnen komplett abgeschrieben."

Obwohl er das als Witz meinte, bemühte sich Marcella danach auffällig viel um ihn. Sie tätschelte immer wieder seine Hand, gab ihm hier und da ein Küsschen und bemühte sich, dem Haupttänzer auf der Bühne nicht allzu viel Beachtung zu schenken. Ich hingegen konnte, da meine männliche Begleitung sich noch immer nicht hatte blicken lassen, diesen Gott von einem Tänzer voll und ganz anschmachten. Dabei wollte ich ja eigentlich auf Victor und Bruce achten, die im Hintergrund ihre Sache auch überaus gut machten. Doch meine Augen glitten immer wieder zu dem Haupttänzer Carlos.

Als der Flamenco vorbei war, ertönte unerwartet Hip-Hop-Musik. Der krasse Kontrast du dem Flamenco verwirrte erst einmal alle Zuschauer etwas, so dass es zu ein wenig Getuschel kam. Alle Tänzer, außer dem jungen Swayze, verließen die Bühne. Dieser riss sich die schwarze Jacke und das weiße Hemd vom Leib, die er eben noch für den Flamenco getragen hatte. Oben ohne, nur mit einer engen, schwarzen Hose bekleidet, stand er nun auf der Bühne.

„Puh, ich weiß ja nicht wie ihr das findet, aber mir ist plötzlich so heiß hier drin", sagte ich zu Marcella und ihrem Begleiter, während ich mir mit der flachen Hand Luft zufächelte.

„Ja, ich finde auch, dass es soeben um einiges heißer geworden ist", sagte Marcella, die nun ebenfalls kein Halten mehr kannte.

Als Carlos plötzlich anfing, seinen Körper auf eine Weise zu bewegen, wie ich es noch nie gesehen hatte, sprangen nicht nur wir, sondern einige andere der anwesenden Damen auf, und kreischten ihm wild zu. Dieser ließ sich die Aufmerksamkeit gefallen. Er drehte sich schnell auf verschiedenen Körperteilen, bewegte sich mal eckig wie ein Roboter und dann wieder fließend und zu guter Letzt ließ er Wellen durch seinen Körper gleiten, die seine Bauchmuskeln unglaublich sexy spielen ließen.

Ich konnte von ein paar älteren Damen hinter uns die Worte „obszön" und „wildes Gezappel" hören, doch das war mir egal. Eine solch moderne Abschlussshow hätte sich Johnny in *Dirty Dancing* auch nicht besser ausdenken können.

Obwohl der junge Tanzgott nach dieser Nummer mehr als nassgeschwitzt war, ließ er sich lediglich ein Handtuch geben, um sich abzutupfen, was auch sehr sexy aussah, und war dann auch beim nächsten Tanz wieder ganz vorne mit dabei. Es war, wie hätte es anders sein können, der Abschlusstanz aus Dirty Dancing. Er und seine Partnerin tanzten ihn eins zu eins wie in dem Film.

„Diese Nummer bringen sie jedes Jahr", warf Patrick ein. „Sie haben einmal versucht, den Tanz rauszulassen, da wäre das Publikum fast auf die Barrikaden gegangen!"

Das war ja auch nur zu verständlich, fand ich und fühlte mich direkt in meinen Lieblingsfilm hineinversetzt, als Bill Medley und Jennifer Warnes vom Band zu singen anfingen. Wie gerne wäre ich jetzt die Tänzerin gewesen, die sich da in den starken Armen des Patrick-Swayze-Doubles wiegen durfte.

Als der Tanz dann richtig an Fahrt aufnahm, war ich doch froh, dass ich nicht vor all den Leuten solch schwierige Tanzbewegungen vollführen musste. Ich hätte wohl eher zu den Backgroundtänzern gepasst, die im Hintergrund die Menge mimten, die im Film Johnny und Francis zujubelten.

Die Spannung stieg, als der Tanz sich unweigerlich auf seinen Höhepunkt hin entwickelte, die Hebefigur. Würden die beiden das schaffen? Und hatten sie dafür auch in einem so romantischen Ambiente geübt, wie die Filmtänzer? Gemeinsam in einem See stehend oder auf einem umgefallenen Baumstamm?

So langsam wurde mir klar, warum ich keinen Freund hatte. Das Fernsehen hatte mir über all die Jahre hinweg sehr unrealistische Vorstellungen von Männern eingebrannt. Wobei, wenn ich so auf die Bühne schaute, es schien solche Männer dann ja doch tatsächlich zu geben. Man musste nur nach Kuba reisen, um sie zu finden.

Nun war es so weit, das Tanzpaar entfernte sich voneinander, damit die Tänzerin ihrem Partner entgegenrennen konnte. Ich hielt den Atem an und mit mir wohl auch jede einzelne andere Frau hier im Theater.

Die Tänzerin sprang ab, Carlos packte sie an den Hüften und hob sie hoch. Kurz kamen sie ins Wackeln, doch dann standen sie die Hebefigur tatsächlich. Tosender Applaus brandete im Publikum auf. Mein Blick fiel auf Bruce, der Tränen in den Augen hatte er freute sich sehr über die gelungene Darbietung. Witzig, jetzt hatte ich hier im Hotel schon den jüngeren Doppelgänger von Bruce Darnell und von Patrick Swayze entdeckt. Ob hier gleich auch noch Elvis oder Michael Jackson auftreten würden?

Mein Blick glitt über die Tänzer, auf der Suche nach weiteren Doppelgängern berühmter Personen. Als ich Victor sah, erstarrte ich.

Ich hatte ja selbst einige Kategorien an bösen Blicken drauf, der von Marcella war auch nicht zu verachten. Aber so wie Victor den Haupttänzer anstarrte, wunderte es mich, dass dieser nicht sofort tot umfiel. Es lag so viel Hass in diesem Blick, wie ich ihn dem unscheinbaren jungen Mann nie zugetraut hätte. Ich verstand ja, dass er eifersüchtig war, aber in diesem Blick steckte mehr als Eifersucht. In Victor schien ganz tief etwas zu brodeln.

Es folgten zwei weitere Tänze, auf die ich mich aber nicht mehr richtig konzentrieren konnte. Ich konnte meine Augen nicht mehr von Victor abwenden. Irgendetwas stimmte mit dem Kerl nicht. An Stellen, an denen er wusste, dass dort die Aufmerksamkeit der Zuschauer auf den Backgroundtänzern lag, lächelte er unglaublich freundlich ins Publikum. Lag die Aufmerksamkeit aber auf dem Haupttänzer, verfinsterte sich sein Blick wieder. Wenn er den jungen Swayze nicht gerade hasserfüllt anblicke, wandte er seinen Blick immer öfter in Richtung Decke. Was sollte das denn? Hoffte er, Gott würde ihm helfen und Carlos tot umfallen lassen? Was war eigentlich, wenn dieser tot umfiel, oder um es nicht ganz so dramatisch zu machen, sich am Bein verletzte und nicht mehr weitermachen konnte? Hatte er eine Zweitbesetzung? Und war das am Ende vielleicht Victor? Mir schwante Übles. Meine Gedanken fuhren Karussell.

Warum hatte Victor nicht gewollt, dass Carla zur Polizei ging? Wenn es ihm nur um ihren Ruf gegangen war, dann wäre er doch nicht so komplett ausgetickt. Was hatte er davon, dass die Polizei nicht wusste, dass Carla und Giuseppe verabredet waren? Und was hatte er überhaupt mit Giuseppe zu tun? Wenn er jemanden tot sehen wollte, dann doch wohl seinen stärksten Konkurrenten im Tanzteam …

Plötzlich wusste ich es. Mit einem Mal wurde mir die ganze Sache klar. Ich sprang von meinem Sitz auf.

„Was ist denn mit dir los, willst du schon wieder stehende Ovationen geben?", fragte mich Marcella. Doch als sie meinen Gesichtsausdruck sah, wusste sie, dass etwas nicht stimmte. „Komm, Tina, setz dich wieder, die Leute schauen schon. Setz dich und erzähl mir, was los ist!"

Auch Patrick schaute mich besorgt an. Ich atmete tief durch und setzte mich wieder. Flüsternd erzählte ich Marcella, was ich mir im Kopf zurechtgelegt hatte. Patrick hörte verwundert zu, schließlich wusste er ja nichts von unseren Ermittlungen in Sachen Giuseppe.

„Ich weiß, wer die Hummerreste hat!", berichtete ich Marcella aufgeregt.

„Wer die Hummerreste hat? Ich verstehe nicht! Was willst du mir sagen?"

„Du hast doch selbst gesagt, dass es dich wundert, dass der Tote keine Hummerreste bei sich hatte. Der Mörder hat sie mitgenommen! Mitgebrachte Hummerreste hätten nicht so ausgesehen, als ob sich Giuseppe mit seinem Mörder getroffen hat. Hummerreste wären zu harmlos gewesen", erzählte ich aufgelöst.

„Meine Liebe, ich kann dir nicht folgen. War es jetzt doch Mord? Und was für ein Treffen mit einem Mörder? Und harmlose Hummerreste? Du musst schon deutlicher werden."

„Warum wollte Victor nicht, dass Carla der Polizei erzählt, dass sie mit Giuseppe verabredet war?"

Marcella antwortete nicht, so fuhr ich fort: „Die Polizei hat von Anfang den Fokus ihrer Ermittlungen darauf gerichtet, wer Giuseppe etwas antun wollte. Die Tatsache, dass er im Anzug auf einer Strandliege gefunden wurde, ließ immer wieder die Frage aufkommen, mit wem er sich dort getroffen hatte. Wir selbst hatten doch auf … ähem… einen Drogendealer gewettet, hatten auch den Hoteldirektor im Sinn oder eine andere mysteriöse Gestalt. Niemand von uns, weder wir noch die Polizei, ist auf die Idee gekommen, er könnte am Strand ein harmloses Date gehabt haben!"

„Das stimmt!", meinte Marcella. „Und weiter?"

„Auch mitgebrachte Hummerreste hätten auf ein harmloses Treffen mit einer Frau oder einem Freund schließen lassen, oder darauf, dass er sich am Strand nur den Bauch vollschlagen wollte. Der Täter aber wollte nicht, dass die Polizei von einem harmlosen Treffen ausging", folgerte ich.

„Aber warum denn nicht?", fragte Marcella.

Patrick schien auch überaus an meinen Ausführungen interessiert zu sein.

„Na, weil die Polizei sonst auf die Idee gekommen wäre, dass Giuseppe vielleicht nur zufällig zum Opfer wurde. Der Täter wollte jemand ganz anderen töten und Giuseppe war nur zur falschen Zeit am falschen Ort. Durch seine mysteriöse Auffindesituation wurde aber nie in die Richtung ermittelt, ob der Anschlag vielleicht auch jemand anderem hätte gelten können."

„Okay, das ist möglich, aber ist das nicht ein bisschen zu weit hergeholt?", war es nun Patrick, der meine Ausführungen kommentierte. „Das alles klingt schon sehr wirr. Und wer sollte denn dann das richtige Opfer sein?"

Ich zeigte stillschweigend nach vorne, wo der falsche Patrick Swayze in diesem Moment gemeinsam mit dem falschen Bruce eine Art Stockkampftanz im Salsaschritt aufführte.

Marcella schlussfolgerte pfeilschnell: „Der Haupttänzer, na klar! Er hat Victor die Show gestohlen, auf die er so lange hintrainiert hat. Aber dann ist Victor ja ... Nein, das kann ich nicht glauben. Er ist doch so ein ruhiger und sympathischer Mensch!"

„War er ruhig und sympathisch, als er sich mit Carla gestritten hat? Wir haben selbst gesehen, wie sehr er aus der Haut fahren kann! Und erinnerst du dich? Er war einer der Ersten, die am Strand aufgetaucht sind, als wir um Hilfe gerufen haben. Und weißt du noch, wie er aussah?", fragte ich Marcella.

„Als ob er die ganze Nacht kein Auge zugemacht hätte!", stellte sie resignierend fest.

„Ich hätte auch keine ruhige Minute gefunden, wenn ich einen Menschen getötet hätte und wenn es noch dazu der Falsche war", meinte ich.

„Aber vergesst ihr da nicht was?", warf Patrick ein.

Wir schauten ihn fragend an.

„Na, wenn er es auf den Haupttänzer abgesehen hatte und dann wurde jedoch der falsche Mann zu seinem Opfer, hätte er dann nicht nochmal versucht dem

Haupttänzer etwas anzutun? Sonst wäre die ganze Aktion ja umsonst gewesen. Er tanzt immer noch nur im Hintergrund, aber ein Mensch ist deshalb gestorben."

Das machte irgendwie Sinn, aber andererseits musste Victor sich ja gezwungenermaßen ruhig halten, um die Aufmerksamkeit nicht auf sich zu lenken, überlegte ich. Aber so hat Victor sich die Hände wirklich vollkommen umsonst schmutzig gemacht.

Der Moderator der Show unterbrach meine Gedanken. Er erklärte sowohl auf Spanisch als auch auf Englisch: „Meine Damen und Herren! Bevor wir zum großen Finale unserer Show kommen, an dem wieder alle unsere hervorragenden Tänzer teilnehmen, hat unser Haupttänzer Carlos Lopez eine besondere Überraschung für unser Publikum. Er wird für Sie in zehn Metern Höhe kopfüber an der Decke des Theaters tanzen."

Der Haupttänzer wollte kopfüber an der Decke tanzen? Wie sollte das denn bitte gehen? War er Spiderman? Oder hatte er Schuhe mit Saugnäpfen daran? Doch mit solchen würde es sich wohl nur schlecht tanzen lassen.

Ich erschauderte, als ich sah, wie ein Seil von der Decke gelassen wurde, welches Carlos ergriff. Ich blickte zu Victor. Er stand mit den anderen Tänzern im Hintergrund und klatschte mit ihnen rhythmisch, um das Publikum einzuheizen. Genauso wie vorhin starrte er dabei zur Decke, an die Stelle, an der das Seil befestigt war. Er grinste dabei merkwürdig und seine Augen waren zu Schlitzen verengt. Nun wurde mir klar, warum er ständig dort hinauf starrte. Ich sprang auf.

„Es wird einen Unfall geben, jetzt gleich!", schrie ich zu Marcella und Patrick.

Das Publikum war mittlerweile in den Klatschrhythmus mit eingestiegen, weshalb es sehr laut im Saal war.

„Was? Einen Unfall? Wie kommst du darauf? Was ist los?", war Marcella außer sich.

„Das Seil. Ich bin sicher, Victor hat es manipuliert."

Ohne ein weiteres Wort zu sagen, drängte ich mich an den Leuten vorbei aus meiner Sitzreihe und spurtete in Richtung Bühne. Ich wollte nach oben rennen und die Animateure informieren, dass etwas mit dem Seil nicht stimmte, doch ein Sicherheitsmann hielt mich auf.

„You can´t go up there. Please ist down!"

Ich versuchte, ihm klarzumachen, dass gleich etwas Furchtbares geschehen würde, fand aber aus lauter Panik nicht die richtigen Worte auf Englisch:

„The Seil, äh, the string? You know, the thing he wants to climb on with, it is äh, präpariert? A killer has made something with it."

Verwirrt blickte der Sicherheitsmann mich an.

„Are you a handicaped person? Where is your caregiver?"

Oje, der hielt mich doch tatsächlich für geistig behindert. Ich musste mich wirklich am Riemen reisen und meine Englischkenntnisse aus den Tiefen meines Gehirns wieder hervorgraben.

Mein Blick fiel auf die Bühne. Carlos präsentierte seine starken Muskeln, mit deren Hilfe er das Seil bis zur Decke emporklettern wollte. Ein Trommelwirbel verriet, dass es nun so weit war. Ich musste ihn aufhalten!

Ich wollte mich unter den Armen des riesen Kolosses von einem Sicherheitsmann hindurchbücken und hinter ihm die Stufen hinaufrennen. Doch es tauchte noch ein zweiter Sicherheitsmann auf, vermutlich um zu sehen, was ich hier für einen Tumult veranstaltete. Die beiden sprachen auf Spanisch miteinander, ließen mich dabei aber nicht aus den Augen. Ich hatte keine Chance.

Plötzlich kamen Marcella und Patrick herbei.

„We have to stop the show. The maindancer is in, is in..." auch Marcellas Vokabular versagte offensichtlich in Krisensituationen.

Zum Glück war Patrick die Coolness in Person. Er sprach in aller Ruhe mit den beiden Securityleuten, scheinbar in perfektem Spanisch. Doch das Ergebnis war alles andere als das, was ich erwartet hatte. Statt die Show sofort zu stoppen, riefen die beiden Securitymänner noch einen ihrer Kollegen zur Hilfe. Gemeinsam packten sie uns und zerrten uns Richtung Ausgang.

„Sie glauben uns nicht!", meinte Patrick. „Sie halten uns für Spinner, die die Show stören wollen."

Marcella und ich schrien, während wir halb herausgetragen wurden, immer wieder „Stop the Show!"

Dies bescherte uns jedoch nur mitleidige Blicke. Einige Leute schüttelten den Kopf und blickten uns verächtlich an, als ob wir ihnen absichtlich den Abend vermasseln wollten. Niemand dachte auch nur daran, die Show wirklich zu unterbrechen. Was sollten wir nur tun?

Als uns die Securitymänner zur Tür hinausschieben wollten, kam uns Erik entgegen.

„Tina, was ist hier los?"

Ich wollte ihm antworten, doch die Sicherheitsmänner drängten uns immer weiter, so lange, bis Erik seine Marke herausholte und ihnen auf Spanisch etwas zuschrie. Da erst hielten sie inne.

„Erik, du musst auf die Bühne und die Show stoppen! Das Seil, es ist präpariert, der Tänzer wird hinunterstürzen!", flehte ich ihn an.

„Woher weißt du das? Wie kommst du darauf?", fragte mich Erik, immer wieder einen hektischen Blick auf die Bühne richtend.

„Es ist eine lange Geschichte, ich erkläre es dir später, jetzt musst du den Mann retten, bitte! Vertrau mir!"

Inzwischen war Carlos das Seil schon gut eineinhalb Meter hinaufgeklettert und noch hielt es. Hatte ich mich geirrt? Oder würde es erst bei seinen Tanzbewegungen reißen?

Erik jedenfalls zögerte nicht. Er bahnte sich mit seiner Marke einen Weg nach vorne, sprang auf die Bühne und brüllte irgendetwas, aus dem ich nur die Worte *policia* und *alto* verstand.

Im Publikum brach ein Riesenwirbel aus. Alle tuschelten wild durcheinander. Die Musik verstummte, aber trotzdem schien Carlos zuerst den Eindruck zu machen, als wollte er weiter nach oben klettern. Schließlich aber rutschte er am Seil wieder hinunter.

Er war gerettet … Gerettet vor einer Gefahr, die es vielleicht nie gegeben hatte. Hatte ich nur Gespenster gesehen? Hatte Victor überhaupt keinen Anschlag auf seinen Konkurrenten geplant? Dieser stand noch immer im Hintergrund auf der Bühne und verfolgte mit weit aufgerissenen Augen das Geschehen. Ich hatte das Gefühl, dass er am liebsten weggerannt wäre und sich nur nicht traute.

Erik war nun am Seil zugange. Zu meiner Überraschung zog er ein paar Mal ganz fest daran und wirbelte es wild herum. Plötzlich kam ihm das andere Ende des Seils von der Decke entgegengeflogen und klatschte laut auf dem Boden auf.

Ein Raunen ging durch die Menge. Ich merkte, dass ich selbst die Luft angehalten hatte. Hektisch atmete ich ein.

Erik hob das Seilende auf und betrachtete es mit einem merkwürdigen Blick. Ich konnte von so weit hinten leider nicht genau sehen, ob es angeschnitten oder einfach nur gerissen war, doch das musste ich auch nicht. Victors Reaktion verriet mir alles. Er war langsam drei Schritte in Richtung Vorhang gegangen und wollte dahinter verschwinden.

Ich rief laut aus: „Erik, der Täter, er will abhauen!", und zeigte auf die Stelle, an der Victor gerade noch gestanden hatte.

Doch Erik wusste nicht, wen ich mit Täter meinte oder vielleicht hatte er mich auch gar nicht richtig gehört, jedenfalls stand er sehr unschlüssig auf der Bühne herum.

Ich musste etwas tun: „Marcella, er will bestimmt zum Hintereingang raus!", rief ich und rannte los.

Ich konnte hören, dass Marcella und Patrick mir mit schnellen Schritten folgten. Wir rannten hinaus, dann rechts um das Theater herum. Zum Glück kamen wir jeden Morgen auf dem Weg zum Buffetrestaurant an dem Theater vorbei und wussten somit genau, wo der Eingang für die Bühnenkünstler war. Als wir diesen erreichten, konnten wir sehen, dass dort eine schattenhafte Gestalt herausgerannt kam.

Ich zog im Laufen meine Schuhe aus, da diese alles andere als renntauglich waren, und spurtete noch schneller. Marcella kam mir nicht mehr hinterher, aber Patrick schaffte es sogar, mich zu überholen und zu Victor aufzuschließen. Er packte ihn an dessen Kragen, woraufhin beide zu Boden stürzten. Dort gab es ein wildes Gerangel. Ich konnte in der Dunkelheit selbst kaum sagen, wer oben und wer unten lag und wer auf wen einschlug.

Dumpfe Schmerzensschreie erklangen, als ich zu den sich am Boden wälzenden Männern kam und auch Marcella kam nun keuchend und schnaubend an. Sie und ich kreischten wie wild und völlig planlos:

„Patrick, pass auf! Gib´s ihm! Halt ihn fest."

Doch da bekam Patrick einen rechten Haken von Victor ab und war davon kurz benommen. Diesen Moment wollte Victor nutzen, um abzuhauen, doch Marcella und ich sprangen nun beide gleichzeitig auf ihn, kreischend und kratzend. Der Arme wusste überhaupt nicht, wie ihm geschah. Er versuchte, uns von sich herunterzustoßen, doch nun griff auch Patrick wieder ein, schnappte sich seinen Arm und drehte diesen auf den Rücken.

Victor schrie auf vor Schmerz. Hinter uns konnte ich mehrere Menschen heraneilen hören, darunter auch Erik: „Was macht ihr da? Ist er das? Hat er das Seil angeschnitten?"

Also doch, das Seil war präpariert gewesen. Obwohl ich gerade mitten in einem Kampf war, war ich plötzlich völlig erleichtert, weil wir hier nicht auf einen vermeintlich Unschuldigen eindroschen. Doch dadurch passte ich für einen Moment nicht auf und bekam von Victor, der sich noch immer zu wehren versuchte, einen Fuß mitten in meinen Bauch gestoßen. Mir wurde schwarz vor Augen.

Als ich wieder zu mir kam, lag ich mit dem Rücken am Boden. Über mir blickten mich besorgte Augen an. Es war Erik. Er hielt meine Hand und hatte mich scheinbar schon öfter gefragt, ob mit mir alles okay sei.

„Alles gut", hauchte ich etwas angeschlagen. „Ich bin wohl nicht für Schlägereien gemacht", versuchte ich zu lächeln.

Doch als Erik mir half mich aufzurichten, spürte ich schmerzhaft, wo mich der Fuß getroffen hatte und zuckte zusammen.

„Du brauchst einen Arzt", sagte Erik.

Ich wollte protestieren, doch konnte ich ihm ansehen, dass mir das nicht helfen würde. Er rief nach jemandem und da kam ein Mann angerannt, den ich vom Sehen her schon kannte. Wer war das nur? Oh nein! Es war der Hotelarzt, der nichts anderes konnte, als Beruhigungstabletten zu verschreiben.

Der Arzt hatte einen Koffer dabei und darin eine Art kleine Taschenlampe. Damit leuchtete er mir in die Augen.

„Hey, ich hab einen Fuß in den Bauch gekriegt und nicht an den Kopf, warum muss er mich denn dann so blenden?", beschwerte ich mich.

Erik lachte: „Na dir scheint es ja doch ganz gut zu gehen. Ich denke, das ist Routine für Leute, die eben noch ohnmächtig waren."

Ohnmächtig? War mir nicht nur kurz schwarz vor Augen geworden? Siedend heiß viel mir da etwas ein: „Was ist mit Victor? Haben wir ihn geschnappt?"

Wieder lachte Erik: „Ja, wir haben ihn, oder besser gesagt, ihr habt ihn geschnappt."

Er deutete in eine Richtung. Als ich dorthin sah, konnte ich sehen, wie mehrere Polizeibeamte einen Mann umstellt hatten, der mit Handschellen gefesselt war. Es war Victor. Er schien sich nicht mehr zu wehren und wirkte viel mehr wie ein kleines Häufchen Elend.

Eine kleine, kubanische Frau kam angerannt. Sie bahnte sich ihren Weg durch die Polizisten hin zu Victor, noch ehe diese sie festhalten konnten. Und dann schlug sie mit ihren Fäusten wie wild auf ihn ein. Da erkannte ich, dass es Carla, unser Zimmermädchen war. Jemand musste ihr alles berichtet haben. Der Hotelfunk war wirklich sehr schnell. Die Polizisten zerrten sie von Victor weg, der sich nicht mal gegen Carlas Schläge gewehrt hatte.

„Wann sind denn die ganzen Polizisten hier aufgetaucht? Wie lange war ich weg?", fragte ich Erik, während der Arzt meinen Bauch abtastete.

„Ich hatte meine Kollegen schon alarmiert, kurz nachdem ihr aus dem Theater gerannt seid und bevor ich euch hinterher bin. Aber du warst trotzdem fast fünf Minuten ohnmächtig. Ich habe mir solche Sorgen um dich gemacht!"

Erik hatte sich Sorgen um mich gemacht. Um mein Herz herum wurde es mit einem Mal ganz warm. Er lächelte mich an und streichelte meine Hand. Er fragte den Arzt etwas auf Spanisch und dieser antwortete ihm.

„Er sagt, dass dir wohl weiter nichts fehlt, du musst nicht ins Krankenhaus, aber du sollst dir Ruhe gönnen. Er meint, er würde dir gerne noch ein Beruhigungsmittel geben."

Ich stöhnte. Der immer mit seinen Beruhigungsmitteln. Wobei, nach der ganzen Action würde sich in meinem Kopf heute Nacht sicherlich die ganze Zeit das Gedankenkarussell drehen. Vielleicht war es ja gar nicht so dumm, sich eine Tablette geben zu lassen.

Als ich einwilligte, holte der Arzt leider keine Tablette, sondern eine Spritze hervor. Ich hasste Spritzen über alles, aber konnte ich mir die Blöße vor Erik geben und einen Rückzieher machen? Ich beschloss, dass ich da nun durch musste. Nach einem grausam langen Pieken fühlte ich mich aber beinahe umgehend ruhiger und irgendwie wie auf einer Wolke. Ich bemerkte noch, dass Erik mich hochnahm und festhielt. Dass er mich zu meinem Zimmer gebracht, mich ins Bett gelegt und sich mit einem Kuss auf meine Stirn verabschiedet hatte, das erfuhr ich erst am nächsten Morgen von Marcella. Naja, vielmehr am nächsten Mittag, denn so lange ließ mich die Spritze schlafen.

Am nächsten Tag schämte ich mich, dass ich nach meiner Ohnmacht am Abend total vergessen hatte, nach Marcella und Patrick zu fragen. Ich war einfach so neben mir, alles was für mich gezählt hatte, war, dass Victor überführt und festgenommen war. So war ich etwas entsetzt, als ich Patrick dann beim gemeinsamen Mittagessen mit blauem Auge und einem Verband um seinen Arm antraf.

„Die Schulter war ausgekugelt", sagte er mit heroischem Ton. „Aber das ist es mir wert, dass dieser Mistkerl jetzt hinter Gittern sitzt."

Marcella war, bis auf zwei abgebrochene Fingernägel, von jeglichen Blessuren verschont geblieben. Umso mehr himmelte sie Patrick an, der mit seinen Verletzungen wie ein wahrer Held wirkte.

Beide erzählten mir gemeinsam, wie der Abend nach meiner Ohnmacht weitergegangen war. Erik war mit ein paar Mitarbeitern vom Hotel angerannt gekommen, die sich Victor gleich gepackt hatten. Dann kamen auch schon ziemlich schnell seine Kollegen, die ihm Handschellen verpassten. Erik selbst hatte wohl nur Augen für mich gehabt, denn er war schnell zu mir geeilt und hatte sich um mich gekümmert.

Mein verräterisches Herz begann bei der Erzählung wieder wild zu schlagen. Marcella lächelte mich an: „Du wirst schon wieder rot."

„Ach, so ein Quatsch. Du weißt doch, ich steh nicht auf Männer mit Schnauzer", versuchte ich mich herauszureden.

„Ähm, hast du dir Erik gestern mal genauer angeschaut?", fragte mich Marcella mit angehobener Augenbraue.

Ich konnte mich beim besten Willen nur noch an seinen besorgten Blick und an seine Hand auf meiner erinnern.

„Was meinst du?", fragte ich Marcella deshalb.

Sie grinste. „Das wirst du schon sehen. Ihr seid heute Nachmittag verabredet." Noch ehe ich mir Hoffnung darauf machen konnte, mit Erik ein Date zu haben, fügte sie hinzu: „Du musst noch deine Aussage zu gestern Abend machen."

Kapitel 20

Total nervös saß ich im Außenbereich des Lobbycafés mit Blick auf den Strand. Ich war zehn Minuten zu früh dran, doch ich konnte nicht mehr länger warten.

Nach dem Mittagessen waren wir in unsere Suite gegangen, um unsere Koffer zu packen, denn heute Abend mussten wir abreisen. Zum Glück konnten wir unsere Zimmer noch bis 18 Uhr behalten, so dass Marcella sich jetzt am Pool vergnügte, während ich auf Erik wartete.

Bevor ich die Suite verlassen hatte, war Marcella ständig um mich herumgetanzt und hatte versucht, mich über meine Gefühle für Erik auszuquetschen. Aber was hätte ich sagen sollen? Ich wusste es ja selbst nicht so richtig. Und außerdem würden wir heute abreisen und ich würde ihn nie wieder sehen. Bei dem Gedanken wurde mir unglaublich schwer ums Herz.

Ob Erik überhaupt pünktlich kam? Schließlich war er gestern Abend auch mehr als spät dran gewesen. Ich nahm mir vor, mich darüber noch bei ihm zu beschweren, denn mich versetzte man nicht einfach so. Doch heute war Erik pünktlich.

Er kam mit einem strahlenden Lächeln auf mich zu. Da erst bemerkte ich, was Marcella mit ihrem Kommentar über Erik gemeint hatte. Er hatte sich den Schnauzbart abrasiert. Dadurch kam das umwerfende Lächeln, das er mit jetzt schenkte, noch viel besser zur Geltung.

So wild wie mein Herz schlug, war mir klar: Ich hatte mich Hals über Kopf in diesen Mann verliebt. Das war so typisch ich, dass mir das ausgerechnet am letzten Urlabstag klar wurde. Jetzt würde ich zuhause wochenlang unter Liebeskummer leiden. Ich sah mich schon tütenweise Chips in mich hineinstopfen, da ich ein Frustesser war. Diese Kalorien, zusätzlich zu denen, die ich im Urlaub schon zu mir genommen hatte, würde ich am Ende wohl kugelrund werden.

Erik setzte sich zu mir: „Wie geht es dir?"

„Gut", war alles, was ich in dem Moment herausbrachte. Meine Lippen waren trocken und mein Herz pochte noch immer wild. Hastig nahm ich einen Schluck von meinem Wasser, das ich mir vorhin bestellt hatte. „Schön, dass du da bist", sagte ich dann, während ich wohl das dämlichste und verliebteste Grinsen der Welt auf meinen Lippen hatte.

Wir sahen uns eine gefühlte Ewigkeit einfach nur in die Augen, ohne etwas zu sagen. Schließlich brach Erik den Bann: „Victor hat alles gestanden", setzte er an, mir alles zu erzählen, obwohl doch eigentlich ich diejenige war, die hier eine Aussage machen sollte. „Nachdem er das dritte Jahr in Folge nicht für die Hauptrolle in der Abschlussshow ausgewählt wurde, hatte er es immerhin zur Zweitbesetzung geschafft. Doch das reichte ihm nicht. Er wollte seinen Konkurrenten durch einen vermeintlichen Unfall ausschalten. Er hat sich mit Carlos am Strand verabredet. Doch Carlos ist nicht gekommen. Dummerweise hatten sich die beiden genau an derselben Stelle verabredet, wie Carla und Giuseppe. Als Victor nun einen Mann zu der vereinbarten Zeit auf dem Liegestuhl sitzen sah, schlich er sich von hinten an ihn heran und schlug ihm mit voller Wucht die Kokosnuss auf den Kopf. Angeblich wollte er ihn nur verletzen, so dass er nicht tanzen konnte. Aber Tina, glaube mir, so viel Kraft wie er angewendet hat, da war eindeutig ein Tötungswunsch dahinter."

Ich musste wohl sehr entsetzt dreinblicken, denn Erik fing an, meine Hand zu tätscheln, als er weitersprach: „Sein Opfer sackte dann in sich zusammen und Victor glaubte sich am Ziel. Er ist unglaublich erschrocken, als er erkannte, dass er den falschen Mann angegriffen hatte. Schnell präparierte er alles so, dass es nach einem Unfall aussah. Er hat Giuseppe sogar noch Essensreste abgenommen, die dieser wohl aus dem Lokal mitgebracht hatte."

„Wusste ich es doch!", entfuhr es mir.

„Was wusstest du?"

„Ach nichts, erzähl weiter!"

„Okay, also Victor verschwand nun vom Strand und wartete ängstlich darauf, bis die Leiche entdeckt wurde. Das Tragische daran ist, dass Giuseppe, laut Gerichtsmediziner, noch ein bis zwei Stunden gelebt hatte. Das lässt sich anhand der Blutmenge errechnen. Victor hätte ihn retten können, wenn er Hilfe geholt hätte!"

Dieses Detail war mir neu. Das war ja grausam.

„Das heißt, Giuseppe ist langsam verblutet? Hatte er Schmerzen?"

„Es sieht so aus, als hätte er das Bewusstsein nicht wiedererlangt. Zumindest deuten die Blutspuren darauf hin. Deshalb glaube ich nicht, dass er Schmerzen hatte."

Das war wenigstens ein kleiner Trost.

„Jedenfalls war es Victors Plan gewesen, ganz still zu halten. Er war so geschockt davon, den Falschen getötet zu haben, dass er seinen Hass auf seinen Konkurrenten für einige Zeit vergaß. Doch als die Abschlussshow näher rückte, keimte der Hass wieder in ihm auf. Er wollte nicht völlig umsonst zum Mörder geworden sein. Als er von Carlos Tanz an der Decke erfuhr, kam ihm die Idee, das Seil zu präparieren. Er hatte oben an der Aufhängung des Seils eine Art Klinge angebracht. Mit jeder Bewegung des Seils sollte es sich mehr und mehr an der Klinge reiben und schließlich, wenn Hugo voll in seinem Element gewesen wäre, reißen. Wenn du nicht gewesen wärst, dann hätte sein Plan auch funktioniert!"

Voller Stolz sah Erik mich an. Ich lächelte zurück.

„Gegen eine echte Krimiautorin kommt halt kein Verbrecher an. Da könnt ihr kubanischen Polizisten euch nochmal eine Scheibe davon abschneiden. Ich schlage vor, dass ihr all meine Bücher als Schulungslektüre verwendet", scherzte ich.

„Vielleicht wäre das gar nicht so dumm", stimmte mir Erik seltsamerweise zu. „Denn weißt du, das ist nicht der einzige Fall, der dank dir abgeschlossen wurde."

„Wie bitte? Welchen Fall soll ich denn noch gelöst haben? Du meinst doch nicht etwa den Tiefkühlhummer im Restaurant? Ist das hier auf Kuba etwa verboten?"

Erik schüttelte den Kopf: „Das mit dem Tiefkühlhummer musst du mir bei Gelegenheit nochmal erklären, aber das meine ich gar nicht. Weißt du noch, die Perle, die du mir zur Analyse mitgegeben hast?"

Die Perle hatte ich vollkommen vergessen!

„Was ist mir ihr?", fragte ich neugierig, „Ist es wirklich Kokain?"

„Nein, es ist kein Kokain, keine Sorge, du hast jetzt nicht die kubanische Drogenmafia am Hals", witzelte Erik. „Aber es ist tatsächlich keine echte Perle, sondern eine gut gemachte Fälschung. Also habe ich unsere gemeinsame Freundin Morticia besucht", sagte Erik und zwinkerte mir dabei verschwörerisch zu.

Morticia, die Zombiebraut. Na ob die in ihrem Zustand noch irgendetwas zu dem Fall beitragen konnte?

„Ihr geht es übrigens schon wieder besser", schien Erik meine Gedanken gelesen zu haben. „Sie ist nicht mehr in der Anstalt, sondern erholt sich zuhause von ihrem Verlust. Aber sie schwört, dass sie ein originales Designerkleid gekauft hat. Sie hat mir auch die Rechnung gezeigt und ich muss sagen, es ist unglaublich, wie viel Geld Frauen für ein einziges Kleid ausgeben."

„Es ist für den schönsten Tag im Leben, da darf das schon ein bisschen was kosten", schlug ich mich auf Morticias Seite.

Erik grinste. „Ich bin gestern mit ein paar Kollegen zu dem Laden gefahren, wo sie ihr Kleid gekauft hat. Lange Rede, kurzer Sinn, am Ende haben wir eine ganze Hochzeitskleiderfälscherbande hochgenommen, weshalb ich am Abend leider auch etwas zu spät zur Aufführung gekommen bin."

Ich war so baff, dass ich nicht wusste, was ich sagen sollte. Gefälschte Hochzeitskleider? Und ich war felsenfest davon überzeugt gewesen, die Drogenmafia hätte ihre Finger im Spiel.

Ich konnte nicht anders, als laut loszulachen. Erik stimmte vergnügt in mein Lachen mit ein. Die Leute im Café drehten sich nach uns um, aber das war uns egal. Wir lachten und lachten und lachten.

Als wir uns dann doch irgendwann beruhigten, war ich an der Reihe, Erik alles von meinen Ermittlungen im Hotel kleinlichst zu erzählen. Ich fing bei dem Flug nach Varadero an und endete bei meiner Ohnmacht durch den Tritt von Victor.

Erik drückte meine Hand fester und sagte: „Du wirst mir fehlen, Tina Blume. Sowohl als Ermittlerin, als auch als Frau!"

Ein angenehmer Schauer durchfuhr meinen Körper bei seinen Worten. Ich blickte ihn an und seufzte: „Du mir auch!"

„Aber weißt du, ich wollte schon lange mal wieder meine deutsche Verwandtschaft besuchen. Wenn du willst, könnte ich ..."

Noch ehe er aussprechen konnte, fiel ich ihm ins Wort und gleichzeitig um den Hals: „Natürlich will ich!"

Ich nahm all meinen Mut zusammen und küsste ihn. Erik erwiderte den Kuss erst zärtlich, dann immer leidenschaftlicher. Wir trennten erst unsere Lippen voneinander, als uns der Atem ausging.

Leicht verlegen sah ich Erik an: „Du siehst übrigens sehr gut aus, so ohne Schnauzbart."

„Dann ist es dir also doch aufgefallen", lachte er. „Ich dachte, so ein Schnauzer ist vielleicht doch ein bisschen zu Old School. Ich bin froh, dass es dir gefällt!"

„Und wie!", rief ich und küsste ihn gleich nochmal.

Als wir uns verabschiedeten, hatten wir bereits unsere Mailadressen und Telefonnummern ausgetauscht. Wir wollten auf jeden Fall in Kontakt bleiben.

„Dann sehen wir uns in Deutschland", sagte Erik zu mir und streichelte mir sanft über die Wange.

„Ja, in Deutschland", seufzte ich traurig, weil ich mich nicht von Erik trennen wollte. „Lass dir nicht zu viel Zeit damit, deine Verwandten zu besuchen", rang ich mir ein Lächeln ab.

Wir konnten uns kaum trennen, doch irgendwann stieg Erik in sein Auto und fuhr davon. Ich winkte ihm noch hinterher. Selbst als sein Auto schon längst nicht mehr zu sehen war, winkte ich noch. Erst als mir klar wurde, wie blöd das aussehen musste, fing ich mich wieder und ging zurück ins Hotel, ohne zu ahnen, dass dort noch eine Überraschung auf mich wartete.

Als ich vollkommen melancholisch die Hotellobby wieder betrat, stand mein Tarzan vor mir. Ich erschrak: „Oh, Ricardo, hi!"

„Hallo Tina. Schön dich zu sehen", sagte er auf Englisch. „Ich habe nach dir gesucht. Ich will dir danke sagen."

„Danke wofür?", wollte ich wissen.

„Dank dir kann ich wieder im Hotel arbeiten. Du hast den Glaubenn an mich nicht verloren und den Fall gelöst. Dafür stehe ich in deiner Schuld."

Ricardo nahm mich in die Arme und drückte mich. Gut, dass Erik jetzt nicht mehr da war und das sah. Doch es war eine rein freundschaftliche Umarmung. Ich hatte keinerlei Herzrasen mehr in Ricardos Gegenwart und er verriet mir, dass sein Herz auch nicht mehr für mich schlug.

Nach dem Nervenzusammenbruch seiner Exfrau, hatte er sie in der Nervenheilanstalt sehr oft besucht. Sie hatten viel geredet und sich dazu entschlossen, es noch einmal miteinander zu versuchen. Ricardo zog bald wieder in ihr gemeinsames Heim und nachdem er nun wieder seinen Job hatte, hatte er vor, seiner Frau noch einmal einen Heiratsantrag zu machen.

Ich freute mich ehrlich für die beiden, auch wenn ich der Meinung war, dass Morticia ihre Zuneigung zu Giuseppe sehr schnell vergessen und sich wieder Ricardo zugewandt hatte. Dabei hatte sie auf der Beerdigung so ein riesen Drama veranstaltet, dass ich geglaubt hatte, die Frau würde niemals mehr jemand anderen als Giuseppe lieben können.

Aber ich hatte gut reden. Wenn ich daran zurückdachte, für wie viele Männer mein

Herz in diesem Urlaub schon geschlagen hatte …

Ich gab Ricardo noch den Tipp mit auf den Weg, dass sie das Hochzeitskleid diesmal woanders kaufen sollten. Vielleicht würde ja auch noch ein schöner Schadensersatz für das gefälschte Kleid herausspringen. Doch Geld zählte für Ricardo nichts, er war nur froh, seine Frau wiederzuhaben.

„Ich wünsche dir und deiner Frau alles Glück der Welt", verabschiedete ich mich von ihm.

Für mich war es nun an der Zeit, nicht nur den Männern, sondern dem gesamten Hotel Lebewohl zu sagen. In einer halben Stunde ging unser Transfer.

Ich traf mich mit Marcella in unserer Suite. Wir holten unsere Koffer und checkten aus. Der Transferbus zum Flughafen kam leider nicht pünktlich, so dass wir noch eine geschlagene Stunde in der Lobby warten mussten. Immerhin bekamen wir in dieser Zeit noch eine letzte Piña colada serviert. Als der Bus dann endlich kam und uns vom Hotel wegbrachte, blickten wir sehnsüchtig durch das Fenster dorthin zurück. In unserem Blick wurde es immer kleiner und kleiner. Das Letzte, was wir davon sahen, waren die großen Palmen, die davor standen.

„Das war mal ein etwas anderer Urlaub", sagte Marcella zu mir.

„Ja, das Hotel versteh sich gut darin, dass einem nicht langweilig wird", lachte ich. „Was ist jetzt eigentlich mit Patrick? Ich habe ihn jetzt gar nicht mehr gesehen, um mich zu verabschieden. Werdet ihr euch wiedersehen?"

„Na klar", lachte Marcella. „Er sitzt gleich im selben Flieger wie wir."

Ich blickte verwirrt. „Im selben Flieger? Aber warum ist er dann nicht mit im Bus?"

„Na weil er Premium Class reist und die Premium Class Leute haben ihren eigenen Transferbus."

„Das darf doch wohl nicht wahr sein!", rief ich aus und musste aber lachen. „Ob sie da wohl gleich im Bus den Sekt serviert bekommen?"

„Keine Ahnung. Aber wenn du magst, kannst du im Flugzeug mal austesten, was in der Premium Class so geboten ist. Dann könnte Patrick hinten bei mir sitzen!"

Das war ein Angebot, das ich natürlich nicht ablehnen konnte, jedoch mit einer kleinen Einschränkung: „Beim Start und der Landung muss ich aber neben dir sitzen, das stehe ich nicht durch, ohne deine Hand zu zerquetschen", lachte ich.

Marcella willigte ein: „Wenn mir jemand die Hand zerquetschen darf, dann du!"

So endete unser mörderisch guter Urlaub auf Kuba.

TWENTYSIX
Eine Marke der Books on Demand GmbH
© 2022, Sissy Scheible
Herstellung und Verlag: BoD – Books on Demand, Norderstedt
ISBN: 9783740714802